KIM DANA KUPPERMAN es la autora de dos obras literarias de no ficción, *The Last of Her: A Forensic Memoir* y *I Just Lately Started Buying Wings: Missives from the Other Side of Silence*. Es la editora de *You: An Anthology of Essays Devoted to the Second Person* y la editora fundadora de Welcome Table Press. Para más información, por favor, visiten www.kimdanakupperman.com.

DR. PENÉLOPE JOHNSON es una *Assistant Professor* en la School of Modern Languages and Cultures en la Universidad de Durham (Gran Bretaña). Su especialidad es la traducción y la enseñanza de lenguas extranjeras. Su trabajo de investigación está basado en la teoría poscolonial de la traducción y el transnacionalismo. Ha publicado artículos sobre traducción e ideología con un enfoque en la selección de textos, la antologización, la re-traducción y la escritura de la frontera. Actualmente está investigando el papel de la mediación lingüística en las peregrinaciones.

Un largo camino a casa

Una novela inspirada por una historia real de la segunda guerra mundial

Un largo camino a casa

UNA NOVELA INSPIRADA POR UNA
HISTORIA REAL DE LA SEGUNDA
GUERRA MUNDIAL

~

KIM DANA KUPPERMAN

POST SCRIPTUM DEL RABINO ZVI DERSHOWITZ

TRADUCIDO POR PENÉLOPE JOHNSON

LEGACY EDITION BOOKS
MOUNT KISCO, NEW YORK

LEGACY
EDITION
BOOKS

Título original:
Six Thousand Miles to Home: A Novel Inspired by a True Story of World War II

Traducción:
Penelope Johnson

La misión de la Suzanna Cohen Legacy Foundation es rendir homenaje al precioso legado de valentía y resiliencia demostrado por los supervivientes de la Shoah, mediante la preservación, publicación, y enseñanza de sus extraordinarias historias. Las ganancias de las ventas de este libro benefician el trabajo de la fundación.

Este es un trabajo de ficción histórica, basado en episodios factuales e históricos de gente real. Todos los nombres propios han sido conservados, pero algunos apellidos se han cambiado. Se ha tenido un gran cuidado en reunir un registro preciso de los acontecimientos narrados en este libro.

ISBN 978-1-7323497-3-5 (paperback)
ISBN 978-1-7323497-4-2 (ebook)

La primera edición en inglés de este libro fue publicada en 2018 por Legacy Edition Books.
Esta traducción, 2021.
Diseño y montaje de la cubierta Roger Kohn; diseño interior Bookmobile
Imágenes de la cubierta: Image Source (niña); Iran Travel Center, Shiraz, Iran (Mount Damavand);
Imperii Persici In Omnes Suas Provincias, Johann Baptist Homann, Nuremberg 1720, commons.
wikimedia.org (map)

Dedicado a la memoria de
Hermann y Karola Eisner
Julius y Josephine Kohn
Soleiman y Suzanna Cohen

Este libro es para todos sus descendientes

Y con una eterna gratitud a Joan y Edward Cohen,
cuya visión y amor hicieron posible este libro

Para comprender el valor de las vidas que se salvaron,
es necesario comprender completamente el horror
al que tan milagrosamente escaparon.

—Daniel Mendelsohn, *Los Hundidos: en Busca de Seis entre Seis Millones*

PARTE I

Incertidumbre

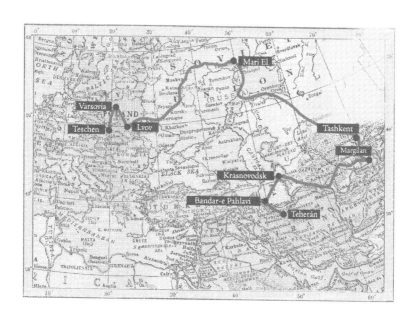

Una vez, en el lugar que llamaron su hogar

ERA UNA MAÑANA TEMPLADA Y CLARA a principios de junio. Una brisa ligera levantaba las páginas de un periódico que estaba encima de la mesa del comedor, donde la pareja —casados ya dieciocho años y con un hijo y una hija— desayunaban como solían hacer, en silencio. Una noticia en particular había asombrado a Josefina Kohn, quitándole la esperanza de la posibilidad de que hubiera una intervención—*no, ya hubiera pasado*, pensó—de destituir al hombre de Austria que estaba arruinando todo lo que ella amaba. Se aferraba a una idea de que la vida, llena de civilización y cultura, es decir, la vida tal y como la conocía, sería restaurada. ¿A qué estaban todos esperando? se preguntaba. Estaba claro que este Hitler, este autoproclamado führer, no tenía buenas intenciones. ¿No era obvio que era un criminal? Ya se había acumulado mucha evidencia de sus grotescas acciones ilícitas desde que fue nombrado canciller en 1933: *Konzentrationslager*, o los campos de concentración, en Dachau y Buchenwald, los boicots de las empresas judías, las leyes que segregaban a los judíos, y eso era simplemente una pequeña parte de la lista. Cada intrusión por parte de Alemania en sus vecinos había tenido lugar a una distancia relativamente segura de su casa familiar al oeste de Polonia, pero estaba realmente claro que la ola antisemita inspirada por el nazismo se estaba acercando. Y, a ella le daba la impresión, de que ese odio se estaba acelerando peligrosamente. Si no hubiera sido una mujer refinada, Josefina Kohn habría escupido cada vez que oía o leía sobre los judíos que habían sido forzados a arrodillarse para limpiar las calles —a veces con cepillos de dientes— o las proclamaciones nazis en su querida Viena. En lugar de hacer eso, había cogido el hábito de recortar los artículos del periódico sobre estos horribles eventos. Algo que hacía después de que su marido y sus hijos se fueran a la cama y los sirvientes a sus dormitorios.

Sentada en la cocina, Josefina Kohn, a quien sus amigos y parientes llamaban Finka, rompía en tiras, con gran determinación, las hojas de papel. Primero, doblaba las páginas como para hacer un abanico y, luego, las descuartizaba por las dobleces en tiras largas y verticales, que ponía en una pila meticulosamente. Después, Josefina dividía estas tiras a la mitad, a la mitad de la mitad, a la mitad de la mitad de la mitad, hasta llegar al pedacito más pequeño posible, y así, colocaba los cuadraditos que quedaban en pilas pequeñitas y ordenadas. Su marido, Julius, dormía toda la noche y nunca le preguntó qué era lo que ella hacía cuando no podía dormir.

Durante muchos años Josefina utilizó varias estrategias para darle propósito a su insomnio, como leer o coser. A menudo escribía largas cartas a su hermana mayor, Elsa, que vivía en Italia, y aunque había quedado viuda hacía seis años, había sido bendecida con dos hijos, un niño mayorcito ya, y una niña. Durante estos días, las cartas entre las dos hermanas estaban ensombrecidas por las noticias de la legislación antisemita, aprobadas no solamente en la Alemania de Hitler, pero también en Polonia. En julio de 1938, Elsa escribió sobre la publicación en Italia del *Manifesto de la Raza*, que abrió el camino al decreto en noviembre de la *leggi razziali*, las leyes raciales que despojaron a Elsa y a sus hijos de la ciudadanía italiana.

A pesar del creciente sentimiento nacionalista en toda Europa, Josefina contaba a Elsa las esperanzas que tenía para el futuro de sus hijos. Así se imaginaba que Peter, un deportista incipiente que ahora tenía dieciséis años, iba a la universidad. Quizás llegaría a ser abogado o médico, aunque aún le faltaban dos años para terminar la escuela secundaria y hacer los exámenes finales. Josefina se había dado cuenta de que a su hijo no le interesaban los estudios, pero una profesión que se pudiera ejercer en cualquier parte era algo que valía la pena considerar. Por eso le urgía a su hijo que sobresaliera académicamente. Suzi, con sus doce años, precoz pero todavía tímida, mostraba talento con el piano como Frau Camillia Sandhaus había dicho. "Y Camillia lo sabe," Josefina escribió a Elsa, que también conocía a la famosa música y profesora de Teschen. "Imagínate si Suzi pudiera tocar en Viena," escribió, "y después, nos podríamos sentar en el Café Landtmann y beber juntas un jerez."

Más tarde, Josefina pensaría en esas ambiciones para la siguiente generación que describía a su hermana, como típicas del entorno y la época en la que tanto Elsa como ella habían nacido. Abrazaron la música y la poesía que florecía en sus países y sus propias comunidades. Esta inclinación nostálgica era un tipo de efecto residual heredado de sus padres, judíos asimilados y germanoparlantes, que se habían creado vidas exitosas durante la estable y relativamente pacífica Era de Seguridad que precedió la Gran Guerra. Pero Josefina, Julius y sus hermanos y hermanas habían llegado a la mayoría de edad durante esta terrible y devastadora guerra. No era suficiente escuchar a Chopin o leer a Shakespeare, o saber quién de entre los grandes artistas tenían sus cuadros en cuáles museos. Tampoco era adecuado hablar idiomas como latín o griego, ni tener sagacidad en los negocios o el comercio. La educación terciaria —un camino relativamente nuevo para los judíos de la Europa central y oriental, proporcionaba abundantes oportunidades para entrar en el mundo del derecho, la medicina y las ciencias. Josefina animaba a su hijo a que siguiera estudiando, con la esperanza de que él escogiera una de estas profesiones.

Josefina trabajaba a la luz de una vela. Después de varias horas de coser, leer, escribir cartas, y más recientemente, despedazar el periódico, los ojos le empezaban a caer de sueño, y estaba lo suficientemente cansada para volver a acostarse. Se metía debajo del edredón al lado de Julius, a las altas horas de la madrugada, lo que los franceses llaman *le petit matin*, la mañanita. Josefina apreciaba el ingenio de esa expresión, porque prometía que la parte más pálida del día se convirtiese en algo más grande y especial, y ella adoraba este tipo de optimismo, especialmente cuando no podía dormir.

Por la mañana, Helenka, la niñera, era la primera en levantarse. Normalmente recogía los libros, el bordado, o colocaba la carta terminada en la cesta de las compras. Pero, últimamente, cada vez con más frecuencia, tenía que recoger en su mano los cuadraditos de periódico y sus oraciones rotas, que tiraba en la estufa de leña. Al principio, cuando Josefina empezó a cortar el periódico en tiras, Helenka creyó que esto era extraño pero inofensivo, pero tan pronto como se volvió un hábito diario, Josefina empezó a sentir la mirada punzante pero discreta de la otra mujer. Sabía que Helenka la estaba observando, buscando alguna señal de que su señora no estuviera bien.

Desde luego, si alguien no se sentía mal con las noticias que aparecían a diario, es que no estaba prestando atención. Josefina era el tipo de mujer que no quería ser sorprendida ni estar desprevenida. Estaba orgullosa de ser organizada, llena de planes para el futuro, incluso a veces profética, y reñía a sus hijos cuando no se concentraban. Por tanto, miraba las noticias con gran cuidado, incluso los artículos enterrados en la página diez o más adelante. La noticia corta de hoy, comparada con las historias de todos los numerosos y angustiosos eventos que habían ocurrido en los últimos cinco años, era relativamente insignificante. Pero perturbó a Josefina, por lo que decidió no destruir este artículo en particular, sino guardarlo.

Quizás era porque Sigmund Freud, el hombre con barba en la fotografía que acompañaba el artículo, parecía, a sus ochenta años, inquieto de una manera que Josefina reconocía. Tenía una expresión *perpleja* por las circunstancias, diría ella. Herr Freud era contemporáneo de los padres de Josefina y de Julius. El famoso psiquiatra había nacido, como Josefina, su marido y sus respectivas familias, en un pueblecito que en otros tiempos había formado parte de un grande y poderoso imperio. De hecho, este pueblo estaba solo a cuarenta minutos al oeste de Teschen, y siempre que los Kohn viajaban al oeste, a Viena o Innsbruck, pasaban por el lugar de nacimiento de este gran hombre. Era también, al igual que ellos, un judío asimilado que hablaba alemán, para quien Viena era la capital cultural del país. El lugar donde había asistido al *gymnasium* y la universidad y donde se había asentado y criado una familia. La calidad de su vida había llamado la atención de Josefina, que sentía tremendo respeto por él por haberse establecido como un doctor tan prominente.

Josefina recordaba ver a Herr Freud en el Café Landtmann en la Ringstrasse, una vez que visitó a Elsa, que en aquella época era recién casada y vivía en Viena con su marido, Arturo. En aquella ocasión, Herr Freud había levantado la cabeza cuando Josefina pasó al lado de su mesa, y cruzaron miradas. Él escudiñó su cara durante lo que pareció una eternidad, aunque probablemente solo había sido un momento muy breve. Averiguó más tarde que él era una persona introvertida y a menudo amargada, aunque Josefina no había detectado ninguna de estas cualidades en los ojos de ese gran hombre.

—Ese hombre ha revolucionado la medicina —le había dicho Elsa cuando estaban tomando café, aquel día que parecía que había tenido lugar hace una eternidad, en un lugar que se estaba volviendo cada vez más pequeño.

—HERR SIGMUND FREUD HA SALIDO de Viena —anunció Josefina a su marido mientras cortaba la página del periódico— y ahora vive en Londres.

Incluso un hombre de tales logros no puede ser salvado, pensó. El sonido de rasgar el papel y su voz parecían llenar los vasos vacíos de la mesa del comedor.

—Al parecer no tiene un centavo. —Josefina esperó a que Julius levantara la cabeza y la mirara antes de continuar—. Julek... —dijo— hablamos de marcharnos, pero seguimos aquí. ¿Crees que es una buena decisión? —preguntó—. Herr Freud esperó y perdió todo.

Herr Sigmund Freud era un hombre moderno y con educación, algo que los padres de Josefina no lo eran, y aunque había sido arruinado por las leyes nazis, había escapado de sus garras. ¿Podrían ella y su familia escapar como lo había hecho él, por los pelos, gracias a la fortuna y la oportunidad del momento? En su rostro angular, normalmente sonriente, se podía ver una expresión preocupada que transformaba su boca en una línea sombría y desoladora.

Julius puso el tenedor y el cuchillo en la mesa. Sonrió de ese modo que tenía de sonreírle solo a ella, como si estuvieran compartiendo una broma privada. Respiró profundamente de forma casi inaudible y ajustó el parche en el ojo izquierdo, como siempre hacía antes de hablar. Fue cuando había sido soldado durante la Gran guerra que había perdido el ojo, antes de haberse comprometido y casado con ella. Cuando conoció a Julius por primera vez, hacía dieciocho años, Josefina había considerado su herida como testimonio de su valentía y pasión. A veces intentaba imaginarse cómo se sentiría uno si fuera capturado contra su voluntad como le había pasado a Julius. Soldados rusos lo habían capturado, herido y, a pesar de que su visión había sido afectada y de la inminente posibilidad de perder el ojo, no le habían prestado ninguna atención médica. Ella nunca le preguntó sobre su experiencia ni su sufrimiento. A veces deseaba que pudiesen hablar de estas cosas, pero nunca lo hacían. Era una ironía terrible, pensó Josefina, vivir en tal silencio en un momento en que un doctor como Sigmund Freud alababa las virtudes de la autoexploración, que marcaría el advenimiento de lo que se conocería, cuando Josefina fuera mucho mayor, como la Era del Análisis. El decoro de estos silencios en los que vivía la gente de su generación se estaba volviendo una carga, pero ninguno de los dos, ni ella ni su marido, podían dejar de hacerlo. Además, estos días, Josefina Kohn estaba más preocupada por asuntos relacionados con la seguridad de su familia. Lo que más temía era que la dirección de las vidas de sus hijos fuera cambiada y en los momentos de reflexión sombría estaba aterrada de que su familia sufriese un daño irrevocable.

—Ya hemos hablado de esto, Finka, cariño —dijo Julius—. Si estalla la guerra, haremos las maletas y nos vamos. Tenemos recursos; tenemos un coche; Tenemos la manera de llegar a un sitio seguro.

Era extraño: ni su voz, ni su cara mostraban ninguna ansiedad, y Josefina no podía decidir si esta aparente falta de preocupación hacía que se sintiese menos o más nerviosa. ¿Cómo era posible haber estado casada con un hombre casi dos décadas y todavía no poder decidir, como en este momento, cómo se sentía realmente su marido simplemente por el tono de su voz? Además, últimamente *habían* discutido tantas cosas—los refugiados de Alemania, la subida meteórica al poder de Hitler y el partido Nazi, la opresión económica impuesta a los judíos en Polonia.

—Y ¿adónde iríamos?

—¿Adónde querrías ir?

Josefina miró la foto de Freud. Parecía más bajo de lo que se acordaba, y ahora veía en él un quebramiento, del tipo que aparece cuando te fuerzan a abandonar un lugar, un hogar, una vida que amas.

—Algún lugar seguro, Julek. Y estoy hablando con total seriedad. —Josefina se tomó una pausa antes de hablar de nuevo—. Inglaterra —dijo—. Nos las arreglaríamos bien allí.

Una imagen de estar tomando una merienda por todo lo alto le vino a la mente; la paz y civismo de tal tradición simbolizaba para ella lo que más añoraba estos días.

Julius Kohn dobló su servilleta y se levantó de la mesa.

—Finka, te prometo que estaremos seguros. —Y diciendo esto le besó la cabeza.

Ella, a su vez, le enderezó su pajarita —a sus ojos siempre la llevaba un poco torcida— y después él salió a trabajar. Josefina se preguntaba cómo su marido podía estar tan seguro en estos tiempos tan inciertos.

LA CASA EN LA CALLE MENNICZA NÚMERO 10 estaba tranquila después del desayuno. Josefina disfrutaba estos momentos durante las mañanas, especialmente a finales de primavera y principios de verano, porque parecía que el tiempo se movía más despacio y las habitaciones en cada una de las cuatro plantas estaban silenciosas. Podías oír los pájaros, las persianas de las tiendas cuando abrían, y con este sonido de fondo, la luz suavizaba todo.

Le gustaba quedarse sentada a la mesa después de que sus hijos habían ido a la escuela y su marido al trabajo, e imaginarse que flotaba en la casa, de un lado a otro. Josefina se imaginaba acariciando los muebles de caoba sólida, su reflejo en el espejo ovalado del pasillo, las cortinas del salón tan pesadas que una ráfaga de viento apenas las movía. De la cocina salía el sabroso olor del pan de centeno caliente. Si subiera a los cuartos de los niños, vería las muestras de minerales de Peter, cuidadosamente etiquetadas y expuestas en una vitrina de cristal que su abuelo le había traído de Cracovia. Quizás vería la luz brillando en una baratija que Suzi dejara en su tocador. Y, al final del pasillo, en el dormitorio principal, sabía que Helmut, el dachshund, dormía acurrucado en un cojín de terciopelo verde. El color marrón del perro resaltaba contra el verde del cojín y Josefina después, cuando necesitaba consuelo, evocaría ese color familiar y el hocico húmedo.

Continuaba este recorrido imaginario por las escaleras, que bajaban en espiral, del mismo modo que en el interior de una concha de nautilus, como a Peter le gustaba decir. Después salía por la puerta principal a la calle Mennicza hasta el cruce de Głęboka, donde ella, Julius, su familia y los niños habían vivido. De allí tomaba la calle Zamkowa hacia el Olza, donde el Café Avion dominaba el puente que cruzaba el río. Una vez llegaba al café, se demoraría fuera y, en su mente, oía una melodía —Chopin, quizás, o Debussy— que salía de una ventana abierta.

Con los ojos cerrados, Josefina continuaba con su viaje imaginario por las calles adoquinadas de Teschen, de vuelta a la calle Mennicza, hacia la grandiosa plaza principal de la ciudad, con su fuente en el centro, donde a Julius y a ella les gustaba llevar a los niños cuando eran pequeños. Pasaba el ayuntamiento con sus columnas y la torre del reloj, algo que siempre le asombraba cuando era niña, y después, las fachadas estilizadas del Hotel *Der Brauner Hirsch* y la Deutsche Haus. Una vez en la plaza Rynek, se imaginaba a Helenka con una cesta bajo el brazo, examinando las primeras cerezas de oferta en el mercado. Después, tomando Ratuszowa, una calle pequeña que salía de la plaza, hasta la calle Pokoju, llegaba a los edificios donde estaban las escuelas a las que iban sus hijos. Los dos estaban en clase, Peter aprendiendo inglés, Suzi practicando el francés, con los cuellos de las camisas húmedos debido al calor de principios de junio. Los dos encontrando difícil prestar atención debido a las ganas que tenían de que se terminara el curso para poder ir de viaje a ver a sus amigos en Skoczów, el comienzo del verano con las visitas, las fiestas de cumpleaños, las excursiones y los viajes.

Y, por fin, Josefina se dirigía de la calle Schodowa a Przykopa, donde

Julius caminaría por el canal para ocuparse de su trabajo en su fábrica de curtido de cuero. Su marido estaría caminando, con una actitud afable y una amplia sonrisa, y Josefina casi podría, si lo intentaba, estirar la mano para ajustarle la pajarita.

EN ESE MOMENTO LADRÓ EL PERRO. *La urgencia de hoy*, pensó Josefina al abrir los ojos, *siempre empieza del mismo modo*. Volvió su mirada hacia la ventana y se preguntó si llegaría un día cuando se asomaría al balcón de Julieta, miraría calle abajo por la calle Mennicza y oiría las botas pisando los adoquines.

Mejor llevarlo encima
que pedirlo después

JOSEFINA ESTABA DESCANSANDO —de cocinar para los refugiados, de visitar a la familia, de escribir cartas a familiares y amigos. Sentada delante del tocador mientras se ponía crema Nivea en la piel, Josefina consideró todos los eventos de los últimos ocho meses. Daba igual cuántas veces pensaba en lo que estaba pasando, siempre le sorprendía lo rápido que las vidas de los judíos europeos estaban cambiando. De diez a treinta refugiados llegaban cada día a Teschen. Josefina y su marido y otras personas iguales de filantrópicos intentaban ayudarles, pero, como Julius le dijo a un amigo:

—No tenemos los recursos suficientes para ayudarles de verdad.

Josefina sentía que el ritmo de la vida diaria, que no era en absoluto ordinaria, se estaba acelerando.

Parecía como si hubiese sido solo ayer que la tía de Julius, Tía Laura, les había llamado por teléfono desde su casa en Viena, pero, de hecho, había sido en noviembre del año pasado, después de los pogromos que todos llamaban *Kristallnacht*.

—Lo deberían llamar en cambio *Tränennacht* —había dicho la Tía Laura— La noche de las lágrimas.

Una noche que la había dejado —a sus setenta y tres años y viuda— con un brazo roto.

—Yo estaba intentando decirle a la policía —había explicado— que mi vecino Herr Rosen tenía una esposa que estaba enferma, cuando uno de ellos me golpeó con su rifle. Y, aun con todo, arrestaron a Herr Rosen.

Cuando terminó esa noche, cientos de sinagogas habían sido quemadas, 7.500 escaparates estaban destrozados (y las tiendas saqueadas), y 30.000 hombres judíos fueron arrestados y deportados a campos de concentración. Josefina no entendía —ni nunca entendió— cómo fue posible que este pogromo tuviese lugar. ¿Por qué no había intervenido nadie? se preguntaba, una y otra vez.

—Y ahora nos están obligando a pagar por este *Kristallnacht*— había dicho Laura, haciendo referencia a la sanción de mil millones de reichsmarks impuesta contra los judíos de Viena por el coste de los daños —incurridos a propiedades judías y sinagogas— causados por la violencia instigada principalmente por oficiales del Partido Nazi y por miembros de las Tropas de Asalto y de la Juventud Hitleriana—. Yo soy viuda. ¿Cómo esperan que pueda pagar?

Cuando la Tía Laura telefoneó de nuevo varias semanas más tarde, los puso al corriente de las regulaciones decretadas en contra de los judíos. Por ejemplo, había lugares a los que no podía ir debido a las restricciones que habían impuesto. Estaba segura de que su casa sería transferida a una familia no judía, es decir, que iba a ser *arianizada*, dijo, pronunciando la palabra con un carraspeo. Aunque, incluso a sus setenta y tres años, Laura era una mujer de una estatura formidable, Josefina oyó cómo el miedo le quebraba la voz. Y esto había sido simplemente una llamada de una pariente que estaba viviendo en este nuevo Reich.

LA NIVEA ERA REFRESCANTE. Su aroma de nieve fresca le recordaba a su hermana. Las leyes raciales en Italia habían despojado a Elsa de su apartamento. Después de mucha negociación —ya que el estilo frenético de las últimas cartas de su hermana permitía inferir solo unos pocos detalles— Elsa había conseguido finalmente un pasaje seguro a Argentina y se había ido en enero, dejando atrás el fascismo en Italia y la locura de los nazis en toda Europa Occidental. Josefina intentó imaginar a su hermana, una viuda con dos hijos, viajando al Nuevo Mundo, cruzando, no solo un océano, sino el ecuador. *¿Habría metido en las maletas un tarro de crema Nivea?* se preguntó. Y justo cuando descartó ese pensamiento por lo absurdo que era, le vino la idea a la mente la idea de la posibilidad de no poder volver a ver a Elsa ni a sus hijos otra vez. Se preguntó qué probabilidades había de sobrevivir en este mundo tal y como se estaba volviendo, e igual de rápido decidió empujar sus pensamientos en otra dirección. De todos modos, los eventos, que habían trastornado a su familia, y la rapidez con la que habían ocurrido, eran alarmantes.

Cuatro meses después de los terribles pogromos de *Kristallnacht*, Alemania había invadido y anexionado Checoslovaquia, un país separado de Teschen por un pueblo pequeño, por donde los refugiados entraban en Polonia a pie o en bicicleta y en carro, cruzando el puente sobre el río Olza. La mayoría de estos refugiados había continuado su camino más hacia el este, debido a que todo el mundo estaba hablando de la guerra inminente y de la proximidad de los Nazis. Sin embargo, otros eran demasiado mayores o estaban demasiado enfermos para viajar.

Así están las cosas ahora, había pensado Josefina en aquel momento. *Primero marcha un grupo de personas. Pronto será nuestro turno.*

Elsa no era la única de la familia que había sido forzada a abandonar su hogar. La madre de Julius había partido a Lvov, en el sureste de Polonia, a principios de mes. La hija de la Tía Laura, Hedwig, había emigrado a Londres. Un primo, un oficial en el ejército polaco, dejó Varsovia para unirse a su unidad militar cuando le llamaron para servir. Otro primo, que había sido deportado de Viena a un campo de trabajo Nazi, escapó y había conseguido llegar a Shanghai, donde no se requerían visas. *Somos tantas motas de polvo dispersas por todos lados*, pensó Josefina.

Otros primos Kohn vivían en Viena, Cracovia, Praga. De parte de Julius y del resto de la familia, les escribió a todos, pero ninguno de ellos sabría nunca lo que les pasó a los Kohn, y Josefina no descubriría hasta muchos años más tarde, que, con la excepción de tres de ellos, todos habían muerto durante la guerra. En sus cartas, les informó sucintamente que ella, Julius y sus hijos, y también la hermana de Julius, Greta, y su marido, Ernst, se iban a ir a Varsovia. Josefina no mencionó ningún plan específico de rescatar de la fábrica de curtidos en Varsovia la mayor cantidad posible del inventario de valor, y de venderlo para organizar pasaje a Inglaterra.

—Debemos reunirnos de nuevo una vez termine este disparate y hayamos regresado a nuestras vidas —les había escrito a todos, no totalmente segura de que creía en lo que estaba diciendo, pero con una firme certeza de que era imperativo mantener la esperanza—.

Con la llegada del final de agosto y de las noticias de una guerra inminente e inevitable, Julius había aceptado finalmente que era hora de dejar Teschen.

Las primeras conversaciones que habían tenido sobre el abandono de su hogar las habían tenido en la cama.

—Esto suena tonto, Finka —dijo Julius—, pero escapar, perder todo sin defenderlo... parece un deshonor a mi abuelo.

De una manera visceral, Josefina lo comprendía —como ella, Julius era el nieto en la tercera generación de una familia con vínculos de más de un siglo en Teschen y sus alrededores. Abandonar un lugar tan cargado de memorias, deseos y satisfacción era un poco como desgarrar el fundamento y la esencia de uno mismo. Pero sospechaba que había algo más detrás de la idea de Julius de quedarse en Teschen, que tenía que ver con la "guerra para terminar todas las guerras", tal y como la gente había llamado una vez al periodo de cuatro años entre 1914 y 1918. Josefina había sido una niña cuando ocurrió el atentado en Sarajevo, en junio de 1914, que empezó todo el caos sangriento. Elsa estaba ya casada, y Arnold, su hermano, tenía la edad suficiente para alistarse en el ejército. Solo ella y Hans se quedaron en casa, en la casa de campo de la familia. Julius, al que todavía no había conocido, era un lugarteniente, que había sido enviado al frente. Luchó, como lo había hecho su hermano Arnold, por el Imperio austrohúngaro, un imperio que había sido disuelto, dando origen a países que ahora eran aliados, estaban anexionados o amenazados por la Alemania Nazi de Hitler.

Josefina había oído y leído sobre el terrible derramamiento de sangre de la Gran Guerra, que se extendió por toda Europa sin realmente materializarse cerca de su hogar, aunque las tropas tenían cuarteles en Teschen. Pero Julius la había visto de verdad y había sido herido en la Gran Guerra, y ella sospechaba que recordar todo esto hacía que sus peores temores aflorasen. Su captura y encarcelamiento, según lo poco que le había dicho, habían sido mitigados porque era un oficial. Pero Julius había perdido un ojo porque los que lo apresaron no fueron capaces, y quizás tampoco quisieron, salvárselo. Como resultado, había yacido en lo que nadie en su sano juicio llamaría una cama durante un sinfín de semanas y semanas. Había sido noviembre cuando desapareció en los Montes Cárpatos, por lo que sufrió tremendamente del frío durante su captura y su subsecuente deportación a Rusia. También debió de haber sufrido mucha hambre debido a la escasez de alimentos. Por esta razón quería evitar a toda costa que su familia tuviera que sufrir semejante experiencia.

La Gran Guerra estaba en la mente de todos, particularmente en aquellos que habían vivido o llegado a la madurez durante su transcurso. Ahora, sin embargo, era más importante enfocarse en cómo esa guerra había dividido a vecinos y naciones, cómo había despertado viejos resentimientos y prejuicios, y cómo había causado brechas económicas. Todo formaba parte de la misma pieza —esa guerra y el aumento del antisemitismo, el crecimiento meteórico del poder nazi, y los frenesíes nacionalistas que este poder estaba despertando.

—Julek, entiendo por qué dudas en marchar —había dicho en una de sus conversaciones—, pero no estoy segura de que podremos salvar nada. En todas las partes donde van los nazis, cortan a los judíos como si fueran briznas de hierba. Además, si vienen a Polonia, los alemanes van a arianizar todas las posesiones judías.

—Esto no iba a ser como la Gran Guerra —había dicho una vez—. No creo que vayamos a poder regresar a nuestro hogar como tú hiciste. No te puedo decir por qué creo esto, pero lo creo.

Ella sabía que Julius sabía a lo que se estaba refiriendo: la intolerable angustia de esos hijos, maridos y padres, hermanos y tíos que habían sido capturados por los soldados nazis con sus inmaculados uniformes. La liquidación en masa no solo de la riqueza monetaria, sino también de un patrimonio intelectual, científico, militar y artístico.

—¿Cómo podía olvidar —le preguntó Josefina a su marido—, el relato de la Tía Laura sobre *Kristallnacht*, su violencia y el descarado robo que los nazis estaban cometiendo en los países que invadían y ocupaban, donde se apropiaban de tiendas, negocios, casas, muebles, animales y granjas? Es insensato ignorar todo esto, Julek.

—No lo puedo olvidar —dijo Julius—. Después de todo, hemos cedido la gerencia de la fábrica de curtidos a nuestros vecinos polacos. Pero Finka, esa medida fue solo una precaución temporal.

Josefina no estaba de acuerdo; estaba segura de que la guerra era inminente, aunque no sabrían hasta más tarde cómo los nazis despojarían de sus bienes y asesinarían a los ciudadanos polacos. Después de estas tensas conversaciones solía haber un silencio causado por un terror que compartían interiormente los dos. Durante esos momentos, Josefina solía sentir un anhelo egoísta de volver a como era su vida antes de todo esto. Su vida era cómoda y acogedora, llena de risa, con la nieve de las montañas, el resplandor de la primavera con los nuevos sonidos, la alegría del color del verano y la tranquila introspección del otoño. *Guárdalo cerca de tu corazón*, se dijo Josefina. *Vas a necesitar recordar esto.* Porque en este momento, la creciente violencia antisemítica que se estaba intensificando en toda Europa, totalmente repugnante y desconcertante, se estaba acercando cada vez más a su familia.

La brutalidad infligida a los judíos, Josefina le recordó a Julius, era algo siderando cómo el nacionalismo estaba capturando y transformando a todo el mundo, que ya no importaba si eras un judío asimilado con un nombre alemán, o, si hablabas alemán, leías literatura alemana, y escuchabas música alemana. Tampoco importaba si, incluso después de vivir veinte años en una ciudad polaca de Cieszyn, que había sido una creación de la posguerra, aún te referías a ella por el nombre alemán, Teschen. Para comer servían Wiener schnitzel y strudel y café fuerte. Empleaban y negociaban con personas de todos los credos. Viena era su centro cultural e intelectual, y ahora su querida ciudad, ya sin judíos, estaba bajo dominio nazi. Checoslovaquia, ese país justo más allá del río hacia el oeste, estaba ocupada por los alemanes. A los judíos, en este Reich en continua expansión, les estaba prohibido asistir a la escuela o a la universidad, o ejercer como abogados o médicos. No se les permitía el acceso al dinero que habían ganado honestamente o ahorrado con prudencia. Les culpaban de todos los trastornos sociales, desde la crisis económica global de los primeros años de la década hasta la propagación de alimañas y enfermedades.

Para Josefina, estas leyes y actitudes virulentas representaban aún más razones para abandonar Teschen, pero cada vez que hablaba de ellas, parecía que Julius se aferraba aún más a la idea de quedarse.

Hasta el incidente en la fábrica de curtidos.

Una noche, unas tres semanas más tarde, el aprendiz de Julius, Eric Zehngut, había ido a la casa de los Kohn después de cenar. Varios años mayor que Peter, Eric había mostrado un gran interés en los curtidos. El padre del joven, el carnicero de carne Kosher, Jacob Zehngut, suministraba a la fábrica de curtidos con cuero de vaca. Las dos familias vivían en la misma calle. Eric y sus hermanos crecieron con los dos niños Kohn. A Josefina le aliviaba que Eric fuese el aprendiz de su marido, y no su hijo, Peter. Sentía mucho afecto por Eric y todavía no se podía imaginar cómo iban a compartir este cercano e incierto futuro.

Josefina y Julius estaban sentados al lado de la ventana cuando Helenka acompañó a Eric al salón. El pelo del joven que normalmente lo llevaba bien arreglado, estaba totalmente desaliñado. Un moretón le había empezado a oscurecer la mejilla, y su chaqueta estaba desgarrada.

—Julek, cariño —dijo, mientras se levantaba de la silla, con tal sonido de alarma en la voz que hizo que su marido levantase los ojos del periódico que estaba leyendo—. Voy a buscar agua fresca y un trapo para poner en ese moretón. Eric, por favor, dame tu chaqueta y te la cosemos.

—No . . . no —dijo Eric, con una voz temblorosa—, por favor, Frau Kohn, no se moleste.

—Eric, insisto —dijo.

Eric se quitó la chaqueta y se la dio a Josefina. Cuando la tenía en sus manos, vio gotas de sangre en las solapas. A la espalda estaba pintada una esvástica. Josefina tardó un momento en darse cuenta de que el símbolo nazi había sido pintado con rojo de curtidores, un compuesto vegetal que utilizaban en la fábrica de su marido.

—Julius —dijo, mostrándole la chaqueta.

Intentó respirar profundamente para disipar el escalofrío que, como una ola, estaba intentando salir de su pecho, como si sus entrañas se estuviesen congelando y expandiendo. Pero Josefina solo podía tomar pequeñas bocanadas de aire. Una vez pudo recuperar su aliento, habló, concentrándose en sonar lo más tranquila posible.

—Le digo a Helenka que tire esto y te busco otra chaqueta, Eric.

—Por favor, siéntate —dijo Julius, mientras se levantaba para ir a buscar una copa de brandy y Josefina entró a la cocina.

Cuando volvió a la sala, Josefina trajo un trapo y una palangana con agua.

— . . . son miembros de la Juventud Hitleriana, estoy segurísimo —estaba diciendo Eric.

Ya le había dicho a Julius hacía unos meses que varios trabajadores de la fábrica de curtidos, que una vez había considerado amigos, pertenecían a organizaciones nazis, como la Juventud Hitleriana.

—¿Fueron ellos quienes pintaron esa esvástica en tu chaqueta? —preguntó Josefina.

Eric asintió. Mientras trataba la herida del joven, ella le escuchó contar lo que había pasado.

Eric estaba cerrando la fábrica cuando cuatro de sus compañeros de trabajo le rodearon. Se habían quitado la ropa de trabajo y estaban vestidos con los pantalones cortos de cuero tradicionales, calcetines hasta la rodilla, y sombreros tiroleses que solían llevar los miembros jóvenes del Partido Nazi en Teschen.

—Te crees importante porque le gustas a ese judío Kohn —dijo uno de ellos.

—Zehngut, ¿qué clase de estúpido apellido es ese? —preguntó otro—. Significa buen diez. ¿Tu familia no sabía contar hasta diez en alemán cuando escogió ese apellido?

—Todos se rieron de esa burla —dijo Eric.

—Nos vamos a deshacer de todos los judíos —dijo el primero, dando un paso adelante—, empezando por ti.

—En ese momento —explicó Eric—, intenté escapar, pero uno de ellos me dio un puñetazo en la cara. El primero, que parecía ser el cabecilla, les dijo a dos de ellos que me sujetaran mientras que el otro me quitaba la chaqueta. Estaba tan cerca de mi cara, que podía oler su podrido aliento —dijo Eric.

Con la chaqueta en la mano, el líder del grupo les indicó que fueran a una de las cubas con la pintura roja de curtidores.

—Bien, es tu decisión, Zehngut: o pintas una esvástica en tu chaqueta con el rojo de curtidores y nos cuentas lo estúpidos que son los judíos, o te niegas a hacerlo y nosotros vamos a usar el rojo de curtidores para pintarte esvásticas en la cara.

En ese momento, Eric miró al suelo.

—Obedecí —dijo suavemente, añadiendo que no podía repetir los insultos asquerosos que los cuatro hombres le habían forzado a decir.

Josefina dejó de limpiar la herida de Eric. Las manos le temblaban. Sintió un gran alivio de que Peter y Suzanna estuviesen de visita en la granja de su abuelo y de que no hubiesen oído la historia. Miró a Julius y vio en su cara que había comprendido la situación: su seguridad ya no estaba garantizada, ya no estaba en sus manos; él no podía defender ni su familia, ni su casa, ni su negocio. En ese momento ella supo que Julius empezaría a hacer planes para salir de Teschen.

JOSEFINA DECIDIÓ GUARDAR ELLA MISMA la comida para llevarla en el viaje. Esa mañana hacia finales de agosto de 1939, su marido tenía que resolver dos asuntos en la fábrica de curtidos. Más tarde, Julius llevaría a la familia en coche a Varsovia. Aunque Josefina se lo esperaba e incluso quería que pasara, se sentía un poco a la deriva. Todos los sirvientes, excepto Helenka y su sobrino Kasimierz Mamczur, el chófer, habían dejado ya su empleo en la casa de los Kohn. Aunque muchos aún tenían la esperanza de que la paz prevaleciera, todos se estaban preparando por si acaso había una guerra: las mujeres se ocupaban de cosechar las huertas y de almacenar provisiones en los sótanos. Los más ancianos, que no podían acarrear cosas, escuchaban las noticias en la radio o cotilleaban. Los niños que eran lo suficientemente mayores para acarrear cosas lo hacían, bajo la dirección cuidadosa de sus hermanos mayores. Algunas personas no hacían nada ya que creían que la guerra no iba a ocurrir. Y otros —como los hombres que habían luchado en la Gran Guerra, sus uniformes obsoletos— solo veían futilidad.

Josefina pensó en su padre. Hermann Eisner que, a sus setenta y un años y a pesar de sus protestas, decidió quedarse en Teschen.

—Un viejo como yo —dijo—, solo sería un estorbo. Además —le dijo a su hija—, alguien tiene que cuidar del molino y la panadería familiar.

Ella frunció el ceño cuando dijo esto, sabiendo bien que el negocio sería arianizado, y su padre despojado no solo de su propiedad, pero posiblemente también de su libertad. Su hermano mayor ya había abandonado la ciudad para alistarse en el ejército polaco, y también sabía que Hermann no quería que la esposa de Arnold, Milly y su bebé, Eva, se quedaran solas.

Aun así, odiaba dejar atrás a su padre.

—Finka —dijo su padre—, puede que me necesiten aquí.

Habló suavemente dando palmaditas a su hija en el brazo. Si muriese, le recordó, le gustaría que le enterrasen al lado de su esposa.

—Quiero que me entierren con mi Karola, aquí en Teschen donde fuimos felices juntos —dijo.

Su razonamiento no alivió a Josefina, pero era incapaz de discutir con su padre una vez había tomado una decisión.

Hermann Eisner lucía un inolvidable bigote de morsa que añadía a su cara seria y distinguida un tono jovial. Según envejecía, le apareció un cierto desconcierto en los ojos, que le daba a sus rasgos un gesto de ternura. Josefina echaría de menos la bondad que emanaba de él y el olor al pan fresco que él hacía. Echaría de menos cruzar el río para ir a comer fuera los domingos y los paseos en carruaje que ella, Julius y los niños adoraban tanto. Cuando se despidió de su padre, Josefina sospechó que nunca lo volvería a ver, pero nunca le mostró el miedo que tenía. En lugar de hacerlo, le acarició cuidadosamente la mejilla e intentó sonreír, y cuando no pudo, miró a otro lado.

—Pronto será un año nuevo —dijo Hermann—. Donde quiera que estemos, comeremos manzanas cubiertas de miel y pensaremos el uno en el otro.

JOSEFINA DELEGÓ TAREAS EN HELENKA y asignó trabajos a Peter y a Suzi.

—Hacerlo de prisa, pero con cuidado —les dijo a sus hijos—. Nos vamos a marchar pronto.

Entró a la cocina y cogió el tipo de comida que se guarda bien y se puede llevar fácilmente cuando uno viaja: harina, cebollas, latas de pescado, patatas, aceite, mermelada de cerezas, sal y azúcar. Después metió en una caja pequeña una tartera, una sartén, varios platos, utensilios, cerillas y dos cuchillos afilados. Finalmente, preparó la comida para el viaje de seis horas en coche hasta Varsovia: manzanas nuevas, una tarta y las sobras endurecidas de dos pollos asados, queso y pan, y lo que había quedado de la leche. Para preservar un sentido de decoro, puso cuatro servilletas de lino fino en la cesta de la comida.

Mientras preparaba estas provisiones tenía en la mente la escasez de alimentos durante la Gran Guerra, pero no podía recordar exactamente ni cuándo ni cómo había terminado la abundancia; en la granja, su familia tenía todo lo que necesitaban, aunque la escasez de comida y el racionamiento del grano para hacer pan había afectado la panadería de su padre. Y, aun así, habían tenido suerte. En comparación con los muchos niños vieneses, que estaban malnutridos —sufriendo de hambruna, incluso— durante los años de guerra, Josefina y Hans habían estado entre los afortunados con acceso a recursos para cultivar su propia comida. Ahora, mientras ponía la comida en las cestas: fruta y pollos de la granja y pan de la panadería de su padre, Josefina sabía que no podía sucumbir a la nostalgia por miedo a no ser capaz de marcharse nunca.

Josefina llamó a Helenka, cuyos zapatos resistentes empezaron a oírse pronto, subiendo las escaleras.

—¿Sí, Frau Kohn?

Helenka nunca se había casado ni había tenido hijos. Josefina admiraba su forma pragmática, y al mismo tiempo, cariñosa de cuidar a Peter y a Suzanna. Estaba agradecida de poder contar con que Helenka supiese ejecutar incluso la tarea más complicada, con un mínimo intercambio de palabras entre ellas.

—Por favor, mientras cierro la maleta de Herr Kohn, envuelva toda la cubertería de plata en el mantel más limpio y grande, y ponga todo en una mochila.

—Sí, por supuesto.

Josefina notó un cierto tono de preocupación en la manera en que Helenka respondió, pero no había tiempo para discutir la gravedad de la situación. Ella, su marido y sus dos niños iban a abandonar su hogar en Teschen, posiblemente por mucho más tiempo de lo que sabían. La amenaza del avance alemán hacia dónde ellos estaban era inminente. Las historias que se escuchaban sobre los nazis, Josefina sospechaba, eran simplemente el principio de una historia más larga y más horrenda de lo que podían imaginarse en aquel entonces.

Josefina esquivó la mirada antes de hablarle de nuevo a Helenka.

—Y, por favor, prepáreme un costurero pequeño —con agujas buenas y fuertes, cuatro o cinco de los carretes más grandes… y tijeras pequeñas —dijo—. Dos pares. Póngalo en una bolsita para poder llevarla encima. Gracias, Helenka.

La mujer que había cuidado a la familia de Josefina durante tantos años asintió y salió de la cocina. El sobrino de Helenka, Kasimierz Mamczur, llevó las provisiones que pesaban más a la parte de atrás de la casa para meterlas en el coche, donde esperó al volante. Tenían suerte de tener este vehículo. A diferencia de muchos refugiados que Josefina había conocido que habían venido en bicicleta, a pie, o en carretas, por lo menos ella y su familia iban a poder viajar de una manera cómoda.

Guantes, Josefina pensó cuando puso la cesta en el coche. Aunque el verano iba a acabar pronto, Josefina sintió que los guantes quizás fueran útiles. No sabía dónde iban a acabar yendo ni cuánto tiempo se iban a quedar, pero estaba segura de que el invierno iba a empezar y terminar antes de que regresaran a Teschen. Además, Josefina se dijo a sí misma para poder aplacar el creciente pánico que suele acompañar una incertidumbre extrema, si su plan funcionase y fuesen capaces de llegar a Inglaterra, tener guantes allí sería definitivamente útil.

Antes de dejarse llevar por ningún pensamiento de un nuevo hogar en el extranjero, Josefina entró de nuevo a la casa y subió al piso de arriba. Había dicho a los niños que empacaran tres mudas de ropa, un abrigo, dos jerséis, un par de zapatos para caminar, un par de botas, suficiente ropa interior para durar una semana, una almohada pequeña, una manta, y una toalla. Podían llevar una bolsa pequeña para meter sus cosas de valor, aunque su madre les había advertido que no llevasen nada frívolo. Y un libro cada uno. Cuando se asomó al cuarto de Peter, su maleta estaba cerrada, una mochila pequeña al lado. Estaba sentado en la cama, acariciando a Helmut, el perro.

—¿Pero por qué tenemos que dejarlo, Mamá? —preguntó.

Su hijo iba a cumplir diecisiete años en unas semanas. Lo suficientemente mayor para alistarse en el ejército con su tío Arnold, y lo suficientemente joven para que no se lo permitiesen sus padres. Todavía un niño, en realidad, Josefina pensó.

Este no era un momento apropiado para ser sentimental, se dijo a sí misma. Todos tenían que concentrarse. Pero sabía bien que no podía asustar a sus niños. Temía el momento en el que tuviese que utilizar el miedo para incitarles a hacer algo, pero hoy no era ese momento. Además, adoraba al perro tanto como Peter y odiaba la idea de dejarlo atrás.

—Helmut va a estar perfectamente bien con Helenka —dijo Josefina en el tono más natural que pudo—. Ya sabes cómo lo mima. Solo podemos llevar lo que cada uno de nosotros podemos cargar.

—Pero yo no necesito tanta ropa —dijo Peter—. Puedo dejar aquí mi maleta y llevarlo a él, Mamá.

—Peter, necesitas llevar todo esto. Y quizás ayudar a tu hermana con sus cosas. Pon a Helmut en el suelo un minuto y ven a ayudarme.

Un refrán polaco, que Helenka siempre repetía a los niños, «Mejor llevarlo encima que pedirlo después» le vino a Josefina a la mente en aquel momento. Lo entendió de un modo que no había considerado antes. Pronto, quizás ella y su familia ya no tendrían un hogar, tal y como los refugiados a los que habían estado ayudando. Todas aquellas personas desplazadas habían pasado por Teschen, cargadas con bolsas llenas de betún, sábanas, vendas, utensilios de cocina, jabón. ¿Qué iba a pasar con todas esas cosas? ¿Les iban a ser útiles? ¿O se convertirían en un lastre del que habría que deshacerse? ¿Era mejor, se preguntó, llevar esas cosas encima que depender de la bondad de los demás y pedir a amigos y a desconocidos que te prestaran cosas cotidianas?

Asomándose a la habitación de Suzi, a Josefina le agradó ver que su hija, una niña guapa de trece años, había terminado de hacer la maleta. Con sus largas piernas y sonrisa inquisitiva, Suzi le recordaba a un ciervo. Un cervatillo de un año, muy parecido a uno en particular que Josefina se encontró mientras estaba esquiando en el bosque hacía varios años. El animal había estado inmóvil sin inmutarse cuando Josefina se acercó y acarició el hocico caliente del cervatillo con la mano sin guantes.

Ahora aquí estaba Suzi, su pelo oscuro y espeso en dos trenzas bien peinadas, guardando las pocas joyas que tenía en un paño suave: una medalla de oro de la estrella de David de la madre de Josefina, una pulsera de oro de la Tía Laura y un anillo con un rubí pequeñito del abuelo Hermann. ¡Qué adorable nieta era Suzi! A Josefina, cuando no podía dormir, le gustaba pensar en los momentos en los que Suzi había recibido esos regalos. Más tarde, cuando decidió no hablar de lo que le había pasado a su familia durante la guerra, deseó haber grabado esos momentos para preservar los recuerdos, aunque los objetos se hubiesen perdido.

—Ponlos en algún lugar seguro —dijo Josefina a su hija. Y aunque quería decirle a Suzi que escondiera bien esas pocas joyas, pero en un lugar accesible, no quiso alarmarla—. Cuando termines, ven con tu hermano a ayudarme.

Mientras decía eso, Josefina fue por el pasillo hasta su habitación. La maleta de Julius estaba abierta encima de la cama, las camisas dobladas y los pantalones arreglados con cuidado. De la parte de atrás del cajón de la cómoda, sacó los guantes que habían sido guardados con el comienzo de la primavera. Josefina cogió dos pares —uno de cuero y otro de lana— para cada

miembro de la familia. Después sacó dos camisetas de la bolsa de su marido y
metió los guantes, los más grandes en un lado y los más pequeños en el otro.
Cerró la maleta, llamó a los niños para que trajeran sus bolsas y las llevaran a
la sala, y bajó las escaleras con una bolsa en cada mano.

SE EMPEZARON A OÍR SONIDOS DE LA CALLE en la casa en Mennicza
Street número 10, donde la familia Kohn había vivido durante los últimos
seis años. En las calles había carretas de caballo, bicicletas y automóviles.
Los olores de los animales y las máquinas entraban por las ventanas abiertas,
mezclados con el aroma de salchichas, carne asada, queso, y las provisiones
cocinadas que traían los pasajeros.

Se oían también las voces de la gente en los vehículos diferentes, hablando
en voz alta con los otros sobre los lugares a donde iban:

—Una tía en Cracovia.

—Varsovia, donde vive mi hermano.

—La casa de mi primo en Lublin.

—Lvov, de donde es mi suegra.

—Amigos en Jarosław.

Deberíamos habernos ido el verano pasado, pensó Josefina, pero igual de
rápido, recordó que, aunque no había estado de acuerdo con Julius en cuanto
a quedarse, había apreciado en secreto la reticencia de su marido de abandonar su hogar, la próspera fábrica de curtidos, y la ciudad donde los dos
habían sido niños, novios, y donde se habían casado y criado una familia. Sí,
había querido sentirse segura, pero disfrutó la comodidad de su casa, el último
vestigio de lo familiar en un mundo que se estaba volviendo totalmente irre-
conocible.

—No hay tiempo para arrepentirse —se dijo en alto, aunque en una voz
tan baja que solo ella escuchó las palabras.

Una vez que el coche estaba lleno y listo, esperaron por Julius. En la sala,
bebieron té. Helenka estaba sentada al lado de Suzi con el brazo alrededor
de los hombros de la niña. Peter tenía a Helmut, el perro, en sus brazos. Suzi
era ahora más alta que Helenka, que había cuidado a los dos niños desde que

eran bebés. Josefina iba a echar de menos a esta mujer. Se había acabado por acostumbrar a sus supersticiones y a sus rezos católicos y agradecía tanto las comidas como el sutil afecto que había dado a su familia. Deseaba, también, que Helenka los pudiera acompañar, pero Josefina sabía que Helenka estaría más segura viviendo lejos de una familia judía.

—Cuando lleguemos a Varsovia, Helenka, te mandaremos el chocolate más fino —dijo Suzi.

—Mi cielo de niña —dijo Helenka fingiendo que estaba arreglando un pelo extraviado detrás de la oreja mientras se secaba una lágrima que se le había escapado por la mejilla.

Josefina sintió entonces un tremendo afecto por ella por haber tenido tal emoción y haberla escondido con ese gesto.

—Suzi, no vamos a tener tiempo de ir de compras ¿sabes? —dijo Peter—. Estamos intentando escapar de los Nazis.

Helmut saltó al suelo y se acercó a Josefina.

—Hola, mi perrito marrón —dijo, inclinándose para rascarle el hocico—. Helenka te va a mimar y vas a volverte un perro gordinflón.

—Ya sé todo sobre los estúpidos Nazis —dijo Suzi—. Estaba intentando consolar a Helenka que está triste porque nos vamos.

Peter y Suzi habían estado discutiendo en los últimos días. Y aunque Josefina entendía cómo las tensiones recientes estaban poniendo a todos de malhumor, estas pequeñas rencillas eran tediosas. Estaba a punto de decir ¡Niños! cuando, de repente, cayó un silencio. Fuera, todo, motores y ruedas, pezuñas y pies, se paró. Como si alguien, pensó Josefina, estuviese intentando organizar, en medio de la confusión de estas partidas apuradas a futuros inciertos, la razón verdadera de todo este movimiento.

Incluso el perrito Helmut, que Josefina había cogido en sus brazos, estaba sentado sin moverse en el regazo de su dueña. Y en ese momento, la razón por el abrupto silencio se hizo evidente. Un estruendo distante llegó hacia ellos de la plaza Rynek Square. El perro gruñó.

—Shh —dijo Josefina.

A medida que se acercaba el sonido se podían discernir los cantos amenazantes de la Juventud Hitleriana. Sus miembros habían estado desfilando por la ciudad cantando canciones nacionalistas alemanas. Ahora estaban gritando lemas antisemitas y golpeando las puertas de las casas y las carretas y coches que pasaban con bastones y cañas. De vez en cuando se podía oír sobre el clamor un grito humano o los gemidos de un animal.

—Helenka —dijo Josefina—, lleve a Peter y a Suzi al sótano. Le dio el perro a Peter—. Obedezcan —les recordó a los niños.

—Pero Mamá —dijo Peter.

—Bajen —dijo—. Ahora mismo.

Josefina oyó avanzar a la muchedumbre. Pronto iban a pasar delante de su puerta, en cuyo dintel se podía ver el tenue esbozo de una mezuzá si se miraba de cerca. Julius había quitado la mezuzá después de los pogromos de *Kristallnacht* en noviembre de 1938.

—Mejor no llamar la atención —le dijo a Josefina.

—*Juden raus* —gritaba la Juventud Hitleriana—, judíos fuera. Y después, coreaban:

—Los judíos son nuestro infortunio —y— Muerte a los judíos infrahumanos, los *Untermenschen Juden*.

Josefina se asomó a la ventana y los vio. Había conocido a estos gamberros desde que eran niños. Su padre les había dado golosinas cuando venían a la panadería con sus madres, hermanas, tías y abuelas. Algunos de sus familiares trabajaban en la fábrica de curtidos. Cuanto más se acercaban más furiosa se sentía. *Deja que me digan esas cosas detestables a la cara*, pensó al abrir la puerta.

Pero los jóvenes habían parado delante de una casa unos números más abajo. Forzaron la puerta y estaban arrastrando a un anciano fuera de la casa —uno de los refugiados judíos que Julius y ella acababan de conocer, y que no tenía suficientes fuerzas para seguir viajando. Un miembro de la Juventud Hitleriana escupió al hombre. Otro le quitó su abrigo. Otro le tiró de los faldones de la camisa y empezó a desgarrar la parte de abajo. En ese momento Josefina vio a uno de los jóvenes —uno de los compañeros de Peter de la escuela— levantar un palo encima de la cabeza del hombre y ella salió de su casa.

—¡Para! —gritó en alemán—. Hans Mentelek —dijo—, ¿Qué crees que estás haciendo?

El chico bajó el brazo, se volvió y la miró con fiereza. Escupió despacio y mantuvo su mirada, con una mueca llena de maldad.

—Enseñándole una lección a un sucio y viejo judío —dijo.

Con esto se volvió hacia el viejo y le golpeó con el palo. El hombre cayó al suelo y la muchedumbre se le fue encima, dándole patadas y pegándole con palos y otro tipo de armas toscas.

Peter y Suzi, a pesar de las advertencias de Helenka de que se quedaran con ella, habían subido del sótano cuando oyeron a su madre gritar y el jaleo que vino a continuación. Mientras Peter llevaba a su madre dentro de casa, Suzi se asomó a la calle y vio, por un instante, la viciosa multitud. Oyó los gritos del hombre, el anciano judío, un hombre que se parecía mucho a su propio abuelo.

Helenka tiró de ella dentro de la casa y cerró la puerta con llave.

—Mi niña —le dijo a Suzi, que había empezado a llorar—, tienes que ser fuerte ahora.

—Vamos a recoger a tu padre —dijo Josefina.

Estaba temblando, pero a pesar de todo, su tono seguía siendo resoluto.

Dejaron la casa, y al cerrar la puerta, lo último que Josefina vio de su hogar fueron las tazas de té medio llenas en la mesa de la sala.

DESDE EL ASIENTO DEL PASAJERO DEL COCHE, Josefina fijó su mirada en las manos del conductor, Kasimierz Mamczur, y en cómo parecían estar agarrando el volante sin ningún esfuerzo. Cuando se metieron en el coche, Helenka había subido las ventanillas. Nadie habló. Suzi lloriqueaba en silencio. Helmut jadeaba, y Peter le acariciaba las orejas sin pensar. Josefina ignoró el pegajoso sudor que le pegaba la blusa a su piel. Kasimierz condujo despacio por Browarna Street y después Przykopa Street, donde estaba la fábrica de curtidos de los Kohn. El ruido de la multitud se había disipado.

Cuando llegaron, Kasimierz entró para encontrar a Julius, Josefina miró a su hija.

—Suzi —dijo, secando las lágrimas de la cara de la niña, con una mano cuidadosa pero firme—, tienes que dejar de llorar y despedirte bien de Helenka.

—No dejes que tu padre te vea tan triste —dijo Helenka mientras la abrazaba, dándole besos en la frente y suspirando su adiós.

Antes de que Helenka abriera la puerta del coche, las dos mujeres se miraron una a la otra por un brevísimo momento. Josefina deseó que tuvieran más tiempo. Quería decirle lo agradecida que estaba por el afecto y generosidad que Helenka mostró cuidando a su familia. Quería recordarle a la otra mujer que tuviese cuidado en este nuevo mundo. Josefina quería abrazarla y no soltarla, pero eso no se hacía. De este modo, en lugar de abrazarla, le dijo a Helenka, en una voz carrasposa, que estaba segura de que se verían de nuevo pronto.

Helenka bajó del coche y cogió al perro en los brazos. Kasimierz Mamczur y Julius estaban fuera, dándose la mano. Una vez se fueron los Kohn, Helenka y su sobrino empezaron a caminar a casa. Josefina miró atrás de nuevo, y vio que estaban caminando por el canal —una mujer, un joven, y un perro, lo más normal posible en una tarde a finales de agosto. Excepto que la mujer estaba agarrando al perro para que no siguiera corriendo hacia su dueña, e iban por ese camino para evitar una muchedumbre brutal.

DESPUÉS DE HABER SALIDO DE LA CIUDAD, Josefina le contó a Julius, que estaba conduciendo, lo que había pasado en Mennicza Street. Le habló en un tono neutro, como si no hubiese pasado nada, para no alarmar a los niños. Mientras narraba la escena vio como a Julius se le endureció el rostro y se le tensaba la mandíbula.

—Hans Mentelek —dijo Josefina—. Solía comprar bollos dulces en la panadería cuando era niño.

Julius asintió, y una tristeza suavizó su cara. Josefina se preguntó si Julius iba a decir algo, y tan pronto pensó esto, deseó que no lo hiciese. ¿De qué valdría hablar en este momento? Julius extendió la mano, ella la cogió suavemente, y siguieron viajando de este modo, reconfortándose mutuamente durante una hora o así.

La familia viajó en silencio. Suzi miraba por la ventanilla a las hectáreas y hectáreas de terrenos llanos de cultivo entre Teschen y Varsovia. Peter contaba los pájaros que veía en silencio —un halcón, varias cigüeñas, cuervos encapuchados. Las horas pasaron. Julius, con su pajarita aflojada, condujo sin parar.

Josefina cerró los ojos. *La situación ha llegado al punto más horroroso posible*, pensó, *¿quién hubiera pensado que los niños se convertirían en viciosos criminales?* No podía dejar de pensar en la imagen del joven Hans Mentelek, levantando el palo para golpear al anciano medio desnudo. Ni tampoco en cómo el azul de los ojos de Hans se le había oscurecido cuando la miró de forma agresiva. No podía olvidar la malicia que había deformado su boca en una línea estrecha, ni tampoco las burlas de sus compatriotas. *¿Cómo vamos a poder volver nunca?* se preguntó, incapaz de saber si su salida de Teschen sería un exilio permanente, pero sintiendo de forma aguda que las vidas de todas las personas que conocían y amaban estaban a punto de ser transformadas para siempre.

Tener que escapar del hogar que uno ama es trágico. Desaparecido está ese lugar cuyas colinas y bosques habías explorado en esquís y a pie, cuyas aguas te habían sustentado. Desvanecido está un pasado de un tranquilo lugar donde vivían personas respetables. Olvidados están, los jóvenes a quienes les gustaba la música y bailar. Desaparecido está el sentimiento de pertenecer a una historia. Desvaída está la luz que iluminaba los árboles y la serenidad majestuosa de la arquitectura vienesa. Perdidos están el río, los terraplenes y los puentes. Para Josefina, la partida había sido empeorada por la expresión de odio salvaje que había causado que decidieran irse. ¿Cómo es posible *no* albergar algún rencor? ¿Cómo podría ella confiar de nuevo en vecinos y familiares? ¿Cómo iba a poder enseñarle a su hija a ser mujer en este mundo frágil que se estaba desmoronando? ¿Cómo iba a controlar su hijo el impulso de pelear con los malhechores? Josefina consideró estas preguntas, que no pudo contestar, mientras Julius conducía rumbo a Varsovia, el amado París del Este en Polonia. Quizás las cosas no iban a estar tan mal allí, pensó Josefina, aunque no contaba con eso.

—Con suerte —dijo Julius, una vez llegados a Varsovia —Greta y Ernst habrán llegado y reservado nuestras habitaciones.

Josefina no había considerado ninguna otra posibilidad. ¿Y si su cuñada y su marido hubiesen tenido algún problema cuando estaban viajando a la ciudad? ¿Cómo se las arreglarían para seguir juntos?

Julius le cogió la mano. Con ese gesto, sabía que él era consciente de ella, de que era su marido y estaba preocupado por ella. Josefina quería creer que la normalidad prevalecería, y, aunque apreciaba sus esfuerzos para convencerla de no perder la esperanza, ella misma había visto cómo aumentaban el grado de incertidumbre.

—Estoy seguro que todo está bien, Finka —dijo suavemente.

Julius se detuvo afuera del Hotel Angielski, en la esquina de las calles Trębacka y Wierzbowa en el Distrito del Centro de Varsovia. Un edificio de tres plantas, el hotel, en el pasado, Josefina lo sabía, había presumido de tener uno de los mejores restaurantes de la ciudad. En 1939, los servicios que ofrecía incluían agua corriente caliente y fría, calefacción central, teléfonos, baños y un ascensor. El desayuno, la comida y la cena eran servidos en el comedor. El nombre del hotel, diseñado con letras de estilo art-déco, estaba ubicado en la pared exterior que daba a la calle.

—¿Vamos a quedarnos aquí? —preguntó Suzi desde el asiento de atrás—. ¿El Angielski?

Estas fueron las primeras palabras que dijo desde que dejaron Teschen.

—Solo por una o dos noches, Suzi —dijo Julius—. Después nos alojaremos en el apartamento del primo Friedrich.

—¿Va a venir alguien a echarte a la calle y golpearte —preguntó Suzi—, como le hicieron al pobre anciano de la casa de al lado?

—Todos vamos a estar seguros aquí. Y tienes que ser buena y hacer lo que se te diga —le contestó su padre.

—Mira, Suzi —dijo Peter, con un tono protector. Estaba señalando a una placa encima de la palabra *Angielski*, donde se mencionaba al residente más famoso del hotel, Napoleón Bonaparte, que se había alojado en un apartamento de tres habitaciones en este mismo local durante su huida de Moscú en 1812—. Ves, este lugar es famoso. No tenemos que preocuparnos por nada ya que el fantasma de Napoleón va a espantar a los Nazis.

Josefina, que se había vuelto hacia el asiento de atrás justo antes de que hablara su hijo, vio que Suzi estaba mirando a sus pies. Pero su hija también estaba sonriendo, de ese modo privado y ambiguo, y casi melancólico en el que lo hacen las chicas de trece años. Josefina se vio reflejada en el gesto como algo que ella también habría hecho a esa edad. Estaba orgullosa de la levedad de su hijo en aquel momento y de ver cómo estaba ayudando a su hermana a ajustarse a aquella situación que se estaba empeorando cada vez más desde que tuvieron que huir de su hogar. Y aunque todavía no lo sabía, más tarde Josefina entendería que su familia, en aquel momento, no se había *marchado*, sino que estaba entrando en el exilio. Esto era algo no poco familiar para los judíos, razonó, aunque era algo desconocido para ellos personalmente. A pesar de todo, en aquel momento en el coche, recién llegados al Hotel Angielski en Varsovia, Josefina vio solo a Suzanna, con piernas demasiado largas para el asiento de atrás, ropa impecable, trenzas bien peinadas y algo parecido al contorno de una sonrisa en su cara. La chica de Teschen, que, según Camillia Sandhaus, era una pianista muy *prometedora*.

Los dos días siguientes en Varsovia parecieron casi ordinarios, aunque la tensión impregnaba todo con urgencia. Una presión constante palpitaba en los pies de Josefina, que no podía ni aliviar ni ignorar. Observó en alerta a su familia para ver si mostraban alguna señal de inquietud, pero la angustia que ella sentía no era aparente ni en la cara de su marido, ni de sus niños, ni de sus cuñados, que, de hecho, habían llegado sin problemas. Julius y Ernst se estaban ocupando de los asuntos de la fábrica de curtidos. Josefina, Greta y los niños compraban provisiones.

Las constantes conversaciones sobre la guerra habían vuelto a todos sospechosos de la gente extraña. Y Josefina vio cómo la gente que parecía ser judíos ortodoxos salía en grupos para no ir solos por las calles. Vio cómo miraban sospechosamente a cualquier persona que hablase en alemán. Se oían susurros: ¿Después de todo, no habían sido los judíos los que habían traído la ira de Hitler y esta miseria Nazi a la gente polaca? Josefina podía sentir el recelo de las otras personas cuando caminaba por las calles, cómo sus ojos observaban rápidamente la nariz, el pelo, y los ojos, incluso cuando —y uno deseaba creer que esto fuese verdad— sus corazones no querían hacerlo.

Un grito llega cruzando el cielo

EL PRIMER DÍA DE OCTUBRE DE 1939, los residentes de Varsovia se despertaron en una mañana fresca de otoño, ese tipo de mañana que te invita a hacer un picnic a la orilla del río, pasear por el bosque o desayunar en un jardín. El cielo estaba despejado. Se oían sonidos matutinos de la ciudad: la gente en las tiendas subiendo las persianas, personas charlando mientras caminaban, los tranvías con sus sonidos metálicos. Esa mañana, temprano, aviones alemanes cruzarían el azul brillante del cielo sobre Varsovia y bombardearían la ciudad despiadadamente, a pesar de que ese mismo día, Adolf Hitler dio un discurso en Berlín, en el que informó a los ciudadanos de que iba a restringir sus ataques aéreos a objetivos militares.

—No atacaré ni a mujeres ni a niños —dijo.

La invasión de Polonia por parte de los nazis provocaría que Inglaterra y Francia declarasen la guerra el tres de septiembre. El asedio duró veintisiete días, y terminaría con la llegada a Polonia de Hitler y su *Wehrmacht* para hacer una inspección de su nuevo dominio, Varsovia, una ciudad en ruinas bajo sus miradas indiferentes y botas relucientes.

Pero antes de que cayera ninguna bomba, sonó el teléfono en la habitación donde se alojaban los Kohn en el Hotel Angielski. Julius contestó, y Josefina oyó la voz excitada de Eric Zehngut por el auricular. Estaba hablando en voz muy alta de noticias sobre Teschen: en la fábrica de curtidos, desde donde estaba llamando, había estallado el caos.

—Los alemanes han invadido Polonia —le dijo a Julius sin aliento—. Todos se están marchando. Y con mucha prisa.

Josefina sabía que su marido sentiría estas noticias como una nueva herida.

—Herr Kohn —dijo Eric Zehngut— mi hermano Fred y yo nos vamos a Jarosław a encontrarnos con nuestro hermano Beno. Dicen que los alemanes están avanzando hacia Varsovia.

Julius le dio las gracias a Eric antes de colgar. Se puso unos pantalones y una camisa. Hoy no había tiempo para ponerse la pajarita.

—Finka —dijo mientras se abotonaba—. Lleva a los niños a la habitación de al lado y dile a Ernst y a Greta que los alemanes han invadido el país.

Josefina ya se había vestido antes de que su marido terminase de atar los zapatos y aunque le sonrió, ella vio la inquietud en su expresión.

—Voy contigo a la habitación de Ernst y Greta —dijo él.

Más tarde, Julius le comentó a su esposa que se había encontrado con la señora de la limpieza del hotel en las escaleras.

—Ven conmigo, por favor —le había dicho, y ella le siguió.

Una vez en la recepción, le contó a ella y al encargado del hotel lo que le habían dicho. El encargado del hotel subió a los otros pisos para advertir a los demás huéspedes.

MINUTOS MAS TARDE, LOS SEIS MIEMBOS de la familia estaban reunidos en la habitación de Ernst y Greta en el Hotel Angielski. Los adultos discutían las opciones que tenían. Los niños estaban sentados en silencio. Si, más tarde, en algún momento cuando todavía pudieran recordarlo, alguien les preguntase sobre este momento en particular, quizás dirían que las ventanas estaban abiertas y que se oía el canto de los pájaros fuera. Que una brisa suave traía el nostálgico olor de los últimos días del verano. Quizás dirían que estaban pensando en el buen tiempo que hacía, y que, si estuviesen en Teschen, estarían paseando por el río. O de lo extrañas que habían sido las noticias que habían recibido hacía unos minutos de que había estallado una guerra, antes del estruendo y del humo de las bombas, y no lejos del lugar que había sido su hogar en la Polonia Occidental. O que la destrucción de Varsovia había empezado con un grito que cruzó el brillante cielo azul.

Josefina vio cómo el miedo transformó la cara de su marido: los labios tensos, el ceño fruncido y tuvo que esforzarse para no entrar en pánico. En lugar de eso miró a los niños, que parecían tan tranquilos, como si estuvieran soñando despiertos. Una premonición se apoderó de ella, y Josefina se dio cuenta de que estaba viendo en las caras de Peter y de Suzi la última evidencia de su infancia.

—Debemos actuar rápido —dijo Julius— y refugiarnos en el sótano del hotel.

Todos se movieron al instante. Josefina puso provisiones en los brazos de los niños. Ella y Greta cogieron almohadas, sábanas y mantas. Sus maridos llevaron cosas esenciales —Ernst su maletín de médico, Julius su mochila con los documentos de negocios y el dinero.

Cuando los Kohn llegaron a la recepción, la criada del hotel y el encargado estaban cerrando las puertas y ventanas.

El encargado señaló por dónde estaban las escaleras que llevaban al sótano. En los pisos de arriba se podía oír una sinfonía de sonidos apresurados: puertas abriéndose, gente moviéndose de forma resuelta, voces alarmadas, pero todavía somnolientas, llamadas de teléfono, puertas cerrándose y pasos en las escaleras.

Los Kohn fueron los primeros en asentarse en el sótano. Josefina y los niños se sentaron rápidamente en mantas dobladas y almohadas.

—Papá —preguntó Suzanna— ¿cuánto tiempo vamos a tener que quedarnos aquí?

Su padre no le contestó porque no pudo. En ese instante, Josefina vio en la cara de su hija un reconocimiento de que la incertidumbre iba a estar siempre presente no solo en aquellos días, pero en las semanas e incluso los meses siguientes. La pregunta de Suzanna hizo que Josefina sintiese un escalofrío en la parte inferior de su espalda. Reconoció esta sensación porque la había sentido antes, cuando era niña. Era verano y Josefina había decidido ir a nadar sola, para demostrarles a todos que era lo suficientemente mayor para meterse sola en el agua. Pero justo cuando no podía pisar el fondo arenoso del lago, Josefina sintió la inmensidad y el poder del agua, y su capacidad de dar y quitar vida. El miedo se apoderó de ella desde cerca de la rabadilla, lo que hizo que, sin aliento y con el corazón latiéndole fuertemente, regresara a tierra firme. Estaba tiritando, su pelo todavía húmedo, cuando Elsa la encontró y le obligó a hacer la promesa de que nunca más iría al lago sola, nunca jamás. Josefina recordó el calor del cuerpo de su hermana mayor cuando la abrazó fuertemente.

—Ya pasó, Finka —repetía Elsa, hasta que el terror que se le había aferrado a Josefina se disipó, y ya no sintió ningún miedo.

Josefina observó el sótano: a la derecha las escaleras y un barril. En una esquina una tabla de lavar rota. Greta estaba ocupada organizando sus provisiones. Julius y Ernst estaban de pie debajo de la ventana que daba a la calle, con las caras casi tocándose, la luz tenue, pero no lo suficientemente como para oscurecer la preocupación visible en sus frentes. Peter y Suzi estaban apoyados contra una columna. En el otro extremo de la habitación, habían dejado un martillo y una sierra encima de la mesa de trabajo. Una radio pequeña estaba en el estante encima de la mesa.

Una ola de adrenalina pasó por el cuerpo de Josefina, acelerando los latidos de su corazón, tensándole los magros músculos, y agudizándole la vista, una sensación que había experimentado antes pero solo cuando estaba esquiando por una ladera empinada en las montañas. Podía vislumbrar los rasguños en la superficie de madera del barril, podía ver la astilla que sobresalía de la tabla de lavar. Una gotita de pintura blanca había salpicado la mesa de trabajo. Un hilo suelto y corto colgaba de uno de los botones del vestido azul marino de Suzi. Si mantenía los ojos en la radio, estaba segura de que sería capaz de ver huellas dactilares en los botones. Se preguntaba si sus niños podían ver todo tan claro también. ¿Se habían dado cuenta de que su padre llevaba un traje, pero que no se había puesto la pajarita que siempre llevaba? ¿O que, sin los gemelos, los puños de la camisa sobresalían por las mangas de la chaqueta? La calva le brillaba. ¿Habían visto que el jersey que ella llevaba no estaba bien abrochado? ¿Se dieron cuenta de los mechones de pelo que le caían ante los ojos? Como padres ¿parecían ella y Julius inseguros de lo que iban a hacer ahora?

Mientras Josefina absorbía los detalles del sótano, otros doce huéspedes del hotel se reunieron con ellos, acomodándose entre los fardos de ropa, paquetes, almohadas, mantas y comida que llevaban. La criada del hotel trajo una caja grande con velas y se sentó cerca del barril. La mujer no tenía nada más que un abrigo fino, por lo que Josefina le ofreció una manta.

—Mi marido —dijo la criada del hotel— trabaja al otro lado de la ciudad. Roguemos que esté a salvo.

Josefina tapó a la mujer con la manta y le dio palmaditas en la mano.

—Espero que lo esté —dijo.

Se preguntó cuánto tiempo sería capaz de acomodar el miedo de los demás, o si ella misma quizás algún día iba a requerir una ayuda igual para aliviar su pánico. Nunca tuvo que preocuparse de mucho antes. Por supuesto, Josefina sabía por propia experiencia lo que era echar de menos y sentirse inquieta por un hermano que está luchando en una guerra. Era solo una niña durante la Gran Guerra, pero había reconocido el cambio por el que pasó su madre y se preguntaba si sus niños en este momento podían ver lo mismo en ella mientras estaban en el sótano.

Los huéspedes estaban ahora en silencio, pero más tarde, intercambiarían breves historias: algunos habían venido a Varsovia por negocios, otros por placer. Varios de ellos estaban de regreso a sus casas después de las vacaciones de verano. Pocos no creían todavía que estuviese ocurriendo una invasión —¿Quién iba a querer destruir el glorioso París del Este? Al principio, cuando se les había advertido de la situación, estos huéspedes incrédulos estaban escépticos, pero cuando vieron que todo el mundo se había refugiado, también lo hicieron. Otros pensaban que la guerra era inevitable y que siempre lo había sido. Los judíos entre ellos —si había otros aparte de los Kohn —no revelaron quienes eran.

En los breves momentos antes de que empezase el bombardeo, Josefina les observó. Uno o dos miraban a su marido, un hombre que no conocían, que había contestado una llamada de teléfono y que después les había dado las noticias de la invasión alemana. Se preguntaba qué estaban pensando, si miraban a Julius porque lo consideraban un líder, o si en secreto tenían sospechas de las noticias que les había dado, o, peor, sospechas de su familia. De repente, nada era lo que parecía. Sintió una necesidad de estar alerta y de tener cuidado, y de, además, no mostrar que eran judíos. Josefina sintió frío y calor al mismo tiempo. Su corazón le estaba palpitando fuertemente. *Tranquila, tranquila, tranquila,* se repetía a sí misma.

El encargado del hotel era, como Julius, un veterano de la Gran Guerra. Hacía unos momentos Josefina había visto cómo se intercambiaban credenciales de guerra, de una manera eficiente de ex soldados que sabían que no había tiempo que perder. Julius señaló el parche en su ojo izquierdo. El encargado alzó su mano izquierda, a la que le faltaba parte del dedo anular.

—Subteniente —dijo Julius.

—Sargento —respondió el otro.

Josefina sabía que los dos temían, cada uno a su modo y por sus propias razones, el poder y la fuerza del ejército alemán.

—Yo me quedaré arriba en la recepción —anunció el encargado del hotel— en caso . . . —pero dejó de hablar antes de terminar la frase, por si acaso causaba pánico a los huéspedes—. Me quedaré arriba para responder a cualquier llamada —dijo rápidamente antes de salir de la habitación.

La puerta se cerró, oscureciendo el sótano. Los huéspedes se callaron y dejaron de moverse. Se oía el repique de la campana de una iglesia cercana. Justo cuando las campanadas terminaron, un silbido —un poco como un grito, pero un grito silenciado por la distancia— atravesó el aire, después una explosión estruendosa e inmediatamente el olor putrefacto de sulfuro, que, a su vez, fue seguido de un olor a fuego y humo. La tierra tembló. En el sótano, todos miraban a las columnas que sujetaban el techo.

¿Si una de esas bombas cae en el hotel, aguantarán estas columnas o se van a derrumbar? Nadie quería imaginar lo que pasaría si las columnas se derrumbasen, pero Josefina sabía que todos, incluida ella misma, estaban considerando tal catástrofe. Un temblor colectivo sacudió a las diecinueve personas. En los breves silencios después de cada explosión, se podían oír gritos de afuera. Algunas de las ancianas en el sótano rezaban en susurros con rosarios en las manos. Y, de nuevo, el silbido y la explosión y después del estruendo de la bomba al impactar en el suelo, sonidos humanos. Lloros, gritos, chillidos, llantos, rezos, alaridos. Cristales rotos. El polvo se levantaba enfrente de las ventanas pequeñas que daban a la acera. Las paredes vibraban. El techo oscilaba. Una furia estaba cayendo sobre Varsovia.

Nos vamos a quedar atrapados aquí, pensó Josefina, *todos nosotros aquí arrinconados. Los suelos de arriba van a desplomarse, y nos asfixiaremos.* Iba a tener que esconder esta ansiedad de los demás. Si empezaba a pensar en otras cosas, razonó, sería una sensata manera de sobrevivir a la terrible amenaza de devastación que la sobrecogió cuando cayeron las bombas. Por tanto, Josefina encauzó sus pensamientos a imaginarse a sus niños en un momento específico en el que no tuviesen preocupaciones. Como si pudiera convencer a su ser más profundo de que llegaría un día, en el que todo volvería a ser como *antes*. Solo unos meses antes, Suzi y Peter habían estado entusiasmados porque iban a ir a una fiesta de cumpleaños de un amigo de Teschen. En la fiesta había habido porcelana de la más fina, una tarta Sacher gloriosa que habían traído de Viena, un surtido de pastas deliciosas y de bombones selectos, café del mejor. Jerez y Brandy para los adultos. Manteles de calidad en la mesa, las servilletas dobladas en forma de flor de lis, copas de cristal y la platería que acababa de ser abrillantada. Las ventanas estaban abiertas, la fragancia de las lilas en el aire. Josefina intentó evocar su aroma embriagador pero el sótano del Hotel Angielski olía a moho. El olor a chamusquina que entraba de las calles cubrió la fragancia de cualquier flor que hubiese en los jarrones de las habitaciones de arriba o en cualquier terreno más allá de esas paredes. El olor repugnante de la realidad presente borró cualquier pensamiento que intentó evocar de un momento feliz en Teschen.

Algo estaba podrido, pensó Josefina, en el estado de Polonia. Le dolía pensar que este algo putrefacto, que se estaba acercando cada vez más rápido, hablaba alemán, leía a Schopenhauer y Goethe, y escuchaba, con el mismo éxtasis y veneración que ella, a Mozart y Beethoven. Se preguntaba si iba a ser capaz de hablar en alemán de nuevo sin oler ese nauseabundo hedor de bombas y el fétido aroma del miedo humano.

Cuando el bombardeo estuvo perdiendo fuerza, le parecía que todos se estaban moviendo, como si la misma habitación estuviese cansada del peso de la gente allí escondida. La criada del hotel se levantó y en ese mismo instante se dio cuenta de que no tenía nada que hacer ni ningún lugar al que ir. Dos de las mujeres de las habitaciones del segundo piso, dos hermanas solteras que iban a regresar a su casa en Cracovia después de estar veraneando en los bosques del este suspiraron fuertemente. Empezaron a hablar una con otra, pero nada de lo que decían tenía que ver con la situación. Una habló sobre recetas de col rellena, como si estuviera retomando una conversación que habían tenido las dos una semana antes. La otra se preguntaba si el vecino les habría regado la huerta mientras estaban fuera. Uno de los hombres suspiró. Otro tosió. Suzi abrió despacio la mano, que había estado fuertemente aferrada al dobladillo de su falda, ahora arrugado. Peter estiró la boca. Julius empezó a ajustar su pajarita, pero al darse cuenta de que no la llevaba, dejó caer las manos y después los hombros. Greta estaba sollozando en silencio y Ernst le acariciaba la mano.

Para Josefina Kohn, aparte de los miembros de su familia, las personas en el sótano eran gente extraña con la que no estaría en otras circunstancias. Aun así, eran personas con las que acababa de compartir el primer momento verdaderamente aterrador de su vida. Había una intimidad inmediata por haber vivido juntos un miedo semejante. ¿Sentía lo mismo la mujer del tercer piso, una profesora de Lodz? ¿Sospechaba el señor que acababa de suspirar que Josefina y su familia eran judíos? Y, si lo sospechaba, o lo temía ¿qué iba a hacer? ¿Serían las hermanas del segundo piso generosas con la comida si Josefina y su familia no tuviesen nada para comer? Josefina se frotó la mandíbula que había mantenido apretada fuertemente. Pensó en su familia en Teschen y se preguntó si su padre, Milly y la pequeña Eva también tuvieron que esconderse en un sótano. ¿Estaban también bombardeando Lvov, donde estaba su suegra? ¿Y cómo estaba la Tía Laura en Viena? Quizás nunca iba a volver a ver ni a su familia ni a la de Julius. Mientras contemplaba esta idea su pecho se le apretó. Durante un minuto no pudo respirar. *Para, para*, se dijo a sí misma, reprimiendo el sentimiento de pánico y metiéndolo en una reserva profunda de su ser que no sabía que tenía.

A eso de las cinco, el encargado del hotel bajó las escaleras con una cesta de comida. Cuando abrió la puerta del sótano, un espeso rayo de luz opaca brilló en los escalones y cuando iluminó la cara pálida del encargado, Josefina se acordó de lo hermoso que el cielo había estado esa mañana. Qué lejos parecía estar ahora esa promesa de un día ideal. El encargado se había quitado la chaqueta de su uniforme y su camisa estaba húmeda y pegada a su piel. Tenía el pelo cubierto del polvo de las paredes. Puso la comida delante de los huéspedes y les indicó con un gesto que comieran lo que había traído.

—Todas las ventanas arriba están rotas —dijo, dirigiéndose más bien a Julius, y, aunque lo dijo en voz muy baja, Josefina le oyó. Aun así, el tono del hombre era firme.

Combustión espontánea

Tal y como planearon, los Kohn se mudaron al apartamento del primo de Julius, Friedrich, en la calle Bałuckiego. Friedrich era un joven oficial del ejército polaco y había sido enviado al frente. Antes de la invasión, cuando la guerra era solo una posibilidad, había ofrecido a Julius y a su familia el uso de su apartamento que estaba limpio y arreglado, y bien amueblado. Nadie podría imaginar lo que le pasaría a este joven, que le matarían —con un tiro en la cabeza— en una serie de ejecuciones en masa de los oficiales del ejército polaco, a lo que después llamarían la Masacre Katyń. Estos asesinatos corresponderían a un futuro que ni Josefina ni su marido podían concebir aún, en el que serían separados, porque Julius sería arrestado y encarcelado por la policía secreta soviética, o NKVD, la misma organización responsable de la muerte de Friedrich.

Si la huida de Teschen a Varsovia no hubiese estado impregnada de desesperación, la breve estancia en el apartamento de Friedrich hubiera parecido más como unas acogedoras vacaciones en la metrópolis. El tipo de viajes culturales que Josefina y su marido hicieron de recién casados, antes de que la fábrica de curtidos de los Kohn les trajera la prosperidad para poder alojarse en hoteles de lujo cuando viajaban. En aquellos días al principio de su matrimonio, todavía tenían suficiente espíritu de aventura y curiosidad para buscar una experiencia diferente a la vida tranquila en la pintoresca ciudad silesiana de Teschen al pie de las montañas Beskides. Ahora Josefina —a los treinta y nueve años y madre de dos niños— se asomó a la ventana y miró a la calle Baluckiego, una calle pequeña, llamada así en honor a un autor de Galitzia en Polonia, que había escrito sobre temas judíos en sus varias novelas. En 1901, Michał Bałucki, que padecía de varias enfermedades, se suicidó en un parque de Cracovia. A Josefina le parecía que el final de la vida de este hombre describía de manera acertada el ambiente devastadoramente sombrío de su país ahora, treinta y ocho años más tarde.

Después del primero de septiembre llegaron más refugiados a la capital de Polonia. Tras muchas dificultades y esfuerzos huyendo del avance nazi llegaban a Varsovia. Muchos venían a pie cruzando el puente Poniatowski; en bicicletas bajando la calle Elektoralna; y sentados encima de sus pertenencias en carros sobrecargados por la calle Filtrowa. Muchos de los judíos piadosos traían sidurim y rollos de la Torá de sus sinagogas. Los automóviles habían sido abandonados rápidamente —la gasolina era casi imposible de comprar y, como había predicho Julius, los coches eran blancos fáciles para las ametralladoras de los aviones nazis. Los refugiados se reunían en los sótanos y escaleras con las personas en Varsovia que había sido desplazadas y ya estaban ocupando esos lugares. Cada vez que un edificio se derrumbaba, la gente iba a otro sótano o a otras escaleras. Después de los primeros días, dejaron de acarrear la mayoría de sus posesiones, ya que eran una sobrecarga que podría causar la muerte. Además, había cada vez menos espacio para acomodar el número de personas que buscaban refugio.

Un día Josefina, mientras esperaba en la cola del pan, escuchó a un niño de unos doce años hablando con Suzi.

—Mis padres murieron ayer —dijo, su voz monótona, su expresión vacía.

Se lamentaba, dijo, de haber tenido que atar a su perro al fogón, como le había mandado su padre.

—Cada vez que caía una bomba, el perro saltaba y se golpeaba la cabeza —explicó el niño.

Cuando el bombardeo cesó durante unos momentos, su madre le había pedido que fuese a llenar un cubo de agua de la cisterna de un edificio vecino. Estaba cruzando el patio cuando la sombra de un avión alemán oscureció el suelo donde estaba. Cuando miró hacia arriba, pudo ver las bombas que estaban cayendo hacia la casa y se echó a correr.

—Soy un buen corredor —dijo.

Josefina se dio la vuelta para mirarle. *Un niño normal y corriente*, pensó.

—Fui corriendo hasta el distrito Wola —dijo.

Estaba a salvo al otro lado de la ciudad cuando decidió regresar corriendo. Le llevó horas. Quería volver a su calle, pero algo . . .

—Dios, el diablo, no sé —contó, le había dicho que era mala suerte—. Ojalá no hubiese atado a mi perro —dijo de nuevo.

Todos tenían una historia sobre los horrores del asedio: los cadáveres de los caballos pudriéndose en las calles y los incesantes entierros de los muertos. Las mujeres con sus recién nacidos, que habían sido trasladadas de las salas de maternidad a los sótanos de los hospitales, donde había menos cristales y polvo y estaban menos expuestas.

—¿Qué es lo que augura —preguntó alguien—, haber nacido de este modo?

Las fachadas de los edificios se habían derrumbado y estaban exponiendo, sin ningún pudor, su interior con todo patas arriba. Había un cuadro torcido en la pared de un salón, un sofá debajo, colgando por una pata, casi cayendo por un agujero en el suelo. Una cama toda deshecha tambaleando de forma amenazadora hacia una pared inexistente. Cocinas enteras en varios estados de desbarajuste que no tenían sentido ninguno: fregaderos con patas saliendo de los marcos de las ventanas, cocinas cortadas a la mitad, una olla en un hornillo. Una bañera en el vestíbulo.

Dos hombres llevaban un armario, una de sus posesiones que había sobrevivido. Caminaban sobre el escombro hacia . . . bueno, nadie sabía hacia dónde. Mucho después de Varsovia, del asedio y de todo lo que siguió, años después de que la guerra hubiese terminado, e incluso cuando estaba a salvo en Inglaterra, en su casa en Londres, Josefina tenía pesadillas sobre su reflejo en el espejo de la puerta de aquel armario. Un sol caliente, refulgente y despiadado brillaba en estos sueños aterradores, en los que Josefina estaba encima de un monte de escombro gris, restos de edificios que habían estado intactos solo horas, dos días, una semana antes. Todo estaba cubierto de tonos amarillentos: la cara de la gente, su ropa, el cielo. Al fondo se veían imágenes del asedio: una niña, de no más de diez u once años, inclinándose sobre su hermana mayor, que estaba muerta, con la cara cubierta de sangre y un puño apretado en el pecho. Perros y gatos escondiéndose en las sombras que encontraban. En una calle, un pequeño terrier blanco se había refugiado en el esqueleto de un caballo, que ya no tenía carne encima. Ratas, ratones y bichos, sin lugar donde esconderse, se escurrían por todas partes a plena luz del día. Mujeres, con las cabezas cubiertas, rezando de pie delante de las ruinas de una iglesia. Niños con almohadas atadas a la cabeza para protegerse contra la caída de los escombros. Hombres y niños cavando zanjas y tumbas cada vez que el cielo estaba despejado del terror de los aviones alemanes. Un anciano caballero hablando suavemente. Tenía el tono de un catedrático y un comportamiento muy parecido al padre de Josefina.

—Todos quieren salvar su propia vida —dijo el hombre—. ¿Todo el valor y dignidad humana? Aniquilados.

Durante el asedio, los pensamientos de Josefina sobre el futuro se limitaban a sobrevivir cada hora, minuto a minuto, hasta que llegaba la mañana. Y con cada día, las condiciones empeoraban. Un poeta polaco escribió después de la guerra, en Varsovia, «el empeoramiento de la realidad no tenía fin. Siempre resultaba que las cosas podían ser aún peor. E incluso peor». De este modo, Josefina se enfrentaba a cada nuevo reto concentrándose en desprenderse —del tiempo, por ejemplo, de las simples decisiones que eran parte de la vida diaria, de la vida normal (qué comer o qué ropa ponerse), de la expectativa de que las necesidades esenciales serían satisfechas (bañarse, dormir, comer). Una vez que empezó a llevar la cuenta, vio que cada día era peor que el anterior. Y la incertidumbre de las horas, los días, las semanas y los meses por venir, cada vez que oía sobre arrestos, noticias de deportaciones, rumores de tiroteos u otros crímenes indescriptibles, se dio cuenta antes de saberlo que por cada minuto que pasaba había menos probabilidad de que su familia siguiera intacta.

—No podemos quedarnos en esta ciudad —murmuró varias horas después de que llegaran al apartamento de Friedrich en la calle Baluckiego.

Cuando pensaba en esto, encontró, doblado en el bolsillo, el artículo de periódico que hablaba de que Sigmund Freud había dejado Viena, un objeto que había guardado —aunque ya no podía decir por qué lo había traído. El día en el que había leído el artículo parecía increíblemente distante. Había tenido la intención de decirle algo a Julius, que estaba de pie vigilando por la ventana. No estaba segura de por qué estaba pensando una cosa y diciendo otra.

—Lo sé, lo sé —dijo Josefina—. Acabamos de llegar . . .

Julius se le acercó y le puso una mano en la mejilla. Estaba tan cerca que Josefina podía ver el más minúsculo detalle de cómo el elástico del parche del ojo estaba empezando a deshilacharse.

—Tienes razón, Finka —dijo—. Estoy de acuerdo contigo en que tenemos que marcharnos de Varsovia.

El cuñado de Julius, Ernst, se sintió obligado a quedarse y a ofrecer sus servicios como médico al número creciente de heridos en la ciudad.

—Yo quiero quedarme también con mi esposo —dijo la hermana de Julius, Greta.

Josefina admiraba a Greta, aunque sabía que era el miedo, no el altruismo, la razón por la que su cuñada quería permanecer con su marido. Tenía miedo de todo, lo que era extrañísimo dada la fortaleza de su hermano Julius cuando enfrentaba cualquier adversidad, tanto de pequeños inconvenientes como de situaciones de vida o muerte. Josefina no estaba convencida tampoco de si era algo bueno que Julius estuviese intentando convencer a Ernst y a Greta de irse con ellos. Ya era difícil tener que estar vigilantes y pendientes, y moverse como una familia de cuatro. *Gracias a Dios*, pensó Josefina justo en ese momento, *que los niños no son bebés.* Había visto a algunas de las refugiadas llevando encima a sus cada vez más delgados pequeños, con los rostros caídos por el peso de la desesperación.

Pero Ernst estaba determinado en ayudar a los heridos en Varsovia. Por tanto, se tomó una decisión: Julius, Josefina y los niños se marcharían. Pero ¿adónde irían? Obviamente, no podían viajar hacia el oeste —los alemanes

ahora ocupaban esa parte de Polonia. Muchos de los refugiados iban rumbo al
sur hacia Bulgaria y Rumanía, reservando pasaje en barcos que iban a Palestina pasando por Turquía. Algunos fueron a Hungría, otros a Lituania. La
carretera que iba a la ciudad polaca de Lvov, por Lublin, todavía estaba abierta. Josefina pensó que quizás fuese más prudente ir a Lvov y reunirse con su
suegra, Ernestyna, y algunos de los familiares de Ernst, que vivían allí. Julius
conocía a un curtidor, llamado Salczman, que no vivía lejos de Lvov, con el
que había hecho algún negocio antes.

—A lo mejor puedo ganar algún dinero —le dijo a su esposa.

Antes de marcharse de Teschen, la hermana de Milly, Margaret, les había
prestado algún dinero, pero casi lo habían gastado todo. Los precios habían
subido, y era difícil conseguir los bienes más básicos. Ni tenían dinero ni
crédito. Tenían joyas, pero solo para venderlas en caso de emergencia. Por
primera vez desde que se casó con Julius, Josefina empezó a preocuparse por
el dinero y a pensar en cómo contribuir a los ingresos familiares.

Circulaban rumores de que el Ejército Rojo se estaba movilizando. Y si
los alemanes invadían Lvov, dijo Julius, tendrían que irse hacia el sur. Ninguno de ellos podría haber sabido que Hitler y Stalin habían hecho un pacto
secreto para dividir Polonia. Tampoco podrían sospechar los horrores que
cada uno de los dos regímenes tenía planeado para la gente que vivía en el
lugar que se conocería más tarde como las tierras de sangre.

Para complicar la situación, era imposible comprar gasolina, por lo que
no podían ir en coche, aunque, por suerte, tenían la suficiente para llegar a las
afueras de la ciudad en coche.

—¿Quizás —sugirió Josefina—, vas a poder cambiar el coche por un pasaje
a Lvov?

Justo entonces Julius le sonrió y se dio cuenta de que le había agradado
que fuese tan ingeniosa. Más adelante, Josefina recordaría este momento.
Julius, obviamente, había pensado ya en el plan que ella había sugerido, lo
que significaba que él le había mostrado, incluso en el punto más tenso hasta
ese momento, la bondad de darle crédito por una idea que para él era obvia.

—Conozco exactamente a quién preguntar —dijo.

Fritz Kosinski había trabajado en la fábrica de curtidos de los Kohn en Varsovia durante años, y había trabajado con el padre de Julius, Emerich. Ya se había jubilado debido a sus años, pero quería seguir ocupado. Además, era un hombre leal, el tipo de hombre que Julius siempre decía que le gustaría conocer más a menudo. Honesto, de fiar y un buen trabajador, tenía un carro y un caballo. Vivía con su esposa, Theresa, justo fuera de la ciudad, en la parte este del río Visla. Estaba contento de poder ayudarles, dijo Julius después de organizarlo todo.

—Las pieles —le dijo Julius a su esposa antes de salir del apartamento de su primo.

Se refería a dos abrigos que había dejado en los peleteros para que los repararan.

—No tenemos tiempo de irlos a buscar. Además, hay barricadas por toda la calle Marszałkowska. Nunca vamos a poder llegar allí.

Josefina no estaba escuchando del todo a su marido, lo que era raro en ella. Estaba reviviendo una conversación que había tenido hacía uno o dos días con un granjero. Estaba con su vaca, delante de la embajada americana en la calle Ujazdowska vendiendo leche. Como si fuera lo más común del mundo. Ella, Greta y los niños habían tenido la fortuna de haberse encontrado con el granjero antes de que se formase la inevitable cola. Las colas para conseguir comida en Varsovia, durante el asedio, se habían vuelto notorias; había que esperar horas por una barra de pan. Incluso cuando venían los bombarderos, seguías a la cola. Pronto se agotaría la comida. El agua, también. Pero justo entonces, allí estaba un granjero y su vaca.

Mientras ordeñaba el animal, el hombre hablaba en voz muy baja. Josefina se tuvo que agachar para oírle. Le contó que uno de esos aviones alemanes había destruido con un tiro el nido de cigüeñas que estaba en su granero. A la noche siguiente a este mal augurio, su granero se incendió.

—Combustión espontánea —murmuró de forma ronca—. Mala suerte, mala suerte por mucho, mucho tiempo.

Josefina le dio dos złotys y, aunque él expresó su gratitud con una sonrisa genuina y casi sin dientes, se sintió con frío y deprimida.

Por tanto, cuando Julius estaba hablando de ir a recoger las pieles, Josefina no estaba pensando en el invierno. No estaba pensando en que no les iba a quedar mucho cuando llegase febrero, o que las pieles iban a serles muy útiles en cinco meses. En lugar de eso estaba pensando en las creencias del granjero sobre la combustión espontánea. Al igual que Julius, Josefina confiaba en la ciencia. El heno mal secado, podía prender fuego solo. Ella lo sabía. Pero el granjero, como muchos paisanos que había conocido, creía en lo que la madre de Josefina hubiera llamado *bubbe-meiseh*, cuentos de viejas. Se preguntó si estas supersticiones eran profecías autocumplidas o si eran mensajes importantes que había que tener en cuenta. Y si esta última opción era la cierta ¿quién estaba realmente mandando estos mensajes?

—¿Finka? —preguntó Julius, y Josefina se dio cuenta de que estaba repitiendo su nombre. En este momento se sintió con calor, desplazada, como si estuviese despertando de un sueño extraño—. Finka, acabo de decir que le voy a dar el recibo para las pieles a Margaret.

Josefina asintió.

—Sí, Julek, por supuesto —dijo.

La hermana de su cuñada Milly, Margaret, que vivía en Varsovia. En algún lugar. Josefina no podía recordar el nombre de la calle.

Su marido estaba sentado al escritorio pequeño del apartamento de su primo y sacó de la mochila papel y su bolígrafo bueno. «Con la presente doy permiso a la Señora Margaret Komarek para recoger las pieles que se han dejado en la peletería con el recibo no. 062» escribió en polaco. Le puso fecha y firmó. De su billetera sacó el recibo que le había dado el peletero Maksymillian Apfelbaum, ubicado en la calle Marszałkowska en Varsovia, donde Julius había llevado el pasado abril su abrigo de piel de foca con ribete de nutria y visón y la chaqueta de astracán de Josefina. Juntó la nota y el recibo, los dobló y los guardó dentro de su billetera. Después frotó con su pulgar el cuero, una manía que tenía de haber sido un curtidor durante veinte años.

Casi en nuestros regazos

JULIUS LLEVÓ EN COCHE A SU MUJER Y A SUS NIÑOS fuera de Varsovia por la noche, a una pequeña aldea donde vivían los Kosinki. Aunque ninguno sabía que sería la última vez que viajaban juntos en un automóvil privado, la última vez que su familia estaría intacta. Josefina sintió que este viaje era algo terminante, pero no sabía exactamente por qué. Al igual que su marido y sus hijos, estaba en el coche en silencio. Sabía que Julius estaba preocupado por quedarse sin gasolina. *Quizás tengamos algún otro golpe de suerte*, pensó, intentando disipar su propia ansiedad.

Theresa y Fritz Kosinski les dieron la bienvenida y les acogieron en su limpia casita, pequeña pero cómoda. El señor Kosinski le insistía a Julius que solo le iba a cuidar el coche hasta que terminase esta locura con los alemanes, y hasta que los Kohn pudieran regresar a casa. No necesitaba un coche; tenía un carro y un caballo, y eso era suficiente. No necesitaba que le pagaran, repetía. Señalando a su esposa, dijo:

—Ya tengo todo lo que necesito.

Los Kohn planeaban dejar la casa de los Kosinski lo antes posible, pero las circunstancias les obligaron a estar un poco más de tiempo. Como dice el proverbio judío, «Los hombres hacen planes. Dios se ríe». Julius quizás hubiese levantado una ceja si hubiera oído este refrán. No era un hombre religioso, aunque había aprendido las oraciones básicas hebreas cuando era niño. Como judío asimilado, creía en la promesa de la prueba empírica, que casi nunca le había dado suficiente evidencia de la existencia de lo divino. Sin embargo, debido a que sus abuelos habían sido devotos, añoraba la seguridad que viene cuando se mantiene la tradición. Quería tener fe en Dios, pero no sabía cómo creer. Al menos eso era lo que le había dicho a Josefina cuando eran novios. Nunca habló más de este dilema hasta después de volver de una incursión a Varsovia después de que la ciudad fuese bombardeada.

Josefina sabía que el tiempo que su marido pasó en la Gran Guerra le había preparado a esperar lo inesperado. De este modo, cuando vio el alcance de los daños, no le sorprendió demasiado. Era consciente del tipo de destrucción que podían causar todas esas bombas y proyectiles. Pero cuando vio las heridas y muertes causadas por aplastamiento, incendio y asfixia, y la destrucción de hospitales y edificios residenciales, Julius le dijo a su mujer que se conmocionó tanto que tuvo que parar cuando vio las ruinas; y le imploró a Dios, le dijo a Josefina, que no permitiese semejante fin para su familia.

—No sé a quién pedir tal protección —le dijo.

Josefina tampoco sabía. Las reglas del enfrentamiento militar, tal y como las conocía su marido, habían cambiado radicalmente. Las alas de los Messerschmitt que volaban sobre Polonia habían traído una nueva era de combate.

Ahora Julius estaba en un sótano, ayudando al señor Kosinski a reparar un arnés de cuero. Josefina estaba en la cocina con los niños. Mientras lavaba los platos del desayuno consideró la difícil situación en la que estaba su nación y su familia. A principios de mes, Alemania invadió Polonia. El tres de septiembre, Gran Bretaña y Francia declararon la guerra a Alemania, aunque sus tropas todavía no habían llegado. El seis, Julius estaba sentado al escritorio del apartamento de su primo en la calle Bałuckiego para escribir la nota dándole permiso a la hermana de Milly, Margaret, a recoger las pieles. ¿Fue al día siguiente cuando Julius y Peter intentaron entregar la nota? ¿O fue dos días más tarde? Josefina no podía recordar esta secuencia particular de los eventos.

Pero sí que sabía que ir caminando a cualquier lugar en Varsovia, significaba desvíos y retrasos impredecibles. Estas salidas solían ser interrumpidas por bombas incendiarias y proyectiles. Si estabas haciendo cualquier recado cuando las bombas caían, tenías que encontrar el sótano o las escaleras más cercanos, y si este refugio estaba ocupado, tenías que buscar otro. Todos los hombres que no estuviesen heridos gravemente estaban obligados a ayudar en cualquier momento a cavar las interminables zanjas y tumbas. A Julius y a Peter les habían ordenado hacer tal tarea cuando estaban de camino a la casa de Margaret para entregar la nota. El soldado polaco les dio las palas.

—Caven —les ordenó.

Padre e hijo trabajaron hasta que sonó una sirena antiaérea. Corrieron a refugiarse en una trinchera cercana que otros hombres habían cavado otro día. Después regresaron al apartamento en Bałuckiego dando un rodeo, que los llevó, cada vez que caían las bombas, a diferentes sótanos y escaleras en el camino. Nunca entregaron la nota ya que pasaron muchas otras cosas que les impidieron cumplir esa tarea en particular:

Se enteraron de que el Hotel Angielski había sido bombardeado.

Fueron a verlo por sí mismos, pero no pudieron encontrar ni a Greta ni a Ernst.

Era imposible pasar por varias calles de Varsovia.

Las líneas de teléfono no funcionaban.

Los alemanes estaban a las afueras de la ciudad.

Margaret, la hermana de Milly, no sabía dónde estaban ellos, y no la podían llamar.

Cuando, por fin, pudieron salir a la calle, su meta era salir de Varsovia.

Julius sacó de su billetera la nota para Margaret y el recibo para las pieles.

—Guarda esto en algún lugar —le dijo a Josefina—. Algún día... —dijo y después se quedó en silencio.

CUANDO LLEGARON A LA CASA DE LOS KOSINSKI, Josefina estaba agradecida de ver la casa modesta de madera al borde de un pequeño campo de patatas. Los alemanes estaban avanzando a una velocidad sin precedentes. Se podía oír el estruendo del frente. El bombardeo era incesante. Cada día en la radio, el alcalde de Varsovia, Stefan Starzyński, urgía a los ciudadanos a defender la capital. Calificó a Hitler de salvaje. Cavó zanjas y nunca abandonó su ciudad. ¿Cómo acabaría su vida? Este era el tipo de pregunta que Josefina se empezó a hacer más a menudo. ¿Le pegarían un tiro en Varsovia? ¿O perecería en un campo de trabajos forzados nazi? No podía imaginarse otros resultados y esta inhabilidad de no ver más que resultados terribles le preocupaba.

Entre el primer día de la guerra y la llegada de los Kohn a la casa de los Kosinski, Julius le dijo a su esposa y a sus niños que necesitaban aprender a adaptarse rápidamente a estas circunstancias nuevas y más duras. Habló con rara firmeza, con una exigencia en sus palabras que hicieron que Josefina prestase atención.

—Necesitan reflexionar detenidamente en todas las consecuencias de las acciones y decisiones que tomen, preparen sus mentes a predecir el camino correcto —dijo de manera sombría.

Ella y Suzanna, les recordó, podían llevar solo un objeto, una mochila que nunca deberían abandonar. Él y Peter necesitaban también llevar navajas, pero sin que nadie se diese cuenta de que las llevaban. También tenían que llevar varias capas de ropa, dijo Julius. Las bolsas deberían tener dentro una manta, guantes, calcetines, vendas, velas, cerillas, aspirinas, alcohol, agujas e hilo, papel y bolígrafo, salchichas, y la mayor cantidad posible de comida seca o en latas que pudieran meter.

—Dos latas vacías cada uno. Utensilios. Y todos los pedazos de cuerda que puedan encontrar.

Tenían que guardar las cosas de valor cosidas a las diferentes piezas de ropa. Josefina, aconsejó él, debería llevar la mayoría del dinero y de las joyas, porque, si por cualquier razón se separaran, ella siempre podría arreglárselas y utilizarlos para pagar por ayuda. Especialmente con los paisanos, cuyas tradiciones supersticiosas eran impredecibles y quienes, a veces, podían ser duros. Su pobreza, dijo Julius a Josefina, causa que estén preparados a prestar ayuda a cambio de dinero.

—No me gusta pensar de este modo, Finka —añadió—. Pero tienes que asumir lo peor de todo el mundo durante una guerra.

Ten cuidado, advirtió, porque si alguien les ofrece más dinero probablemente cambien de alianza rápidamente. También le alertó sobre los soldados rusos, recordándole el rumor de que estaban avanzando desde el este.

—Son horribles y vulgares —dijo—. Y la virtud de las mujeres no significa nada para ellos.

JOSEFINA ESTABA LAVANDO LOS PLATOS en la cocina de los Kosinski. Había perdido la cuenta de los días. No había periódicos. Cada vez que podía escuchaba la radio, sintonizando la Polonesa de Chopin no. 3, que se estaba emitiendo repetidamente en Radio Varsovia como manera de asegurar a Polonia y a sus habitantes que la ciudad no había caído todavía. Le gustaba oír la voz del alcalde Starzyński, que, aunque se había vuelto ronca, era reconfortante.

La noche del primero de septiembre —cuánto tiempo le parecía que había pasado desde que ese día había tenido lugar— Josefina y Julius habían llamado a su niña por su nombre completo, Suzanna, en lugar de Suzi. Le asombró, ahora que lo pensaba, que tanto ella como su marido habían tenido el mismo impulso. Como si al dejar de utilizar el apodo pudieran incitar que su hija llegara a la madurez. Era demasiado joven para la guerra, seguro, pero demasiado mayor para tratarla como una niña. Además, Suzanna —y esto le agradó a Josefina— había sabido adaptarse a la situación. En silencio y de una manera constante, Suzanna había crecido. Nunca pedía nada y siempre se ofrecía a ayudar. Observaba a la gente y a su entorno y aprendía rápido. Si se equivocaba, se esforzaba el doble para evitar hacerlo de nuevo. Ahora Suzanna tendría que aprender el sutil arte de leer a los desconocidos: cuándo confiar y cuándo sospechar de alguien. Cómo estar agradecida en situaciones críticas. Y era la responsabilidad de Josefina impartir esto. Se preguntaba lo que habría hecho su propia madre. Y, si estuviera viva, qué le aconsejaría. Karola Eisner había muerto hacía cuatro años, y Josefina deseó más que nada en aquel momento preciso, poder llamarla por teléfono para hablar con ella.

Antes de que pudiera especular sobre los consejos que su madre le daría, el sonido de un avión en las cercanías hizo que Josefina volviese de repente al presente. Sentados a la mesa de la cocina, Suzanna estaba arreglando la chaqueta de su hermano. Peter le estaba dando cuerda a su reloj. Josefina se asomó a la ventana y vio el contorno borroso de un bombardero ligero. Estaba acercándose a ellos. El fuselaje estrecho del avión era la razón por la que se les llamaba *Fliegender Bleistift*, o el Lápiz Volador. Estos aviones volaban bajo y rápido. Eran tan delgados que los soldados polacos apenas podían dar en el blanco con las armas antiaéreas. Los bombarderos ligeros llevaban a cuatro tripulantes: un piloto, un bombardero y dos tiradores. Disparaban a cualquiera y a todos. Dejaban caer explosivos en lugares de culto, escuelas, hospitales y fábricas. Nadie estaba seguro cuando venían los Lápices Voladores.

—Peter. Suzanna —dijo Josefina, con una voz más alta de lo que se esperaba. En un instante se habían levantado, y Peter había abierto la trampilla del sótano que estaba en el suelo de la despensa—. Bajen ustedes —dijo— que yo ya voy.

Pero algo estaba muy mal: Theresa Kosinski no había vuelto. Josefina sintió nauseas recordando la conversación de solo hacía veinte minutos.

—Sería bueno comer patatas hoy —le había dicho la mujer a Suzanna, apartando un pelo suelto de los ojos de la niña.

—Las voy a buscar yo —dijo Suzanna.

—Qué amable eres, mi niña, pero me vendría bien tomar un poco de aire fresco —dijo la señora Kosinski.

Josefina dejó la cocina.

AHORA LOS ARTILLEROS EN EL LÁPIZ VOLADOR estaban ametrallando a las mujeres en el campo de patatas de la casa. Cestas y palas abandonadas en la tierra, las mujeres corrieron para refugiarse. Desde esta distancia, Josefina no podía ver bien sus caras. Pero se podía imaginar lo mucho que les costaba respirar y el peso de las piernas. Mientras que sus propios latidos se aceleraban, sintió un sabor a metal y sal, el sabor del miedo. ¿Cómo pueden disparar a unas mujeres que están cogiendo patatas en el campo? ¿Y dónde estaba Julius? En el sótano con el Sr. Kosinski, sí, allí era donde estaba, ayudando a reparar un arnés de cuero. Pero cuando el avión regresó, Josefina se dio cuenta de que a esos bestias nazis no les bastaba con hacer correr a unas mujeres que estaban recogiendo patatas. Los bombarderos estaban disparando, una y otra vez. Y ahora oyó gritar a las mujeres. Josefina vio cómo un hombre salía de una de las casas vecinas, con lo que parecía un mosquete en una mano y sacudiendo el puño levantado de la otra. Pero el avión alemán ya se había marchado, dejando a cinco mujeres tiradas en el campo.

Josefina abrió la puerta del sótano. Tan pronto como intentó hablar, se dio cuenta de que había estado aguantando la respiración. Y su garganta estaba tan seca que apenas pudo llamar a Julius y al señor Kosinski.

—Niños —les dijo— quédense donde estén.

Cuando los hombres subieron las escaleras, señaló al campo desde la ventana.

—El Lápiz Volador... —comenzó, pero el señor Kosinski había salido por la puerta antes de que terminara la oración—. Cinco minutos... —le dijo a Julius sacudiendo la cabeza— ... en cinco minutos... todo puede terminarse.

Se sentía confusa por lo que había visto. No quería creer que un soldado de verdad pudiese matar a tiros a mujeres en un campo. Matronas, abuelas y madres jóvenes. Mujeres que intentaban alimentar a sus familias. Su hija podría haber sido una de ellas.

—Solo cinco minutos —dijo Josefina de nuevo.

Estaba desorientada por la escena horripilante que acababa de ver. Julius estaba sujetándola suavemente por los hombros y mirando directamente a su cara. No parpadeó, ni ella tampoco, y se confortó mirando la familiaridad del ojo de Julius.

—Finka, siéntate —dijo. Le sirvió un vaso de agua—. Bebe esto. Voy a ayudar al señor Kosinski.

Con eso, se fue. Josefina se dejó caer en la silla más cercana. Las manos temblándole. Sabía ya, de una manera que no trataría de explicar, que la señora Theresa Kosinski estaba entre las muertas en el campo de patatas.

El señor Kosinski, Julius y Peter cavaron la tumba aquella noche, después de que sonara la señal de fin de la alerta. Josefina y Suzanna estaban de pie al borde del agujero mientras los hombres bajaron a la señora Kosinski, envuelta en una sábana, a la tierra. Después, se quedaron en la oscuridad en silencio. Un búho ululó en el bosque más allá del campo. La tierra recién removida tenía un fuerte aroma de otoño.

—Ninguna oración tiene sentido —dijo el señor Kosinski finalmente.

A LA MAÑANA SIGUIENTE TEMPRANO, el sonido de la artillería era más alto que nunca. Los Kohn y el señor Kosinski estaban sentados a la mesa de la cocina. Acababan de terminar el desayuno de pan y té.

—El frente está tan cerca, casi en nuestro regazo —dijo Julius.

Josefina nunca pudo olvidar esas palabras. Para ella capturaron exactamente lo que sentía sobre la guerra. Que era algo al mismo tiempo demasiado cercano y demasiado familiar. Estaba de pie delante del fregadero lavando los platos y pensando en la señora Kosinski, que había cocido el pan que ella y su familia acababan de comer. Justo el día anterior, Theresa había estado en la encimera de la cocina, una mujer gordita de pelo negro con canas en las sienes y ojos oscuros. Probablemente había sido, imaginó Josefina, bastante guapa cuando era joven. Quizás porque la señora Kosinski no tenía ni hijos ni hijas, les había cogido un cariño instantáneo a Peter y a Suzanna. Les había dado algunos dulces que había conseguido comprar antes de la escasez de alimentos. *Y sin más, se fue*, pensó Josefina.

—Mamá —dijo Suzanna, que estaba secando los platos y mirando por la ventana encima del fregadero—. ¿Quién está viniendo en coche *aquí*?

Josefina miró y vio el coche. Podía discernir dos figuras, soldados nazis, supuso por la forma y el brillo de los cascos que llevaban. El vehículo se estaba acercando rápido. Los Kohn dejaron lo que estaban haciendo y fueron al sótano. Si alguien hubiese observado cómo se movían —con una veloz determinación— hubiera pensado que era una combinación de instinto y práctica. Una vez que bajaron las escaleras del sótano, Josefina oyó al señor Kosinski cubrir la trampilla en el suelo de la despensa con una alfombra trenzada, que su esposa había hecho, probablemente durante un largo invierno en la tranquilidad de un pasado que se estaba desvaneciendo rápidamente. Del bolsillo de su mandil, Josefina sacó unos trapos gruesos y se los dio a su marido y a sus niños. Eran para silenciar alguna tos que pudieran tener. Para evitar estornudos, Julius les había aconsejado apretar con la lengua el paladar, aunque sabía que el miedo haría que no tosieran o estornudaran. El consejo y los trapos eran simplemente una distracción. Estaban de pie en el sótano escuchando. Primero oyeron solo el sonido de los zapatos del señor Kosinski dando pasos en la cocina. *Probablemente guardando las cosas*, pensó Josefina, que entonces se preocupó de que no lo estuviera haciendo. ¿Qué iba a pasar si los soldados se daban cuenta de que había cinco platos secándose en el fregadero y no uno? ¿Qué iba a pasarles a ellos si los descubrían? ¿Cuánto tiempo duraría el señor Kosinski antes de delatar a los judíos que escondía en su sótano, un crimen que podía causarle una muerte inmediata? Su inquietud fue interrumpida por el sonido de la culata de un rifle golpeando la puerta de la cocina con tanta fuerza que cayó el polvo de las vigas del techo del sótano. El pecho de Josefina se hinchó cuando respiró profundamente. Julius le cogió la mano. Los ojos de Suzanna se abrieron de miedo. Peter la arrimó cerca de él.

—¡*Mach auf!* —gritó un hombre—. Abran.

De nuevo, la culata del rifle golpeó la puerta. De nuevo, motas de polvo cayeron por las tablas del suelo de la cocina. El soldado gritó de nuevo.

El crujido de la puerta abriéndose fue seguido del sonido del cuero engrasado de unas botas bien hechas con suelas nuevas, una mezcla de ñiiic-plaf en el suelo de la cocina justo encima de sus cabezas. Josefina oyó el sonido de por lo menos dos pares. Después uno de los nazis lanzó a gritos una oleada de órdenes. Estaban exigiendo que el señor Kosinski les diera comida, diciendo que le matarían si no les daba todas las provisiones que tenía en la despensa.

—Somos tus amos ahora, polaco estúpido —dijo uno en alemán.

A Josefina le dolía comprender —incluso amar— el lenguaje de ese imbécil que estaba insultando a su generoso huésped. Después se oyó el chirrido de sillas. Josefina se imaginó cómo estaban sentados, uno reclinado hacia atrás balanceándose en la silla, el otro inclinado hacia delante. Quizás con un codo en la mesa. Estaban dando golpes con los pies en el suelo, acelerando el ritmo, como para apresurar las cosas. Después los pasos del señor Kosinski llenando un cajón y después otro. Josefina cerró los ojos y los vio llevándose huevos, mantequilla, patatas, manzanas, azúcar y té. Y de los estantes de la despensa, todos esos tarros de encurtidos y conservas, tan bien organizados, que su mujer había hecho.

—Lleva todo esto al coche, polaco estúpido —dijo uno.

Cuando el señor Kosinski se fue, contaron chistes sobre cómo le iban a matar lentamente.

—Lo haremos desangrar como un cerdo —dijo el otro.

Los dos se rieron. Cuando volvió exigieron que hiciese té.

Josefina casi gimió. Cuanto más tiempo se quedasen los soldados más probabilidad había de que encontraran a su familia. Las rodillas le temblaban. Puso las palmas de las manos en su regazo y se concentró en no moverse.

Oyeron al señor Kosinski andando de un lado a otro de la cocina, del fregadero a la cocina. Llenando un hervidor. Empezó a ir hacia la puerta cuando uno de los soldados se levantó empujando su silla.

—¿A dónde vas, hombrecito?

Siguió un golpe sordo. El señor Kosinski gimió, pero, aun así, contestó:

—A buscar el té que puse en su coche —dijo, su alemán fue lo suficientemente adecuado para, probablemente, sorprender al soldado que hizo el sonido de dar un paso atrás.

—Todo bien, hombrecito —dijo—. Has pasado la prueba. No has intentado quedarte con ningún té. No te voy a matar hoy —rio el soldado.

Al oír la conversación en la cocina, Josefina estuvo a punto de vomitar. Puso el trapo de algodón en la boca para absorber cualquier sonido que pudiese hacer.

El otro soldado empezó a reír, e igual de rápido paró. Se levantó empujando su silla, que cayó.

—Supongo que no vas a necesitar más todo esto —dijo, y los sonidos que oyeron a continuación desde su escondite en el sótano fueron disparos y porcelana rompiéndose y cayendo al suelo—. Puedes olvidarte del té ahora, polaco estúpido —dijo el soldado.

Suzanna soltó un suspiro imperceptible, pero con el sonido de los disparos y la porcelana rota, era inaudible para los soldados. Peter le ofreció la mano y ella la agarró con fuerza y apretó con fuerza los ojos. Josefina sabía que su hija estaba intentando silenciar el ruido. Encima de ellos se podía oír cómo los trozos de porcelana se rompían por todas partes, y cómo hacían un sonido metálico, un poco como si fueran monedas, cuando caían al suelo. La señora Theresa Kosinski había ahorrado años para comprar esos platos. Josefina no soportaba pensar que todo lo que la pobre mujer había hecho estaba siendo borrado y se preguntó cómo iba a aguantar que los nazis aterrorizaran a Julius, o a los niños.

—Hombrecito, no te oí darle las gracias a mi amigo —dijo el primer soldado.

Pero antes de que el señor Kosinski pudiese decir que ya no necesitaba la porcelana, que ya no importaba porque su mujer estaba muerta y sería mejor que su vida también terminase, Josefina y su familia oyeron otro golpe sordo, un gemido y el terrible ruido de un cuerpo cayendo al suelo.

Los nazis se rieron, salieron de la cocina y pusieron el coche en marcha. Cuando ya se iban uno de ellos gritó:

—No vamos a quemar tu casa hoy. Mejor que tengas provisiones para nosotros cuando regresemos.

En el sótano, Josefina miró a los niños. Suzanna, cuya postura era una fuente de gran orgullo, estaba encorvada contra su hermano. Peter tenía el brazo sobre los hombros de su hermana, y Josefina deseó que su garganta no estuviese tan seca, para poder hablar y alabar a su hijo. Su marido, lo sabía, estaría desconsolado. Durante la horripilante conversación que había tenido lugar sobre sus cabezas, Josefina observó cómo la cara de Julius se había vuelto más sombría que nunca. Sabía que pronto tendría que cuidar las heridas físicas del señor Kosinski. Los moretones y la hinchazón dolerían hasta que se curasen, al contrario de las heridas psicológicas que tanto Julius como el señor Kosinski habían recibido. Era algo terrible ver a un hombre despojado de algo tan fundamental como su orgullo.

Quitándose de en medio

JOSEFINA ACARICIÓ EL BORDE DOBLADO del papel del Hotel Angielski que tenía en el bolsillo. Lo había recogido del cajón del escritorio justo antes de que ella y su familia se fueran.

En aquel momento tuvo la idea de escribir a su padre y a Milly en Teschen, pues no había tenido tiempo para ninguna correspondencia. Ahora, sentada en la carreta del señor Kosinski, era incluso más reacia a escribirle a nadie ni sobre cómo ni a dónde estaba viajando. Josefina no quería imaginarse qué les había pasado a sus familiares o a sus amigos cercanos. No quería decirle a su padre que el cuñado y la hermana de Julius, Ernst y Greta, habían desaparecido. No quería que Milly supiera que su hermana Margaret, a quien no había visto, vivía —si todavía estaba viva— en una ciudad en ruinas. Y aunque era casi imposible, ya no quería pensar más en todo lo que había visto o lo que había oído.

El atardecer dio lugar a la noche mientras viajaban por la carretera. Josefina estaba sentada con Peter y Suzanna en la parte de atrás de la carreta. Los niños estaban mirando el cielo, vigilando por si acaso había algún avión volando tarde. Pronto sería de noche —estaban viajando durante la noche después de la luna nueva, por lo que había menos visibilidad y menos probabilidad de bombardeos. Los niños estaban mirando las estrellas, y Peter le estaba nombrando las constelaciones a su hermana. Después ella y su hija se quedaron dormidas, las dos sentadas, inclinadas una contra la otra. Era una posición que se haría familiar en los meses y años que vinieron después, en los que Josefina y sus niños atravesarían juntos Lublin para llegar a Lvov y después a la Unión Soviética y más tarde saldrían de nuevo para cruzar Asia Central, la mayor parte del tiempo sin su marido, aunque en este momento no lo sabía.

Julius estaba sentado al lado del señor Kosinski, que llevaba las riendas y animaba suavemente a su yegua a ir adelante. El señor Kosinski había sufrido la muerte de su mujer, moratones y una costilla rota. Pero después de varios días, había insistido en llevar a los Kohn a Lvov como habían planeado. No solo estaba preocupado por su seguridad, sino también había prometido llevar a otros refugiados. Ahora él y Julius estaban hablando en voz baja. Josefina no podía oír lo que decían, aunque de vez en cuando algunas palabras como *Nazi*, *familia* y *bombardeo* las pronunciaban más alto y con más énfasis. Josefina se dio cuenta de que la chaqueta de su marido le quedaba floja. La idea de que uno podría empezar a desvanecerse en unas pocas semanas le enervaba.

El señor Kosinski recogió a los demás pasajeros en el camino a la aldea. Viajando con ellos en la carreta, estaban una mujer y tres niños dormidos. Una niña de la edad de Peter estaba sentada en la esquina detrás de Julius con las rodillas dobladas debajo de la barbilla. Quizás tenía un año o dos menos o más que él, pero al igual que los dos niños de Josefina, le habían forzado a madurar de la noche a la mañana. Estaba sentada encima de un abrigo de lana raído y un fardo pequeño, llevaba un vestido roto y sucio, medias andrajosas manchadas de polvo, y un solo zapato. El pie descalzo estaba envuelto en trapos grises. Tenía las rodillas cubiertas de costras, las trenzas despeinadas, y los ojos mirando siempre hacia el suelo, incluso cuando estaba despierta.

Si la niña hubiese tenido una maleta y estuviesen viajando en tren y, si en lugar de estar afligidos por la guerra fuese tiempo de paz, que había sido así solo hace unas semanas, probablemente la bolsa de la niña estaría llena de vestidos bonitos. Quizás incluso un bañador y una raqueta de tenis. Estaría muy elegante vestida de blanco para jugar al tenis. Quizás estaría leyendo *Lo que el viento se llevó*, intentando emular a los hombres y mujeres adultos de Polonia justo antes de que empezara la guerra. En qué mundo tan diferente habían vivido. Entonces, todo parecía brillar, de las caras de las niñas a la regadera en la esquina del jardín. Ahora lo único que brillaba eran los cascos, las botas y los coches de los nazis. Todo lo demás estaba lleno de polvo, y la angustia transformaba las mejillas de la gente y los labios. Ojos, que habían brillado en el pasado con la esperanza de nuevos días y nuevos futuros, estaban empezando a nublarse de fatiga y la preocupación. Pronto, aunque Josefina no lo podía haber predicho, el hambre y la sed se agudizarían en absoluta agonía y en ojos incluso más apagados. Hace seis semanas, su hijo hubiese tenido muchas ganas de hablar con la niña con un solo zapato. Ahora, lo único que podía hacer era intentar no cruzar las miradas.

El caballo de tiro del señor Kosinski, de cuello grueso seguía adelante, la carreta meneándose detrás. Los tres niños dormidos rebotaban un poco. Suzanna se arrimó a Peter y puso la cabeza en su hombro para descansar. Por lo menos ahora ya no peleaban más. Josefina se sintió mortificada de que se hubiera necesitado una guerra para que sus niños cambiasen de comportamiento. La carretera estaba saturada de refugiados viejos y jóvenes, la mayoría judíos de diversas nacionalidades y polacos. Algunos estaban heridos o enfermos. Caminaban con cansancio, iban en bicicletas, estaban sentados en carretas, su movimiento levantando polvo, llevando todos fardos que se habían vuelto, por necesidad, más pequeños. *¿Qué más vamos a ver antes de llegar a Lvov?* se preguntó Josefina. *¿Dónde vamos a estar seguros?* Había tantas preguntas e iba a tener que aprender a vivir sin respuestas.

En esta agradable tarde de septiembre, el aire todavía era fresco. Josefina Kohn cerró los ojos. *Un minutito*, se dijo, dejándose llevar por el traqueteo de la carreta y el sentimiento de pesadez que te vuelve somnolienta. Pero incluso los sueños no eran seguros, y así de rápido era transportada dentro de su sueño a la pesadilla de Varsovia, caminando ante una serie de imágenes, como si estuviese en un museo de atracciones macabras. Un niño, de no más de nueve años, cubierto de pies a cabeza de ceniza, llevaba un canario en una jaula y estaba sorteando su camino en una colina de escombros. Libros expuestos en un escaparate que habían caído de las mesas y estantes. El *Mein Kampf* de Hitler había caído de lado, pero no se podía ver claro en que página estaba abierto, y Josefina se sintió muy indignada al ver ese libro. En otro escaparate, joyas fantásticas. ¿Lucirían las mujeres pulseras y perlas o guantes de ópera en el futuro? El Hotel Bristol, donde Julius y ella se habían alojado durante sus visitas a Varsovia antes de la guerra, estaba en pie, solo y sin un rasguño, todos los edificios que lo rodeaban reducidos a las familiares pilas altas de escombro gris.

Un granjero estaba ordeñando su vaca delante de la embajada americana, con las ventanas rotas debido a las bombas y la bandera hecha harapos. La leche estaba dulce y caliente. Mientras tanto, toda la gente estaba corriendo. Buscando refugio. La iglesia al otro lado de la calle en donde habían estado el día anterior se convirtió en un monte de cemento y madera echando humo. Los árboles al lado de la iglesia todavía estaban vivos y en pie, un pequeño milagro. El cielo estaba muy azul. Un niño con un canario en una jaula. Las bombas silbantes. Humo en la distancia. Un granjero ordeñando su vaca en la calle delante de la embajada. Aviones oscureciendo el cielo. La leche, tan dulce y caliente, la nata encima. La mano arrugada del granjero.

Cerca del amanecer, Josefina se despertó cuando oyó los gritos. Toda la gente en la carreta del señor Kosinski estaba prestando atención a la escena. Había estallado una riña entre algunos de los refugiados que caminaban en la carretera.

—Todo lo que nos está pasando es totalmente culpa de esos judíos —dijo una mujer joven casi chillando, señalando a un grupo de hombres judíos ortodoxos que se habían parado a rezar a un lado de la carretera.

La mujer no tenía mucho más de veinticinco años, supuso Josefina y ya estaba infectada con algo capaz de matar a otras personas.

—Eres una ignorante, Maria Wózniak —dijo el hombre que estaba caminando cerca. Delgado, con gafas y un traje de chaqueta arrugado. Llevaba con él un maletín de cuero un poco destrozado.

—¿Quién eres tú para decirle eso a ella? —preguntó otro hombre, que tenía forma de armario —pesado y rectangular.

Josefina consideró cómo su agresividad correspondía a su cuerpo musculoso. *Eso es lo que les gusta a los Nazis*, pensó, *matones atléticos*.

—¿Crees que eres mejor que ella? ¿Que tienes más razón? —preguntó el hombre, subiendo la voz.

El hombre delgado salió de la carretera y se metió en la cuneta. Se sacó las gafas y empezó a limpiarlas metódicamente con un pañuelo. Todos los demás siguieron adelante, incluso Maria Wózniak y su defensor, dejándolo atrás. Él estuvo allí durante mucho tiempo. *Quitándose de en medio*, observó Josefina. Algo que tanto ella como sus niños probablemente tengan que hacer algún día. Quizás antes de lo que quisieran.

—Fue mi profesor de historia —Josefina oyó decir a Maria Wózniak —. Cree que lo sabe todo.

—Que se vaya al infierno. Que la historia vaya al infierno —dijo el hombre—. Y en todo caso, tienes razón. Todo esto es culpa de los judíos. Es culpa de *ellos . . .* —dijo casi gritando, señalando a otro grupo de judíos ortodoxos que caminaban juntos.

Escupió antes de coger una piedra y tirársela a ellos. La piedra le dio a una mujer en el brazo. Josefina la vio hacer muecas de dolor.

Justo entonces Peter empezó a levantarse.

—Ya basta —empezó a decir, pero su padre ya le había puesto una mano en el hombro para pararle.

—No, hijo —dijo Julius—. Ahora no es el momento.

—Por favor, Peter —dijo Josefina—. Por favor escucha a tu padre.

Por suerte nadie había oído a Peter ni vio la expresión de asco en su cara. Maria Wózniak y su defensor se estaban riendo.

—Ni lloran —dijo—. Quizás es verdad lo que dicen los alemanes sobre ellos, que no son humanos —rio.

Aunque quería reñirles a los dos, Josefina sabía, a menos de un mes desde que había estallado la guerra, que era mejor no meterse en los asuntos de otros. Se acordó de la descripción de la Tía Laura de la *Kristallnacht*: «*Vecinos*, son mis *vecinos*», había repetido Laura, refiriéndose a las personas que habían estado observando sin hacer nada cuando las propiedades estaban siendo destruidas, los hombres arrestados, las mujeres humilladas. Josefina sabía ahora que la química del odio podía transformar a una multitud en una chusma irracional y desenfrenada. Había oído la evidencia de esto en la risa de Maria Wózniak, que estaba llena de auto importancia. A su alrededor había demasiadas personas demasiado cansadas llevando demasiado encima durante demasiado tiempo. Una vez acabara este día, la mujer judía que había sido golpeada con la piedra tendría un moretón en el brazo. Ella y su familia probablemente sentían la indignidad de haber sido el blanco del odio. Y, aunque Josefina no podía imaginarse cuánto sufrirían los judíos de Lublin, en esta mañana en particular los miembros de esta familia particular iban a casa juntos.

En el siguiente cruce, camino de un pueblo, la mujer con los tres niños bajó de la carreta. Dijeron algo sobre que tenían familiares cerca. La gente empezó a salir de las carreteras para caminar por los campos, donde podrían encontrar refugio cuando la luz del día fuera más fuerte y los inevitables bombardeos empezasen de nuevo. El señor Kosinski pudo, así, ir un poco más rápido, dejando atrás a Maria Wózniak y a su defensor.

—Madre —preguntó Suzanna de forma discreta—, si, como judío, sabías que las personas querían dañar a los judíos ¿por qué no afeitarte la barba o por qué no comprar otro sombrero? O, por lo menos, vestirte de forma diferente ¿no? para que los demás no supiesen que eras judío.

Otra pregunta sin respuesta. O, por lo menos una pregunta que Josefina no sabía por dónde empezar a responderla en ese momento.

—Es muy complicado —dijo.

—Si alguien quisiera matarme por ser judía y te preguntaran si yo era judía ¿qué les dirías? —Suzanna estaba claramente preocupada con esta línea de pensamiento.

Por el rabillo del ojo, Josefina vio que Peter la estaba observando, esperando a que contestara la pregunta de su hermana. Estaba todavía meditabundo porque no le habían dejado tomar parte en la riña con el matón que defendía a Maria Wózniak. Suzanna estaba inclinada hacia Josefina, que le había tomado sin pensar la mano y la estaba analizando. Los dedos finos, las uñas cortas y bien limadas, la piel todavía tersa y suave —Suzanna tenía las manos de una niña que nunca había hecho ningún trabajo físico. Manos jóvenes, que Josefina había alguna vez imaginado, adornada con sortijas, sujetando tacillas, bebés, libros y binoculares para la ópera. *Empaqueté guantes para estas manos*, pensó Josefina.

—Madre ¿Qué *contestarías*? —preguntó Peter.

Habían llegado a Lublin. Las calles estaban vacías. Hacía buen tiempo, y casi todo el mundo había dejado las ventanas abiertas, pero las persianas estaban cerradas, y, dentro, las cortinas también. El señor Kosinski les estaba llevando a una taberna que pertenecía a un primo suyo en el que confiaba. Allí comerían y descansarían antes de salir a Lvov bajo el amparo de la noche.

Josefina miró a la niña con un zapato, que todavía estaba en la carreta y que no había dicho ni una sola palabra durante todo el viaje. Tenía los ojos cerrados y la cabeza se le meneaba de un lado a otro. *Esa pobre y lastimosa niña ya está totalmente rendida*, pensó Josefina. Se preguntó cómo le iría a la pobre niña si las cosas empeoraban. Y porque había estado observando, Josefina sabía que las cosas iban a empeorar.

—Nunca dejaría que nadie les hiciese daño —les dijo a los niños.

De camino a Lvov

Después de tres noches de viaje, llegaron a Lvov. En sus días de gloria, la Ciudad de los Leones fue una metrópolis próspera y elegante, donde, a lo largo de los siglos, diferentes culturas se habían mezclado, comerciado y disputado entre sí, y también habían hecho acuerdos. Se había llamado Leópolis, Lemberg y, después de la guerra, se conocería como L'viv. El centro histórico de la Galitzia polaca, Lvov, era el hogar de polacos, ucranianos, alemanes, armenios, y la tercera población de judíos más grande de lo que todavía era Polonia.

Los Kohn llegaron al amanecer, y la ciudad estaba en caos. El ejército polaco estaba enzarzado en una batalla —con los nazis al oeste, y los soviéticos al este. Lvov había sido bombardeada intensamente durante las primeras semanas de septiembre por el ejército de Hitler. Reinaba la confusión: los nacionalistas ucranianos aceptaron el avance de los alemanes, con los que ya tenían relaciones secretas. Aquellos pocos ucranianos cuyas lealtades estaban con Dios o con la decencia humana esconderían a judíos y a polacos. Un buen número de judíos se sintieron aliviados con la llegada del Ejército Rojo ya que algunos habían colaborado con los soviéticos. Los que no eran simpatizantes de los comunistas —la mayoría de los judíos polacos— se volvieron víctimas de los que sí simpatizaban. Los polacos rechazaban los dos ejércitos. A Josefina no le interesaban estas alianzas políticas, aunque sabía que había que tener cuidado con ellas. La doble invasión de Polonia era, simplemente, otra traición. Todo lo que ella quería era conseguir un pasaje fuera del país, pero las posibilidades de que esto sucediera eran cada día más improbables.

El señor Kosinski detuvo la carreta delante de un edificio en la calle Kotlyarska, donde la madre de Julius se estaba alojando con el hermano de Ernst, Emil, su esposa e hija. Julius le dio la mano al señor Kosinski, y Josefina se dio cuenta de que los dos hombres lo hicieron durante más tiempo de lo normal. Despertó a Suzanna y a Peter, recogieron sus pertenencias y se despidieron. La niña callada y sin nombre, que calzaba solo un zapato, se quedó en la carreta, y Josefina esperó que el señor Kosinski cuidaría de ella.

Había amanecido. Julius llamó a la puerta. Una señora anciana, con el pelo blanco cubierto con una pañoleta de colores, la abrió después de varios minutos.

—¿*Tak*? —dijo, mirando las capas de ropa y las mochilas que llevaban los Kohn.

En un ucraniano mal hablado, Julius explicó por qué estaban allí, y la anciana les indicó que entrasen. Después de que cerrase la puerta y pusiera el cerrojo, Josefina y su familia se encontraron en un pasillo oscuro, y torpemente dijeron quiénes eran. La mujer —que se llamaba Lyudmyla— los llevó a las escaleras y señaló hacia arriba.

—*Verkhniy poverkh* —dijo señalando.

—El último piso —explicó Julius a su familia.

En el tercer piso, cada una de las tres habitaciones estaba alquilada a una familia diferente. En la habitación al final del pasillo, encontraron a Ernestyna Kohn, que estaba sorprendida y aliviada de reunirse con su hijo, su cuñada, y sus nietos. Josefina se dio cuenta inmediatamente de su suegra había perdido peso. Cuando vio lo que estaban utilizando como cocina —un estante casi vacío encima de un fogón diminuto de queroseno y un lavabo pequeño— comprendió por qué. También vio que solo una de las cuatro camas pequeñas tenía una manta.

Emil y su familia se habían marchado de Lvov hacía varias noches para ir a Dobczyce, cerca de Cracovia, explicó Ernestyna.

—Emil estaba desesperado por escapar de los soldados del Ejército Rojo —dijo.

Lydia, su hija, le contó más tarde a Josefina, tenía solo catorce años, y estaban preocupados por su seguridad.

—Finka, deberías cortar el pelo de Suzi —dijo Ernestyna en voz baja.

—Sí, Mamá, sí —dijo Josefina— pero no hasta mañana.

A la mañana siguiente, Suzanna estaba sentada en una silla al lado de la pequeña ventana, esperando a que le cortasen el pelo. Su cara estaba húmeda de las lágrimas que había vertido intentado llorar en privado. Josefina odió este momento y todo lo que representaba. No solo tenía que transformar a su hija en una versión masculina de ella misma, pero se veía obligada a explicar a Suzanna lo mal que ciertos hombres —y especialmente ciertos hombres en tiempos de guerra— se comportaban. No era una conversación que Josefina quería tener, sino una que ella sabía que tenía que ocurrir, hablando con palabras cuidadosas y de manera delicada para no causar demasiado miedo. Esperó a que Julius y Peter salieran de la habitación.

—Tienes que intentar parecer lo más indeseable posible —dijo Josefina—, más como un chico que una chica.

Suzanna asintió, aunque su brusca expresión reveló su descontento de tener que obedecer.

—Suzi, eres una chica muy guapa —dijo Ernestyna—. No es tu pelo lo que te hace bonita. Pero tu pelo largo dice a todos que eres una chica.

—Siendo franca, hija mía —dijo Josefina mientras trenzaba el pelo de Suzanna— los hombres violan a las mujeres, especialmente en tiempos de guerra... Llevar el pelo corto y vestirse como un chico son simplemente precauciones.

Mientras terminaba la trenza y la cortaba con las tijeras, era consciente de que no había garantías. Cortar esa espesa mata de pelo oscuro necesitó bastante esfuerzo. Josefina pensó que, con suerte, conseguirían un buen precio por el pelo que acababa de cortar de la cabeza de su hija.

DESPUÉS, JOSEFINA Y SUZANNA FUERON al Café de la Paix en el centro de la ciudad para reunirse con Julius y Peter. Este establecimiento era el lugar donde los refugiados se congregaban. Cada uno pagó un złoty por una taza de café y para poder sentarse, y antes de que pasara mucho tiempo se alegraron de ver al empleado de Julius Eric Zehngut. Tenía su propia historia que contar de cómo escapó de la Polonia del oeste. Él y su hermano Fred habían tenido suerte de haber podido tomar el último tren de Teschen. Los alemanes habían bombardeado su tren cuando estaban esperando en Oświęcim, el pueblo que después se conocería como Auschwitz. Los hermanos habían viajado a Jarosław, donde se encontraron con otro hermano, Beno. Antes de salir de casa, habían enviado a amigos a Jarosław con varios baúles de madera llenos de plata y otros objetos de valor.

—Nuestros supuestos amigos negaron que estos baúles fueran nuestros —dijo Eric.

Debido al rápido avance de los nazis, los hermanos se dirigieron hacia el oeste, a Lvov. El ejército polaco les había ordenado que llevasen un caballo y una carreta llena de municiones, por lo que Eric y Fred viajaron durante el día y descansaron por la noche. Pararon para comer en un bosque cerca de Grodek Jagiellonski. El silbido y estruendo de las bombas alemanas asustó a los caballos que se echaron a correr y murieron, les dijo Eric, junto con muchos de los soldados polacos que estaban también en el bosque. Finalmente, después de caminar durante veinte millas desde el bosque, llegaron a Lvov.

Eric y su hermano estaban alojándose en una habitación en la calle Kazimierzowska. Su tío Henry estaba viviendo con unos primos en el hostal del ferrocarril, al otro lado de la ciudad.

—Hemos oído que los nazis quemaron la sinagoga de Teschen —les informó Eric—. El sábado trece.

Josefina palideció. A su padre le gustaba ir al shul en shabbat por la mañana. Esperaba que ese sábado se hubiese quedado en casa con Milly y el bebé.

—Nadie estaba en el edificio —añadió Eric rápidamente. Cuando habló, Josefina sintió cómo la sangre le volvía a la cara.

Para el primero de octubre, o cuatro semanas después de que los Kohn se habían marchado de Teschen, Polonia dejó de existir. Solo más tarde la gente se enteraría del pacto secreto entre la Alemania nazi y la Unión Soviética, que dividió a Rumanía, Polonia, Lituania, Latvia, Estonia y Finlandia entre las «esferas de influencia» alemanas y soviéticas. Cuando los destacamentos del Ejército Rojo entraron en Lvov la semana anterior, Josefina estaba haciendo un recado y vio a los soldados caminando por la calle Grodecka. Estaban sucios, cansados y huraños. Lavaron las botas en charcos y usaron papeles que habían encontrado en la calle para liarse cigarrillos. Entraron en masa en la ciudad, comprando todo lo que había en las tiendas, incluso objetos que no conocían. Al día siguiente los muros y edificios estaban llenos de pósteres con un mensaje arrogante y claro: «El régimen de las autoridades polacas ha terminado. El Ejército Rojo ha liberado Polonia».

En una semana de la llegada del Ejército Rojo, Lvov se había transformado. Los invasores sacaron los leones de piedra —los símbolos más preciados de la ciudad— del ayuntamiento. Camiones y tractores habían destruido aceras, céspedes y árboles. La propaganda se oía desde los altavoces. El hedor a alquitrán, que impregnaba el calzado de los soldados, se mezclaba con el agrio olor de basura descomponiéndose en las calles. La gente dejó de llevar ropa colorida o extravagante; los hombres ya no llevaban corbata y las mujeres cubrían la cabeza con pañoletas. Si parecías un proletario corrías menos riesgo de que los milicianos te parasen en la calle.

Los refugiados continuaron llegando a Lvov todos los días y los Kohn vieron caras familiares de Teschen. Traían historias de la ciudad: los nazis habían deportado a todos los hombres judíos, físicamente aptos, a un campo de trabajos forzados en el río San. Familias judías habían sido desahuciadas de sus casas y sus negocios apropiados por alemanes y polacos. Las sinagogas fueron destruidas. Los nazis incluso habían profanado el cementerio, donde el abuelo de Julius, el patriarca Sigmund Kohn, estaba enterrado. La vida judía en Teschen, informaron, estaba siendo erradicada.

Muy rápido el otoño dio lugar al invierno e, igual de pronto, llegó un nuevo año —1940—. Con cada semana que pasaba, se desvanecían las oportunidades de salir de este territorio soviético recientemente anexionado. Josefina reajustó sus esperanzas y se concentró en vivir día a día. Se estaba acostumbrando a ver a su hija con el pelo corto, pantalones y una chaqueta floja. Las tres mujeres empezaron a hacer labores de costura reparando los uniformes de los oficiales soviéticos y bordando vestidos y blusas para sus esposas. Se sentaban durante largas horas a la mesita de su pequeño cuarto. Ernestyna tarareaba fragmentos de óperas —por la mayor parte de Mozart— mientras trabajaba. A veces recitaba un poema —de Rilke o Goethe. Suzanna preparaba sopa en el pequeño fogón y limpiaba. Josefina devolvía la ropa terminada y recogía nuevos encargos.

Peter trabajaba haciendo pequeños arreglos con el hermano de Eric Zehngut, Fred. Julius había reclutado a Eric para ayudar con las oportunidades de hacer negocios que se presentaban. Organizaron llevar en camión a un conocido de Eric, a ver al señor Salczman, que era dueño de una fábrica de curtidos en Złoczów, una ciudad a cuarenta y cinco millas al este de Lvov. Viajar se había vuelto complicado debido a la cantidad de personas cada vez más grande que iban de un lado a otro y a la carencia de gasolina. También era debido a los soldados del Ejército Rojo que estaban estacionados en las carreteras, para interrogar y arrestar a las personas que intentaban circular de una parte a otra de los territorios soviéticos anexionados recientemente.

—¿A dónde van? —preguntó uno de estos soldados a Julius y a Eric cuando estaban justo fuera de los límites de la ciudad de Lvov.

Era alto y su uniforme le quedaba demasiado corto en los tobillos y muñecas. Tenía una voz profunda y el pelo rubio rojizo casi rapado. No se había afeitado durante varios días. Julius, que sabía cómo dirigirse a este joven soldado, fijó la mirada en sus propios zapatos cuando respondió. Más tarde, le dijo a Josefina lo sorprendido que había estado de ver que su calzado de cuero fino había aguantado el polvoriento desgaste de sus recientes viajes.

—Documentos, ahora mismo —dijo el soldado con un tono que era una mezcla de desdeño y autoridad recientemente obtenida.

Julius y Eric le entregaron sus tarjetas de identificación. Julius miró al soldado examinándolas y se dio cuenta de que estaban boca abajo. El hombre era analfabeto y estaba fingiendo no serlo, lo que lo hacía incluso más peligroso que alguien que sabía leer; en cualquier momento podría descargar su frustración en cualquier persona que estuviese mejor educada. Julius aguantó la respiración.

Eric se había dado cuenta también de que los documentos estaban boca abajo y muy rápidamente le entregó un pequeño fajo de rublos.

—Pueden pasar —dijo el soldado—. Pero la próxima vez asegúrense de que tengan las autorizaciones necesarias. La combinación de la cara sin afeitar y los ojos azul claro daban a su expresión, que de otro modo sería seria, una juventud incongrua.

Aunque no había oportunidades de hacer negocios en Złoczów, antes de marcharse, Eric Zehngut, el hijo mayor del carnicero Kosher en Teschen, compró una caja de manteca de cerdo de la fábrica de tocino en Złoczów, que vendió para ganar algo de dinero cuando estaban de vuelta en Lvov. Eric no dio ninguna excusa, simplemente estaba haciendo lo que se necesitaba para sobrevivir, aunque a Josefina le entristeció oír sobre la dilución de los valores y las prácticas judías cuando Julius le mencionó la transacción de Eric. Creía que la supervivencia diaria era más importante, no solo para su familia sino también para la continuación del pueblo judío.

Ocasionalmente llegaban cartas de la cuñada de Josefina, Milly, que se había quedado en Teschen bajo la ocupación nazi. Su marido, Arnold, había escrito, terminó siendo un refugiado civil en Hungría, donde se dio cuenta a finales de agosto cuando de que nunca iba a llegar a Cracovia donde estaba ubicado el cuartel general de la división del ejército polaco. Con el rápido avance de los nazis en la Polonia del oeste, Arnold y otros hombres se habían desviado y se vieron forzados a cruzar los Montes Cárpatos. Estaba sobreviviendo lo mejor que podía, escribió Milly. Por lo menos Arnold no estaba en el frente. Entre líneas, Josefina entendía que su cuñada estaba sugiriendo que las cosas podrían haber sido mucho peor si Arnold hubiese llegado a Cracovia. Hermann tenía buena salud, añadió Milly, e iba caminando al molino todos los días. Ni Ernst ni Greta habían enviado ninguna noticia. La pequeña Eva estaba regordeta, lo que quería decir que estaba sana y bien alimentada. Helenka y su sobrino Kasimierz estaban cuidando muy bien de Helmut, por lo que nadie tenía de qué preocuparse. Y al final Milly escribió la letra de la primera estrofa de la «Canción de Solveig» de Edvard Grieg, que tanto a ella como a Josefina les encantaba:

Quizás el invierno pase y la primavera desaparezca
La primavera desaparezca
El verano también se desvanecerá y después el año
Y después el año, pero esto lo sé de verdad: volverás otra vez
Volverás otra vez
E incluso tal y como prometo, me encontrarás esperando entonces
Me encontrarás esperando entonces.

LA VIDA SIGUIÓ ADELANTE. JOSEFINA escribía cartas. Cuando no podía dormir, se quedaba inmóvil y escuchaba el sonido de su familia respirando. Julius se afeitaba cada mañana e iba a la ciudad para intentar ganarse la vida. Los niños obedecían y ayudaban. Se las arreglaban para poder cenar juntos en familia, apretados en la pequeña habitación de la calle Kotlyarska. Su suegra hacía todo lo que podía, aunque Ernestyna estaba empezando a mostrar señales de sufrimiento, causado por la constante tensión de vivir lejos de casa con cada vez menos recursos. Por lo menos en un país que ha sido ocupado, se dijo Josefina en un intento de aceptar su nueva vida, no caen bombas.

La idea ilusoria de normalidad causada por esa rutina fue destrozada una noche a finales de enero. Josefina había acabado de conciliar el sueño cuando se empezó a oír a alguien dando golpes en la puerta violentamente. Se despertó sin aliento, como si su corazón hubiese apretado su pecho desde dentro.

—Van a despertar al diablo con esos golpes —dijo Lyudmyla, la dueña ucraniana de la casa donde estaban los Kohn. Su tono enojado contrastaba con su aspecto de abuela—. Ya voy —dijo.

—Julius —dijo Josefina en voz muy baja pero insistente—. Despierta. Él abrió los ojos.

—Alguien está abajo, llamando a la puerta —dijo ella, esperando no estar hablando muy alto.

Los niños, gracias a un pequeño milagro, seguían dormidos. Sin embargo, Ernestyna, se había erguido y estaba cubriéndose con la manta. Sus ojos parecían más grandes de lo normal porque su cara mostraba la cantidad considerable de peso que había perdido. Julius se levantó de la cama pequeña. Josefina de pie, miraba cómo se vestía rápidamente.

Julius la acercó a sí mismo.

—Finka . . . —le dijo al oído, pero paró al oír de la puerta principal, el eco de las voces de los hombres, hablando ruso. Después, supuso Josefina, oirían el sonido de las botas en las escaleras.

—Kohn, Ilia Emiritovich —gritó muy alto desde abajo una voz de un hombre.

—Me está llamando —Julius le dijo a su esposa—. Voy —dijo en ruso y el sonido de pasos dejó de oírse.

De repente se sintió agradecida de que estos soldados fuesen demasiado perezosos para subir las escaleras.

—Cierra la puerta con cerrojo —dijo Julius, apretando la mano de Josefina— y esconde a Suzanna debajo de la cama si oyes que suben las escaleras. —Besó a su madre en la mejilla y salió de la habitación.

Los soldados se llevaron a Julius de la casa. Lyudmyla les riñó en voz baja en ucraniano y Josefina creyó que la oyó escupir antes de cerrar la puerta principal y pasar el cerrojo.

Josefina había imaginado y temido el arresto de su marido una vez ella y su familia se asentaron en la calle Kotlyarska hacía casi cuatro meses. Además de imaginarse el peor de los casos, se había acostumbrado a muchas otras cosas nuevas desde que escaparon de Teschen: bombardeos; edificios destruidos; un polvo interminable de cemento, piedra y ceniza. Gente con vendas y dolor, sangrando, gritando, llorando. Escasez de alimentos y largas colas; lugares pequeños y ropa desgastada. Soldados de patrulla por las calles. Gente arrestada. El rancio olor del miedo. ¿Pero el arresto de su marido? Había considerado la posibilidad de que ocurriese y tenía miedo de que fuese arrestado, pero no podía saber cómo iba a reaccionar cuando ocurrió de verdad y se lo llevaron en medio de la noche. Y tan pronto como él se fue, sintió que solo podía pensar en el suceso como un oscuro presagio. Quizás no volvería a ver a Julius otra vez. Esta sensación se le expandió en el pecho y le apretó la garganta. Josefina no se dejó sucumbir al intenso sentimiento de miedo y la tristeza entremezclados.

Aun así, ¿cómo iba a poder continuar sin Julius? Él había sido la persona que sopesaba las opciones, que nunca levantó la voz, que intentaba prever los desastres para evitarlos y que había sido, hasta esta noche, capaz de mantener a su familia intacta y segura. Le había prometido que sobrevivirían y le había convencido de que estaban teniendo suerte. Había conseguido que creyera que esta vida —en la que la penuria, el desarraigo y el sufrimiento eran las únicas certezas— mejoraría eventualmente. Le había persuadido de que el sentido común pararía a Hitler, de que la invasión soviética de su país había sido un malentendido. Su creencia en la bondad de la humanidad le había dado esperanza.

Antes de que el ruido de los soldados cesara, Josefina cerró la puerta con el cerrojo. Se quedó de pie, sin moverse, esperando en silencio a que volviesen. Se habían *llevado* a su marido, pero parecía como si se hubiese desvanecido. Hacía frío en la habitación, las mantas eran finas, pero ella estaba vestida, como siempre lo hacían, con varias capas de ropa. No tenía ni frío ni calor y sintió las manos débiles y las rodillas temblorosas. Sin embargo, allí se quedó mientras su suegra lloraba en voz baja, mirando la habitación con la vista perdida, mientras los niños dormían. Escuchó su respiración, dentro, fuera, dentro, fuera y el corazón de Josefina empezó a latir más despacio cuando se forzó deliberadamente a respirar. Observó la habitación, ya que ahora sus ojos se habían ajustado a la oscuridad y fue capaz de distinguir las siluetas borrosas de las personas y las cosas en ella. Peter y Suzanna estaban acurrucados en sus propias camas. Soñando, esperó Josefina, en algo diferente a esta pesadilla de vida en la que se encontraban. En la esquina más cercana al pequeño fogón, un pequeño montón de mantas y sábanas cubría a la suegra de Josefina, Ernestyna, que por fin se había acostado. A su lado había una mesita bajo una ventana donde las tres mujeres se sentaban y cosían. Josefina vio un cubo en el suelo, el cajón de madera lleno de hortalizas. Al lado de las camas en las que ella, Julius y los niños dormían había mochilas empacadas con lo esencial. Al ver la mochila de su marido, Josefina sintió que se iba a desmayar y se sentó en el borde del delgado colchón. Todavía podía oler la calidez de Julius. Tomando la almohada de él entre sus brazos se metió en el hueco del colchón donde su marido acababa de estar y se cubrió con una manta. Con el tiempo, aprendería a dormir sin él a su lado. Con el tiempo, aprendería a vivir alternando entre dos estados mentales: uno completamente alerta y vigilante, el otro confuso y deliberadamente sin emoción. Estos estados mentales le servían de protección y habían surgido de este momento y de una desesperación absoluta e implacable. Sin embargo, esta noche Josefina no podía entender nada de lo que sucedería más adelante. Esta noche solo le quedaba el aroma de su marido, que se estaba evaporando rápidamente y un espacio vacío en sus entrañas.

ALGUIEN DEBIÓ DE HABER DENUNCIADO a Julius. No había evidencia de que hubiese cometido ningún crimen, pero la policía secreta soviética, llamada NKVD, tenían pistolas y órdenes. No requerían ninguna evidencia. Eso era lo que Josefina estaba pensando la mañana en la que le pidió a Eric Zehngut, varias semanas después de que arrestaran a su marido, que fuese a la prisión de Brygidki a llevarle a Julius la camisa y los pantalones que había lavado y planchado.

Se imaginó a Eric caminando por la adoquinada calle Kazimierzowska hacia el edificio alto de piedra que había sido un convento y ahora era una cárcel. Tendría el cuello del abrigo levantado para tapar sus orejas. Era consciente de que él pensaba que este recado era fútil. Tan fútil como el día que

Josefina había pasado ante el juez de instrucción para solicitar poder visitar a su marido.

—En nuestro país —dijo el juez soviético— cuando un hombre es arrestado, su esposa solicita el divorcio y empieza a buscar otro marido.

Josefina sintió al hombre observando su pelo sin lavar, pero todavía oscuro y bien peinado. Vio a una mujer, ella lo sabía, que había visto tiempos mucho, mucho mejores. Quizás resentía la cómoda vida que Josefina había disfrutado no hacía tanto tiempo.

—Después de todo, señora —dijo el juez— este rogar y suplicar en defensa del prisionero solo va a poder resultar en que la manden a usted a la cárcel también.

Su hijo también creía que todo este esfuerzo que hacía por su padre podría poner en peligro a la familia. Al igual que Eric Zehngut con veinte años, Peter, a los diecisiete, se había vuelto un hombre de la noche a la mañana. Todos los refugiados —y había miles en esta ciudad anteriormente polaca y majestuosa una vez —sabían que los soldados soviéticos podían venir y arrestarles en medio de la noche, cuando se suponía que estaban durmiendo profundamente, aunque realmente no eran capaces de conciliar el sueño. Todos sabían que la NKVD arrestaba a la gente sin ninguna buena razón. Fue Peter quien sugirió que Eric, y no Josefina, llevara la ropa lavada a las puertas de la prisión. En el dobladillo de la ropa Josefina había cosido billetes, que había doblado y planchado para que no abultaran. Utilizaba las manos de forma rápida y sistemática. Más adelante tener estas habilidades sería muy ventajoso para Josefina Kohn.

Julius no recibió nunca ni la ropa ni el dinero. Aun así, Josefina envió a Eric con paquetes pequeños dos veces a la semana. Sabía que, si se convencía a sí misma de que su marido recibía estas provisiones, podría mantenerse enfocada y ser capaz de sobrevivir a cualquier cosa que les ocurriera en el futuro. Saber lo que podría suceder ahora era un misterio para todos. La incertidumbre de un futuro desconocido —sea en una hora o en un año— impregnaba cada día que pasaba. La gente estaba nerviosa todo el tiempo, con el riesgo creciente de que alguien dijese algo que atraería la atención indeseada de la NKVD a ellos mismos o hacia otros.

Cotilleos ansiosos, sin embargo, no había sido la razón por el arresto de Julius. Eric le dijo a Josefina que sospechaba de Gugik, el organizador comunista que había trabajado en la fábrica de curtidos de los Kohn en Teschen. Había estado en Złoczów cuando Julius y Eric fueron a ver la fábrica de curtidos del señor Salczman. Gugik, con sus cejas espesas y su fuerte risa. Un hombre que les habría simplemente irritado si la guerra no les hubiese trastocado las vidas. Cuando todos vivían todavía en Teschen, el comunismo, aunque ilegal en Polonia, era simplemente una idea en el fondo de la mente de algunas personas. Gugik no era más que un cobarde, Eric le dijo a Josefina y tenía razón —solo alguien con miedo denuncia sin razón a otra persona.

En el frío oscuro de la mañana en Lvov, Josefina consideró a este Gugik. ¿Cómo había decidido informar a la policía secreta soviética sobre Julius? ¿Lo había hecho por envidia? ¿Se había dado cuenta de los problemas que esta acción iba a causar? Josefina no podía imaginar qué tipo de carácter había que tener para presentarse delante de la NKVD para decirles que tu antiguo jefe era enemigo del estado. Sacudió la cabeza como para liberar y traer a la mente una memoria. ¿Había sido el padre de Gugik quien había dirigido a los residentes de la calle Przykopa en Teschen a protestar, hacía años, debido al nuevo edificio de la fábrica de curtidos? ¿Qué importaba ahora? Justo el otro día, un viejo conocido de Teschen estaba sentado en el Café de la Paix temblando de frío. Le había dicho a Josefina que los nazis planeaban sacar toda la maquinaria de la fábrica de curtidos de los Kohn y mandarla a la fábrica de Spitzer-Sinaiberger en Skoczów.

—Lo llaman racionalización —explicó el hombre—. A veces arianización.

—Yo lo llamo robo —dijo Josefina bruscamente.

Durante un breve momento se sintió segura sobre el calibre de su fuerza y de que aseguraría la supervivencia de su familia. El vigor —tanto físico como mental— que se requería para esquiar, jugar al tenis o nadar durante horas era algo que una vez había dado por sentado. Un vigor que ahora estaba siendo erosionado por el largo y duro invierno y la incesante incertidumbre.

Pero cuando el hombre había dicho la palabra *racionalización*, Josefina sintió que su mente se agudizó con una mezcla de cólera, orgullo y sentido común. Si alguien le hubiera invitado —aunque la idea era lúdica— a jugar al tenis en aquel momento, habría ganado el partido. Aunque no estaba segura de qué estaba alimentando esta súbita rabia —de pánico o de entumecimiento, estados mentales ambos que le permitieron soportar las largas, largas horas de la ausencia de Julius— en aquel momento se aferró a esta rabia que sentía, como si su vida dependiera de ello.

Destino desconocido

DESPUÉS DEL ARRESTO DE SU MARIDO, Josefina sabía que la existencia de su familia en Lvov era precaria. Apenas dormía. Cuando lo hacía, las pesadillas la despertaban de sobresalto. Suzanna, que generalmente tenía las manos firmes, se pinchaba continuamente cuando cosía. Peter tenía ojeras oscuras, como si alguien le hubiera embadurnado la cara con carbón. El invierno, que se había aferrado además de a sus cuerpos a sus mentes también, era incluso más vicioso debido a la escasez de buena comida y combustible. Finalmente terminó, disipándose con un estallido de primavera, y ahora, era principios de verano. No había noticias de Julius y, después de varios meses, tampoco esperaban tenerlas. En los territorios ocupados por los soviéticos no se recibían noticias de los prisioneros. No había consistencia en la manera en que las normas y reglamentos se aplicaban y las peticiones a favor de los prisioneros nunca las escuchaban.

La madre de Julius, Ernestyna, que estaba incluso mucho más delgada y pálida que antes, apenas hablaba. Se sentaba en la cama, acurrucada bajo una manta. Cuando Josefina la miraba, deseaba que ella y Julius hubiesen podido recoger las pieles en Varsovia.

Para mantener el calor, usaban los "cometas" que habían hecho de latas de un cuarto de galón que habían metido en las mochilas cuando Julius todavía estaba con ellos en Varsovia.

—Los paisanos los utilizan para conservar el calor y para cocinar —Julius había explicado mientras hacía agujeros en las latas con un clavo y ataba un alambre de tres pies de largo a la parte de arriba para hacer un asa—. Si agarras las latas por el asa y las mueves con fuerza —dijo—, el aire entrará por los agujeros y alimentará el fuego.

Se podían utilizar combustibles diferentes —ramas, hojas, turba, heno, tallos de plantas, incluso estiércol seco. El musgo húmedo recogido de la base de los árboles podía mantener el fuego de un cometa ardiendo durante toda la noche. El humo que salía de este musgo, prometió, repelería a las serpientes y a los insectos.

—Por si acaso tienen que pasar una noche fuera —dijo, guiñándole el ojo a su hija—. Muévelo vigorosamente, y su cometa volverá a arder.

Según hablaba, Peter y Suzanna habían sonreído como solían sonreír cuando eran más pequeños y creían en cosas como la magia.

Otro tiempo, otro país, pensó Josefina ahora. Parecía que su esposo se había ido hacía años, aunque un recuerdo débil de su aroma todavía estaba en la almohada en la que lloraba, lo más bajo que podía, todas las noches.

HACIA FINALES DE FEBRERO, JOSEFINA se enteró de las primeras deportaciones de la Polonia ocupada por los soviéticos a regiones del este de la URSS. Un hombre que había llegado recientemente de Białystok estaba hablando con los refugiados que se habían congregado alrededor de una mesa redonda en el concurrido Café de la Paix, donde Josefina, Eric Zehngut y, a menudo, su tío Henry, se reunían para intercambiar noticias. La NKVD, les dijo el hombre, había arrestado a miles de personas en el medio de la noche y los habían metido en los furgones de los largos y verdes trenes rusos.

—Los Padres fueron separados de sus familias —dijo el hombre—. Los niños lloraban, las mujeres gritaban. Atiborraron los furgones con demasiada gente. Los encerraron como animales. Les oí suplicar por un trago de agua, por más aire. Los soldados persiguieron a todo aquel que intentó escapar.

—¿Por qué los arrestaron? —preguntó Eric Zehngut.

—¿Cómo que *por qué*? —dijo Henry—. La gente fue arrestada por nada.

En los territorios de la Unión Soviética, cruzar las fronteras se consideraba un delito, aunque muchas de las personas acusadas de tales transgresiones estaban viajando por la que había sido, no hacía tanto tiempo, una parte de Polonia a otro lugar anteriormente también polaco. Ser miembro de una organización de la resistencia también era delito. El contrabando era un delito. Negarse a aceptar un pasaporte soviético o un trabajo en el nuevo régimen eran delitos. Una ausencia inexplicada del trabajo era delito. Llevarse pan de un restaurante para alimentar a tus hijos era un crimen. Solicitar el traslado a la parte de Polonia que estaba ocupada por los alemanes era un crimen. Además, también estaban las acusaciones de participar en la agitación antisoviética (criticar el comunismo o a Stalin; alabar a los alemanes; estar en un lugar equivocado escuchando a la persona equivocada en un momento equivocado), o ser un «elemento socialmente peligroso», lo que incluía trabajar en una posición de autoridad o ser el cónyuge, el hijo o la hija de un enemigo del estado.

—Eran *osadnik*, colonos —dijo el hombre de Białystok—. Pero los soviéticos los llaman kulak, de la palabra rusa que significa *puño*. Se les considera enemigos del pueblo.

Enemigos del pueblo. Esto era también de lo que habían acusado a Julius. Debido a que era dueño de una fábrica, a los ojos de los comunistas se le consideraba capitalista y, por tanto, enemigo del proletariado. Josefina despreciaba la expresión.

—¿A dónde los van a llevar? —preguntó Eric.

—Nadie sabe exactamente —dijo el hombre— pero de los rumores que hemos oído sabemos que los están mandando lejos, a campos de trabajos forzados en Siberia.

Con esto, el grupo sentado a la mesa se quedó en silencio. Todos habían oído hablar a los refugiados y escuchado atentamente a aquellos que habían recibido cartas de familiares o amigos que habían sido enviados a campos de trabajos forzados. En sus misivas, los deportados describían sus trabajos —a

menudo con herramientas no adecuadas y casi siempre sin ropa apropiada—
desde el amanecer al anochecer. Pedían dinero, comida, ropa, medicamentos.
No tenían nada. Todas las quejas que pudieran haber expresado estaban
tachadas por los censores.

Siberia: cuando Josefina oyó la palabra, se contó historias a sí misma
para poder sobrevivir al miedo de ser exiliada allí. De morir sin nada que
decir sobre haber vivido. O, de que Julius fuese enviado a la frontera más
oriental. El nombre invocaba una tierra remota y escarpada, hielo, ventiscas,
un sol plateado y pálido en un plano e inmenso cielo. Era un lugar donde los
osos merodeaban en frondosos bosques, donde el viento ululaba a lo largo
de la estepa.

—Bueno, bueno, ya basta con la triste conversación —dijo Henry Zehngut
después de darse cuenta de la mirada de Josefina al otro lado de la mesa. El
hombre de Białystok se excusó.

El tío de Eric siempre admiró a Julius. Josefina agradeció la amabilidad de
Henry cuando detuvo la conversación. Normalmente era capaz de contener
sus sentimientos en este tipo de situación, pero las noticias sobre las deportaciones habían soltado de la compuerta de acero de su resolución un miedo
que le agarró las entrañas desde dentro y no le dejaba tragar.

E<small>L DOCE DE ABRIL</small> S<small>UZANNA CUMPLIÓ</small> catorce años y celebraron el cumpleaños en la casa de Henry Zehngut. La fiesta fue modesta, pero el piso en
el hostal del ferrocarril tenía una cocina de verdad. Henry sirvió sopa, pescado, carne y patatas, lo que hacía todos los viernes por la noche. El ambiente
era festivo. Suzanna encendió las velas del Shabbat y Josefina se alegró de
ver la sonrisa de su hija. El siempre ingenioso Eric se las arregló para conseguir harina, huevos y manteca y Josefina hizo un pequeño pastel. De regalos,
Suzanna recibió jabón, lápices y calcetines. Peter junto con el hermano de
Eric, Fred, recitó poemas del poeta polaco famoso, Adam Mickiewicz. Uno
de los primos de Eric tocó melodías en la guitarra.

Ante la insistencia de Henry, Ernestyna, Josefina y sus hijos pasaron la
noche en su casa.

—Es demasiado tarde —dijo—. Hay toque de queda. Además, incluso sin el toque de queda, es demasiado tarde para que las mujeres estén andando por ahí fuera.

Más adelante, Josefina comprendió que algo —¿coincidencia?, ¿suerte?, ¿intervención divina?— había tenido lugar durante la noche de la fiesta. Mientras todos estaban durmiendo, acurrucados juntos en el pequeño piso de Henry, hombres de la NKVD y soldados del Ejército Rojo habían estado ocupados arrestando a miles de residentes de Lvov, la mayoría mujeres e hijos de los hombres que ya habían arrestado. A las cuatro de la mañana, todos en el piso de Henry se despertaron con los sonidos de la conmoción que venía de la estación de tren cercana —niños llorando, soldados gritando órdenes en ruso, camiones y carretas moviéndose de un lado a otro.

—Creo que está ocurriendo una deportación —dijo Henry—, es mejor que estemos muy callados.

Todo el mundo en el piso se puso el abrigo y recogió todas las pertenencias y se sentaron callados en la oscuridad. Estaban serios e inmóviles mientras la pálida luz de una mañana de primavera iluminó y focalizó sus caras. Sobre las siete, el alboroto que venía de la estación de tren había cesado, y los sonidos de un día normal empezaron a oírse —tranvías, carretas, botas en la acera, un perro ladrando, un gallo cantando en la distancia. *Si uno se despertara ahora, podría pensar que es un día ordinario*, pensó Josefina.

Cuando los Kohn regresaron a su habitación en el apartamento de la calle Kotlyarska la dueña de la casa les dijo que la gente en el segundo y tercer piso había sido arrestada aquella madrugada.

—Registraron su habitación también —dijo.

DEPORTACIÓN FUE UNA PALABRA QUE SE empezó a repetir con mucha frecuencia durante esos días. Si hablabas con alguien que había sobrevivido al Gran Terror de 1937–1938, en la Unión Soviética, *arresto, deportación* y *ejecución* eran todas palabras familiares. Una de cada veinte personas fue arrestada y 1.500 personas asesinadas cada día. Josefina oyó decir a un refugiado tras otro de la Polonia ocupada por los alemanes cómo tanto los judíos como los polacos eran igualmente despreciados por los nazis. En Lvov, los judíos, los polacos y los ucranianos eran el blanco de los soviéticos. La amenaza de ser arrestado y deportado estaba presente en las mentes de todos y les forzaba a la desconfianza, el secretismo y la denuncia. Antes si comías pan con alguien, la confianza mutua se daba por sentado. Ahora si solo alguien tenía suficiente pan para compartir, solo lo compartía con aquellos en los que confiaba.

Hiciera lo que hiciera, Josefina no era capaz de disipar el sentimiento de que les iban a mandar a un destino desconocido. ¿No era suficiente que habían arrestado a su marido? ¿Que ella, sus hijos y su suegra vivían un poquito mejor que las pobres personas con las que, hacía poco, había hecho caridad? Cada vez que empezaba una línea de pensamientos el único resultado era la desesperación. Por tanto, ya que Josefina no se dejaba caer en la autocompasión, ni era una mujer que se dejase llevar por la desesperanza, decidió con resolución preparar a su familia para lo peor.

Justo después de la ola de deportaciones de mediados de abril, organizó un nuevo lugar donde vivir para su suegra. Ernestyna nunca hubiera sobrevivido una deportación, Josefina estaba segura de eso. La llevó a Brzuchowice, un distrito a unas cuatro millas del centro de Lvov. Un grupo de monjas de la Orden de san Basilio que vivían allí en un pequeño convento, aceptaron acoger a la madre de Julius y cuidarla.

Cuando las monjas saludaron a Josefina y a su suegra, Ernestyna estaba confundida en un momento y sonriendo al siguiente. A Josefina se le rompía el corazón ver a la madre de Julius tan frágil, olvidadiza y en tal declive. Ernestyna había sido una mujer respetada por su familia y comunidad. Era ingeniosa, inteligente, alegre, trabajadora, amable y generosa. La primera vez que la conoció fue tomando una merienda, un domingo por la tarde en invierno. Josefina había estado esquiando temprano por la mañana y tenía las mejillas sonrojadas por el sol y el frío. Hablaron animadamente del pan y el cuero, de la ópera y el teatro, de los pasteles vieneses, de esquiar y del tenis.

—Veo porqué mi Julek te encuentra tan encantadora —había dicho Ernestyna más tarde—. No tienes miedo de disfrutar la vida.

Y ahora aquí estaban, lejos de casa. Ernestyna era lo último que quedaba de Julius y Josefina la estaba dejando con extraños.

—Mamá —dijo suavemente— te escribiré. Aquí vas a estar segura y caliente.

Josefina besó la mejilla de su suegra y le dio palmaditas en la mano. Después la soltó cuando una de las monjas llevó a Ernestyna adentro.

Las hermanas de la Orden de San Basilio no pidieron dinero. Los verdaderamente piadosos, pensó Josefina, siempre son los más caritativos. Se preguntó si en medio de las buenas hermanas quizás estuviera algún *Lamed Vav*, los treinta y seis santos desconocidos que sostienen el destino del mundo sobre sus hombros. Su madre le había contado la historia de los ocultos *Tzadikim*, pero en la versión de su madre, estas personas justas siempre eran hombres. Se suponía que nadie sabía quiénes eran, ni ellos mismos, y esto es la razón por la que se les llama *Nistarim*. A Josefina le gustaba imaginar que eran cualquier persona —hombre o mujer, viejo o joven, rico o pobre, judío o gentil. Creía que la única manera de que una cualidad o atributo se mantuviesen secretos era si se podía manifestar en cualquier persona.

Josefina escribió las cartas que había sido reacia a escribir hacía unos meses cuando estaban en Varsovia y después de que escaparon de la ciudad.

—A pesar de todo, seguimos teniendo esperanzas —le dijo a su padre y a Milly—, de que cuando llegue la primavera, todo este asunto se terminará y regresaremos a casa. Van a estar orgullosos de Peter y Suzi —escribió— los dos están muy crecidos ahora.

No quería decirle a su familia que a Suzanna le habían cortado el pelo como el de un niño, ni que la ropa de Peter le quedaba demasiado holgada y corta, ni que la madre de Julius ya no se acordaba del nombre de nadie. No mencionó tampoco sus propios problemas, el dolor constante en el vientre, las encías que le sangraban. De Julius, solo les contó que, según lo que sabía, estaba con buena salud y recibía los paquetes que ella mandaba cada semana por medio de Eric Zehngut. No dijo tampoco que, no hacía tanto tiempo, los guardias de la prisión de Brygidki dejaron de aceptar los paquetes, ni que tenía miedo de que su marido hubiese sido deportado o, peor, ejecutado.

No podía saber tampoco, y, por tanto, no pudo decírselo a nadie, que Julius todavía estaba en Lvov, en la prisión de Zamarstynivska.

—Ojalá pudiera ser optimista y decir que estamos muy contentos de pasar tiempo en esta bonita ciudad —escribió Josefina en una de las cartas a su hermana— pero esto no son unas vacaciones.

Al igual que todos los demás refugiados, les quedaba poco dinero. Eric Zehngut, que vendía jabón y cualquier otra cosa que podía hacer o encontrar en el mercado negro, se ofreció a presentar a Josefina a alguien interesado en comprar sus artículos de valor.

Eric organizó una reunión con un funcionario ruso que había conocido, y a cuya mujer le gustaban las cosas finas. El hombre era un tipo de cabecilla del partido comunista que de alguna manera se las había arreglado para tener dinero de sobra. Estaba en una posición de poder revender en el mercado negro todo lo que compraba, subiendo desorbitadamente los precios. Josefina dedujo que probablemente aceptaba sobornos. En este nuevo orden mundial, la corrupción estaba desenfrenada.

Josefina le esperó en el Café de la Paix. Se sentó a la mesa de la esquina, convenientemente escondida por las sombras. El hombre se llamaba Leonid Petrov. Era todo lo que Josefina despreciaba: un burócrata mezquino, desaliñado, sin afeitar y con mal aliento. Tenía los dedos gordos y una expresión codiciosa. Josefina puso la Estrella de David, la pulsera de oro y el anillo de rubí de Suzanna en la palma húmeda del hombre, debajo de la mesa donde nadie podía ver que estaban haciendo algo ilegal. Petrov sonrió al principio y después entrecerró los ojos.

—¿No hay nada más? —preguntó. No hablaba bien el alemán, y la mejilla le temblaba al hablar.

Josefina metió la mano dentro del bolsillo especial que había cosido en la parte interior del abrigo. Sintió las perlas que había escondido allí, su confortante suavidad. Originalmente un collar de dos hebras largas para ir a la ópera con un cierre de zafiro que había pertenecido a la tatarabuela de su madre y lo habían pasado de generación en generación a la hija mayor. La madre de Josefina no creía en hacer que una de sus hijas fuese la favorita, por lo que dividió el collar y encargó que le hiciesen un cierre idéntico y dio un collar a cada una de sus hijas cuando se casaron. Josefina había llevado las perlas a la ópera, a la sinfónica, al teatro. Con el peso del collar contra el pecho, las limpias y frías perlas contra el cuello y su mano enguantada en el brazo de Julius, sintió como si nada estuviese fuera de lugar.

Sentada en el Café de la Paix en la ciudad de Lvov ocupada por los soviéticos, con un hombre vulgar y extraño cuyas manos sudorosas estaban agarrando las joyas de su hija, Josefina sintió intensamente lo descarriado que se había vuelto el mundo. Este collar de perlas no era un despilfarro. Más bien, era un símbolo que permitía a las chicas de su familia recordar a las mujeres que les precedieron y más tarde, cuando ellas mismas se hiciesen madres, podrían ofrecer el legado del recuerdo a sus hijas. ¿Dónde irían los recuerdos?, se preguntó. ¿Tendría acceso a ellos la esposa de Petrov? ¿Desaparecerían con el collar?

Cuando vivían en Teschen y ella tenía la oportunidad de sacar las perlas de su caja de terciopelo, a Josefina le gustaba imaginar a Suzanna, vestida de encaje y seda matrimonial, con lazos de satín de color blanco marfil entrelazados en las lustrosas y oscuras trenzas puestas en moños contra la cabeza, con una sonrisa humorosa y al mismo tiempo modosa en la boca. Aquí en el café, mientras sacaba el collar del bolsillo secreto de su abrigo, Josefina podía ver solamente su propia madre y la madre de su madre. *Este no es el momento de vivir en el pasado*, pensó, borrando deliberadamente toda noción de sentimentalismo. Su futuro —incierto como era— dependía de estas perlas. De este modo, dejó caer el collar en las expectantes manos de Petrov.

El hombre no pagó el precio que Eric Zehngut había negociado de antemano, pero Josefina no supo esto hasta que volvió a su habitación y, a la luz de un anochecer de invierno, contó los húmedos billetes de rublos que el hombre le había apretujado contra la palma de la mano bajo la mesa. Había continuado tocándole la mano el tiempo suficiente para que Josefina le sonriese de manera fría. Pero Petrov no había sido el único en engañar en esta transacción. Antes de llegar al café, Josefina había puesto en el zapato el anillo de bodas, que debería de haber incluido en el lote que iba a vender y con el que había decidido quedarse en el último momento.

Después Josefina y Suzanna cosieron el dinero en los abrigos. Zurcieron calcetines. Peter lustró las botas, les puso suelas nuevas y empacó las mochilas con tacitas de hojalata, cucharas, los cometas, ropa de lana. Habían acumulado poco a poco terrones de azúcar, salchichas, té, cerillas, hilo, yodo, aspirinas y jabón. Cuando se fueron a dormir, llevaban dos de cada artículo de ropa: ropa interior, camisas, pantalones, sudaderas. Dentro de los bolsillos de sus abrigos, que los habían puesto encima para que los cubrieran mientras dormían, habían guardado los guantes asegurados con un trozo de cordel. Josefina se dijo que tanto ella como sus hijos estarían preparados cuando vinieran los soldados.

Pero nadie, pensó cuando el golpe a la puerta finalmente llegó en la madrugada del treinta de junio de 1940, *está realmente preparado para tal cosa*. Aunque todos los días, después del arresto de Julius hacía cinco meses, habían parecido increíblemente largos, parecía que había pasado solo hacía unos días, no meses, que Josefina había llevado a Ernestyna a Brzuchowice. El tiempo la eludía a cada momento y tenía dificultad para poder seguir llevando cuenta de cuándo las cosas habían ocurrido.

Los soldados del Ejército Rojo olían a vodka y tabaco. Estaban sin afeitar.

—*Dvadtsat' minut* —gritó uno de ellos—. Veinte minutos.

Josefina y los niños estaban listos en cinco. Los soldados miraron a Suzanna, pero Josefina dejó caer un vaso para distraerles.

—*Glupaya zhenshchina* —dijo otro—. Estúpida mujer.

Josefina recogió los trozos de cristal.

—*Izvinite* —murmuró en voz baja—. Lo siento.

Pero sabía que les había distraído y que su plan había funcionado. Más lista que ustedes, pensó.

Fuera, estaba esperando un camión, casi lleno. Josefina, Suzanna y Peter se apiñaron en un espacio solo suficiente para una persona. Algunas de las mujeres parecían aterrorizadas. Otras resignadas. Las caras de las niñas estaban vacías, con la mirada alarmada. La mayoría de los hombres eran viejos. Algunos de los niños eran más jóvenes y otros, como Peter, se estaban convirtiendo en hombres. Las mujeres con niños pequeños los confortaban, meneándolos, susurrando y riñéndoles suavemente para que se callaran.

Un viaje de días largos a noches largas

Desde finales de junio a mediados de julio de 1940, en un tren viajando hacia el oeste, adentrándose en la Unión Soviética

Josefina había oído que los trenes rusos eran largos y lúgubres, con sus vagones abarrotados. Sin embargo, no estaba preparada para lo que vio cuando llegó a la estación de ferrocarril. Docenas de furgones —la mayoría utilizados para transportar ganado o mercancía— estaban en las vías, algunos ya llenos. El andén estaba atiborrado de gente, carretas y paquetes. Las mujeres chillaban y los niños lloraban ya que la NKVD estaba separando a los maridos y padres de sus familias. Los soldados gritaron, confiscando al azar las bolsas, paquetes de comida y, a veces, los zapatos de la gente. Josefina y sus niños fueron empujados dentro de este caos. Se aferró a las manos de sus hijos con tanta fuerza que se le entumecieron los dedos. Les obligaron a estar de pie delante de los furgones que tenían las puertas cerradas con cerrojos. Cuando los soldados las abrieron, por lo menos veinte personas —hombres, mujeres y niños— ya estaban dentro. Se movieron a empujones hacia la entrada del furgón para tomar una bocanada de aire, suplicando por agua y para que les dejasen ir afuera. El hedor era nauseabundo. La gente que estaba presente y los trabajadores del ferrocarril lanzaban dentro de los furgones pan, salchichas, cigarrillos y aspirinas cuando se abrían las puertas para admitir a un nuevo grupo de gente deportada. Josefina sintió a los soldados levantándola y empujándola dentro del furgón. Los niños detrás. Diez personas más fueron empujadas dentro antes de que cerraran las puertas y echaran el cerrojo.

Pasaron unos minutos antes de que los ojos se le ajustaran a la oscuridad dentro del furgón. En medio del suelo había un agujero y Josefina entendió que era donde uno hacía sus necesidades. En la parte superior del furgón, dos ventanas pequeñas y ralladas no prometían alivio alguno para el calor y la carencia de aire que seguiría, pero el aire frío entraba por allí durante la noche. El hedor era denso y rancio.

—Mamá . . . —dijo Suzanna en una voy bajita y seca, pero no terminó la frase.

¿Qué se podía decir? Josefina no podía pensar en ninguna palabra que tuviese sentido. Pensó en el momento cuando todo esto había empezado, sentados en un sótano en el Hotel Angielski, y añoró a los compañeros que allí tenía. Qué diferente había sido el momento, todos sus sentidos agudizados con la subida peligrosa de adrenalina. Qué directo: una invasión, aviones bombardeando la ciudad, la suerte de haber encontrado refugio adecuado donde por lo menos se podían sentar y respirar. *Esto*: miró a su alrededor, rayos de luz del comienzo del día entraban a través del ventanuco rayado iluminando los rostros sombríos de las otras personas en el furgón . . . Esto era una experiencia del infierno. Confinados y apretados contra desconocidos en la oscuridad sin aire. Encerrados sin agua. Aquí podías perder la cordura. Pero rápidamente Josefina descartó la idea. *No me pasará, ahora no*, se dijo a sí misma.

S US CAPTORES LES DIERON SOLO LAS MÁS míseras raciones de sopa gris —si se podía llamar así— que traían en un pequeño balde aceitoso. El agua era casi inexistente a pesar de las súplicas urgentes de los habitantes del furgón. Estas demandas resultaban en que los guardias te golpeaban o hacían comentarios desdeñosos. La falta de aire y de espacio dentro del furgón era agobiante. La letrina era un ejercicio de humillación. Por la noche todo el alivio que traía el aire frío que entraba en el furgón era sobrepasado por la inhabilidad de tumbarse para dormir.

Josefina pensó en todos los otros furgones en este tren, cada uno lleno, suponía, de hombres, mujeres y niños que habían sido despojados, como ella, de toda idea que pudieran haber tenido de resistencia. O dignidad. Todos ellos luchando para no sucumbir a la desesperación, sintiendo también que quizás ella misma iba a hacerlo en cualquier momento.

Unas horas después de su aprisionamiento en el furgón, Josefina decidió que era imperativo que llevara cuenta del paso del tiempo. Soltó una hebra más o menos larga de su abrigo y decidió atar un nudo al principio de cada día. De este modo, cuando el tren se empezó a mover, sabía que habían pasado dos días. Sabía que se dirigían hacia el este porque había estado prestando atención a la calidad de la luz que entraba por el ventanuco rallado en la parte superior del furgón.

Según el tren cobraba velocidad, los deportados en el furgón salieron de su estupor colectivo.

—Nos estamos moviendo —murmuraron una o dos personas.

—Llegaremos pronto —dijo una mujer en voz baja a su niño.

De vez en cuando, se podían oír los gemidos de algunas de las mujeres. Josefina escuchó rezos susurrados y reconoció los diferentes tipos de oraciones para Dios, tanto las de su madre como las de Helenka. Las palabras la tranquilizaban, pero ella se quedó callada. ¿Cómo podía existir lo divino, se preguntaba, cuando todo lo sagrado se desvaneció en el mundo reconstruido por la guerra?

Un bebé lloró; su madre suplicó a los demás ocupantes del furgón por comida.

—Quiero darle algo de azúcar —dijo Peter en voz baja.

—Sí, hijo, sí —contestó Josefina— por supuesto.

Suzanna ya se había hecho amiga de una niña de seis o siete años, cuya hermana mayor, de solo unos catorce, estaba exhausta y se había quedado dormida contra sus vecinos. Las dos niñas estaban viajando solas, separadas de sus padres en la estación de ferrocarril.

—Érase una vez —dijo Suzanna suavemente a la niña— una princesa que se llamaba Kasia. Como *tú*. —La niña abrió mucho los ojos—. Y se hizo amiga de una cigüeña mágica bajo cuya ala estaba durmiendo. —Suzanna abrió los brazos lo más que pudo para abrazar a Kasia. Con su pulgar, frotó las manchas de la mejilla de la niña para limpiarlas.

Dos nudos en la hebra más tarde, Peter propuso hacer, con mucho cuidado, un agujero en el techo del furgón para poder insertar un trapo allí.

—Va a llover —dijo— de ese modo podremos chupar el trapo cuando se llene de agua.

Los deportados no sabían todavía que los soldados les habrían disparado por este delito si hubiesen sido descubiertos. Sin embargo, incluso si lo hubieran sabido, la angustia causada por la sed les habría forzado a correr ese riesgo. *Qué suerte tengo de ser la madre de un niño cuya ingenuidad nos salvará*, pensó Josefina.

Cinco nudos de la hebra más tarde, se dio cuenta de que lo peor siempre está todavía por venir cuando alguien está atrapado dentro de un furgón soviético para transportar ganado, abarrotado y sin aire, rumbo a un destino desconocido. Dos de las mujeres más ancianas sucumbieron a ataques de corazón. Pasaron tres días antes de que sus captores sacaran los cadáveres, despojados de todo artículo de valor, y lanzados a los campos más allá de las vías de tren. *Del mismo modo que uno se deshace de un objeto inútil*, pensó Josefina. Los bebés en el furgón, atormentados por el hambre, la sed y la humedad incesante, lloraban y lloraban y lloraban; después de diez nudos en la hebra, estaban callados. El día once, un hombre empezó a delirar, dándose golpes en la cabeza con los puños y gritando. Solo después de que el tren se había parado y la gente en el furgón había protestado a gritos durante horas, vinieron los soldados y se lo llevaron. A dónde, nadie lo sabía. Cuando ató el nudo catorce, Josefina se preguntó si su determinación —de sobrevivir, mantener la cordura, contar los días— se debilitaría o fortalecería. Había habido una tragedia diferente para cada nudo en la hebra. Observó cómo la luz se extinguía de los ojos de los hombres, mujeres y niños que compartían este espacio miserable con ella.

El nudo número dieciséis correspondía al quince de julio según los cálculos de Josefina. Ese día, el tren se detuvo.

PARTE II

Tierra de Nadie

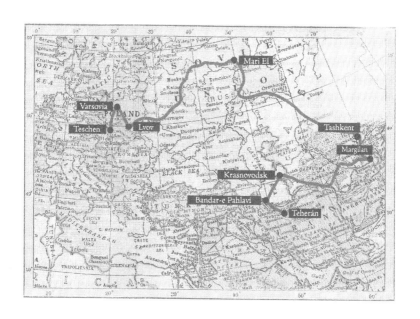

La cara oculta de la luna

A MEDIADOS DE JULIO DE 1940,
EN ALGÚN LUGAR DE LA TAIGA

CUANDO EL TREN SE PARÓ, UN SONIDO de metal chirriando y crujiendo despertó a los andrajosos deportados. Dentro del vagón, sintieron el calor de la noche y el indicio de los persistentes días de finales del verano, calurosos y sin aire. No sabían todavía que los vientos de noviembre que anuncian el invierno eran algo difícil de aguantar. Lo único que querían, cuando el alto y largo tren se paró, era aire fresco. Esta tierra les enseñaría a todos sobre el tiempo y sus inexorables extremos, pero esas lecciones llegarían más tarde.

Los prisioneros bajaron del tren. Suzanna había estado segura de que sentiría alivio cuando pudiese salir de los confines del vagón, la pestilencia, la constricción y la oscuridad. En lugar de eso sintió un extraño deseo de quedarse en el vagón porque se había vuelto muy familiar. Además, no había ninguna razón por la que estar fuera en la oscuridad de esa vasta y anárquica tierra. Sus movimientos eran mecánicos y débiles debido al hambre y la fatiga, que habían socavado el choque inicial de ser deportados. Todas las demás personas que salieron tambaleándose del vagón estaban aturdidos y mareados. Aunque no podía verlos ya que sus ojos todavía estaban ajustándose a la luz, Suzanna los oyó moverse, quejarse y podía también olerles, un hedor que reconocería en cualquier lugar.

La niña Kasia y su hermana estaban cerca de Suzanna, que estaba al lado de su madre. Estaba lo suficiente cerca de su madre para oírle decir *No . . .*, pero sus labios, garganta y lengua estaban demasiado secos para formar palabras reales.

Suzanna oyó todas las órdenes que gritó un soldado, cada uno de los gemidos, jadeos y suspiros estrangulados por la sed que salían de los deportados, y, a medida que las caras se volvían más claras, vio: cientos de hombres, mujeres y niños saliendo de los vagones, empapados, mugrientos y débiles, cada uno de ellos como ella, preguntándose qué iba a pasar ahora.

Inexplicablemente, empezó a pensar en Helenka. *Nunca le compré los chocolates que le prometí*, pensó Suzanna y al instante se regañó a sí misma: *No debes pensar en dulces. No debes pensar en tu hogar.* El cariño de Helenka estaba en el pasado para ser recordado con afecto, pero en otro momento. Los bolsillos del abuelo Hermann ya no serían una fuente de caramelos o monedas; sus manos de panadero, ásperas pero delicadas no sujetarían las de Suzanna en un futuro cercano. No habría ni paseos en carruaje, ni comida de los domingos ni barras de pan calientes. Ni sábanas frescas planchadas con el olor de la luz del sol y el aire de las montañas. Ni vestidos bonitos y limpios. Ni clases de piano con Madame Camillia, que olía a lavanda y cuya postura era perfecta. Ni paseos con amigas y sus hermanas mayores al río o al pozo de los Tres Hermanos o a la fuente en la plaza Rynek. Ni más visitas familiares, ni excursiones, ni secretos de primos, ni el dulce sentimiento de reírse con sus parientes. Teschen, la ciudad donde había nacido ya no existía, y su hogar era simplemente una memoria, víctima de la erosión, que, en última instancia, podría perderse.

Suzanna había pasado los últimos diez meses pensando en todo lo que conocía que ya no existía ahora. Lo más importante para ella que había sido destruido era un sentimiento de pertenecer a una familia grande y siempre presente, cuyo amor la había sustentado. Estos pensamientos los guardó en secreto, prometiéndose que nunca se los contaría a nadie. Comprendía por qué era más importante pensar solo en lo que tenía que hacer hora por hora. El peligro, el peligro por todas partes complicaba incluso las tareas más simples. Más adelante, sí más adelante . . . tendría su propia familia, lo cotidiano se volvería apacible una vez más, y disfrutaría de la vida. *Habrá un después*, pensó dando golpes con los pies en el suelo. Alguien dijo la palabra *taiga*, y Suzanna se dio cuenta de que estaba de pie en aquel territorio lleno de bosques y casi interminable que había visto una vez en un mapa en el colegio. Recordó aprender sobre el denso bosque ruso boreal, la taiga más grande del mundo, que se extendía unas 3.600 millas, desde el Océano Pacífico hasta más allá de los montes Urales.

En su cansancio, Suzanna repitió las sílabas: *taiga, taiga, taiga* y antes de darse cuenta, una melodía le pasó como un susurro por la mente. Una de las mazurcas de Chopín.

—Sí el violín es el instrumento que se aproxima más a la voz humana —a Madame Camillia le gustaba decir que el piano capturaba el sonido del agua—. Y Chopín era el compositor de la lluvia.

Su profesora de piano había estado pensando en la lluvia de Polonia, se dio cuenta ahora Suzanna mientras daba golpecitos en el suelo con el pie y revivía las notas en su mente. Sin duda Madame Camillia estaba pensando en gotas de lluvia —sobre los adoquines, tejados, árboles y sobre la superficie de los ríos. Esas notas de agua de los *Nocturnos* sonaban a la lluvia por la noche cuando las ventanas estaban abiertas y Suzanna soñó con toda la gran música que quizás algún día pueda aprender a tocar. Miró a su alrededor, pero no vio ningún edificio, nada más que un camino de tierra en un entorno que tragaba la lluvia con su boca grande y seca. Cómo echaba de menos el aire de la montaña de su casa, los chaparrones de verano, las tormentas, incluso los chubascos.

Una vez que a Suzanna se le ajustaron los ojos, vio claramente dónde estaba. Mamá y Peter detrás de ella. Su madre, su hermano, ella y todas las demás personas del tren estaban en medio de ninguna parte: alguien llamaría más tarde al lugar la cara oscura de la luna. Bosques sombríos les rodeaban. Inhaló el aroma de los pinos a la sombra, el tipo de aroma que promete setas.

Uno de los hombres soviéticos ordenó que todos se sentaran.

—Han organizado transporte para venir recogerles —anunció el soldado. Cuando alguien le preguntó cuándo, respondió en un tono vacío—. Mañana o al día siguiente.

Era completamente indiferente a los deportados. Suzanna se preguntó qué clase de vida tenía, si había habido alguna generosidad en ella. Si había alguna generosidad ahora. Y, si tenía niños ¿se preocuparía por ellos? ¿Cómo puedes tener niños y convertirte en alguien que no lloraba cuando un bebé estaba muriéndose de hambre, ni cuando murió, ni cuando su madre se desplomó por la desesperación?

La gente del tren se acurrucó unos contra otros como si todavía estuviesen encerrados en el vagón. *Ya no somos refugiados*, Suzanna se dijo a sí misma, pensando en cómo, antes de este horripilante viaje en tren, la gente los había llamado a ella, a su familia y a todos los demás judíos que habían escapado de Alemania, Austria, Checoslovaquia y Polonia. En la radio o en los periódicos —antes de que los nazis o los soviéticos tomasen el control de lo que se emitía o imprimía, las noticias a menudo eran sobre *el problema de los refugiados*, refiriéndose a los judíos que habían sido forzados a escapar de la Alemania de Hitler y de los territorios recientemente ocupados por los nazis. Pero ahora eran deportados, sin refugio, despojados de un puerto, de pie bajo un interminable cielo, las estrellas y el resplandor de la luna a través de las nubes como únicas fuentes de luz. Se aferró a la mano de su madre. Suzanna sabía que su madre ya había calculado su entorno y ahora estaba evaluando discretamente lo que podía pasar a continuación. Había estado observando a su madre, mirando cómo negociaba el flujo constante de desconocidos y las extrañas, con frecuencia horribles, conversaciones con ellos. Suzanna tomó nota de cómo actuar cuando los adultos a tu alrededor se comportaban con crueldad o de maneras que no podías explicar. Exactamente el modo en que los soldados —hombres adultos la mayoría, aunque algunos no eran mucho mayores que Peter— se habían comportado durante el viaje en tren a este lugar.

En Teschen, los padres de Suzanna eran las personas más importantes que conocía. Papá estaba a cargo de una fábrica y de los hombres que trabajaban allí. Mamá estaba a cargo de la casa, la familia, los niños y el perro, e incluso otros adultos como Helenka, su sobrino Kasimierz y las demás personas que trabajaban en su casa. Sus padres daban instrucciones a todos sobre qué hacer y cómo hacerlo y la gente obedecía. Pero aquí, en el mundo en guerra, Suzanna había visto cómo sus padres habían perdido todo. Además del arresto y encarcelamiento de su padre, haber quedado todos sin libertad era la pérdida mayor.

Mamá y Papá no se habían dado cuenta, pero se había asomado por debajo de las mantas cuando su padre se había vestido la noche en que los soldados le arrestaron. Había visto la manera en que el terror había hecho que su cara pareciese dura y al mismo tiempo vencida. Oyó llorar a Mamá contra su almohada más tarde en la madrugada. Y observó cuidadosamente cuando su madre respondía a los otros adultos —soldados y oficiales del partido— mirando al suelo cuando estos brutos soviéticos le decían qué hacer. Nunca lo hablaron, pero Suzanna sabía que su madre estaba actuando. Comprendía, también, que la habilidad de fingir de su madre les protegería. Su padre, encarcelado en una prisión de Lvov, probablemente respondía al mismo tipo de gente de la misma manera. Estas teatralidades confundían a Suzanna, por lo que se quedaba callada como una niña que escuchaba, miraba y pensaba cuidadosamente en las palabras y su tono.

Los hombres a cargo hablaban ruso. Llevaban armas. Algunos tenían perros, no perritos amistosos como Helmut, pero perros grandes y hambrientos que ladraban y mostraban sus dientes grandes y afilados. La mayoría de los hombres estaban desaliñados, los uniformes que llevaban necesitaban repararse y muchos olían a vodka y lana húmeda.

—No juzgues a la gente que tiene menos —los abuelos de Suzanna decían siempre.

Por lo tanto, aunque los soldados eran toscos y sucios, aunque no mostraban respeto ni por su madre ni por los otros deportados adultos, que eran, por la mayor parte, mayores que ellos, aunque eran más agradables con sus viciosos perros que con la gente, Suzanna trató de no despreciarles. Además, con todo, como decía Peter, los que no olían mal —los que llevaban pantalones planchados y abrigos con botones brillantes, los que fumaban cigarrillos caros, ya liados— *estos* eran los más peligrosos.

El hermano de Suzanna se había vuelto un hombre de la noche a la mañana. Ahora tenía sus propias opiniones —sobre la guerra, los ejércitos, los nazis, los comunistas y los dos hombres de los que todo el mundo hablaba siempre, Adolf Hitler y Joseph Stalin. Cuando Peter hablaba, su voz era urgente, sus manos animadas. Casi sonaba como su padre cuando Papá y el Tío Ernst hablaban de negocios o política después de cenar. Los dos hombres fumaban puros y bebían brandy en el estudio. Mamá y la Tía Greta se sentaban en la sala bebiendo jerez en copitas pequeñas, con Helmut acurrucado en un pequeño cojín delante de la chimenea. Durante esas noches Suzanna tocaba el piano. Peter miraba atlas o fotografías de lugares lejanos, algo que hacía a menudo con su abuela Ernestyna. Se sentaban juntos en su sofá de mullidos cojines los sábados por la noche y los domingos por la tarde. Suzanna a menudo acariciaba la tela suave del chal de su abuela. Peter adoraba las fotos de puentes, ríos anchos y grandes y de cimas de montañas cubiertas de nieve. Ahora, su hermano quería ser un soldado, como había sido Papá. Pero sus padres no le dejaron alistarse en el ejército como hizo el tío Arnold, o unirse al *Armia Krakowja* en Varsovia como los otros jóvenes. Una mañana Papá lo llevó a un lado y le habló con él con una voz grave y cara seria.

—Debes cuidar a tu hermana y a tu madre —había dicho Papá.

Suzanna puso los pies firmemente en la tierra. Enderezó la espalda e inhaló despacio el aire fresco de la noche con un denso aroma a pino. ¿Qué estaba pensando su hermano en ese momento? ¿Estaba, como ella, haciendo una lista mental de todo lo que debería intentar no recordar? Él estaba de pie al otro lado de su madre. Era alto y delgado, como si hubiese sido esculpido de un músculo largo y firme. Una barba oscura le ensombrecía la cara, que estaba definida con un poco de la angulosidad de Mamá y suavizada con la amplia sonrisa de Papá, con una invitación a reír y disfrutar el momento, una sonrisa que este había tenido antes de la guerra, cuando las tensiones no transformaron su ceño y su boca en una expresión de constante cautela. Bajo la protección de la visera, Peter observaba a los soldados, hombres ariscos con pistolas, escupiendo entre las palabras que gritaban. De la forma en que estaba frunciendo el ceño se veía que estaba claramente preocupado por lo que iba a pasar a continuación. Estaba estudiando a los soldados y anticipando, al igual que Suzanna, lo inevitable que estaba presente en el futuro inmediato, pero también incierto: más hambre y sed, mayor malestar, tratamiento más duro, falta de protección contra la intemperie. De seguro que la Muerte iba a visitar a este grupo de gente oprimida y maltratada al que ella y su familia cercana pertenecían ahora. Y de repente se dio cuenta con tristeza de que, si hubiesen estado en cualquier otro lugar, se estaría riendo de la expresión de su hermano y le diría que parecía tonto. Sin embargo, aquí no había —ni habría jamás— nada de gracioso. Cómo añoraba Suzanna reír de nuevo, sentirse lo suficientemente libre y segura para bromear, lo suficientemente despreocupada para sonreír.

—Los soldados están hablando de un transporte —dijo Peter en voz baja.

Era el primero en comprender y hablar ruso. Esta facilidad para las lenguas contribuiría a su supervivencia.

Mamá apretó la mano de Suzanna. Suzanna apretó la suya, algo que solía hacer de pequeña, aunque aquí, de pie en la oscuridad en el medio de la nada, en algún lugar de las salvajes tierras rusas, se sentía mucho mayor que catorce años.

Una pequeña brisa trajo de repente una fragancia afrutada, que le recordaba a Suzanna a los bosques cerca de su casa. Su memoria fue inundada con un recuerdo de la última fiesta local a la que fue con sus padres y su hermano. Estaban en Teschen. Era junio, ya no había flores en los magnolios y las lilas se estaban marchitando. La guerra todavía no había empezado.

Peter había ido también a la fiesta. Vestido con un traje de chaqueta y corbata, estaba muy guapo y parecía mayor de dieciséis, casi diecisiete años. Las chicas de su edad se sonrojaban de una manera encantadora cada vez que les hablaba. Suzanna llevaba una blusa almidonada y blanca y una falda larga, ceñida en la cintura. Su madre le había dejado ponerse unos pequeños toques del Vol de Nuit de Guerlain's detrás de las orejas. El aroma del perfume se mezclaba con el aire húmedo de las montañas a principios de verano, y ese olor era el que nunca habría pensado que echaría tanto de menos. Tenía el pelo en dos trenzas. Un chico mayor que ella, que se llamaba Fritz, le sonrío desde el otro lado del salón y cuando se dio cuenta, Suzanna acarició la pulsera de oro en su muñeca y se sintió muy guapa. La pulsera había sido un regalo de su Tía Abuela Laura. La caja en la que se la habían dado estaba llena de papel de tisú de un rosa pálido.

Suzanna se tocó la muñeca mientras recordaba la fiesta . . . las clases habían terminado hacía poco, y, aunque todo el mundo estaba hablando de que los alemanes esto y los checos lo otro, y de cómo Polonia nunca caería, Suzanna estaba soñando sobre cosas que ahora le parecían absurdas: una excursión a las montañas; un recital que Madame Camillia estaba planeando; ese chico Fritz; hacer con Helenka conserva de cerezas y crepes rellenos de cereza llamados *palachinki*, los fines de semana cuando ayudaba al abuelo Hermann en la panadería. Ahora tenía el pelo corto y llevaba pantalones y ropa holgada demasiado grande para ella. La única música que oía eran las melodías que recordaba. Se preguntó si alguna vez en su vida iba a abrir una caja o un regalo envuelto en papel de tisú. Tales trivialidades ahora parecían tan fuera de su alcance como si fueran un lujo . . . y, sin embargo, *así era lo normal* antes. Suzanna no se atrevía a pensar en lo bueno que sabía la mermelada untada en los *palachinkis*, o en el pan caliente del abuelo Hermann, o en la mantequilla que a su abuelo le gustaba comprar de un amigo granjero. El recuerdo de esos simples placeres casi le hicieron llorar en su primera noche en las remotas tierras rusas. Ni muros ni paredes salvo los cuerpos de los deportados apiñados juntos. Ni suelo salvo la tierra. Ni tejado salvo la gran cobertura de incontables estrellas en el más oscuro de los cielos. Ni camas, ni almohadas, ni relojes, ni pan.

No sabía ni qué hora era, ni qué día exactamente. Sabía la estación del año y que muy pronto terminaría el verano. En su antigua vida, el curso empezaría de nuevo, pero también las altas fiestas judías. Suzanna pensó en las formas en las que su familia marcaba el tiempo: el año empezaba en otoño, cuando entraban en un año nuevo. Siempre aguardaba con deseo Rosh Hashaná, cuando iba andando con su familia al río y vaciaban los bolsillos en el agua. Después, el abuelo Hermann siempre la llevaba a la panadería, donde hacían barras redondas de jalá. No quería pensar en lo dulce que estaba la miel en el pan y las manzanas —tal pensamiento evocaría una añoranza demasiado intensa. Por lo tanto, Suzanna se concentró en el consuelo de la solemnidad de la melodía del *kol nidre* en el servicio de Yom Kippur. En invierno, estaba ilusionada por encender las luces de menorá en Hanuka. Pero de todas las celebraciones de su pueblo y familia, la que más adoraba Suzanna era la magnífica celebración de Pésaj en primavera.

Ahora pensó en un séder en particular. Debió de haber sido después de que su Tío Arturo hubiera fallecido, cuando la Tía Elsa y sus niños, Maddalena y Corrado, viajaron a Teschen para celebrar la fiesta. La tarea de Suzanna era inspeccionar los cajones de la cocina para buscar el *jametz*, lo que hizo con la mayor seriedad y minuciosidad posible. Maddalena estaba encargada de las alacenas y armarios. Suzanna adoraba a la niña mayor y deseaba que fuese su hermana. Las dos trabajaron juntas en la cocina, charlando en voz baja sobre estilos de vestir, el cine y la música.

Mamá y la Tía Elsa abrieron todas las ventanas para dejar entrar el aire fresco de primavera. Hicieron fardos de ropa de cama y prendas de vestir para donar a la caridad. Peter y Corrado estaban encargados de lustrar las botas de invierno que todos esperaban poder guardar pronto y necesitar solo calzado de primavera. Julius bajó de un estante en el armario la caja del Hagadá. Suzanna y Maddalena pusieron la mesa, que incluía doblar las servilletas correctamente, poner la platería y distribuir el Hagadá.

Y la comida: el delicioso aroma a cordero asado. El kugel de papa que era la especialidad de la abuela Ernestyna. Hacer pan ácimo con el Abuelo Hermann y el Tío Arnol. Ese año, el Tío Hans también vino y no dudó en subirse las mangas y ayudar a preparar las manzanas, que fueron cortadas y mezcladas con nueces e higos secos para hacer el *jaroset*. Esta mezcla se ponía, con los otros cinco componentes en el plato de séder —maror, huevo asado, *karpás*, *chazeret* y el hueso de jarrete. Papá siempre compraba este hueso en la carnicería de Jacob Zehngut.

Los recuerdos de Suzanna fueron interrumpidos por un murmullo breve y salvaje que salía de los árboles que había alrededor del claro donde estaban los deportados. Como si hubieran oído una señal, los deportados, un lamentable coro de desdichados, respondieron al sonido procedente del bosque con estrangulados susurros, suspiros y gemidos. Al instante, todos se callaron y el momento, pareció, quedarse sin aliento. A Suzanna le arrancó un terrible sentimiento de añoranza por su padre. Le preocupaba que ya nunca más olería la fragancia a bosque de su colonia Fougère Royale, que ya nunca más vería su genial, y a menudo torcida pajarita, ni el parche del ojo, que había suscitado tantas preguntas cuando era pequeña.

—¿Por qué llevas un parche en el ojo? —había preguntado cuando tenía ocho o nueve años.

En lugar de contestar con un acertijo o una broma para evitar la pregunta, como solía hacer habitualmente, le había contestado con sinceridad.

—Perdí el ojo. Si la gente mirara a esa parte de mi cara sería algo muy desagradable para ellos. También puede que les distraiga de ver quién soy realmente.

Suzanna deseó poder haber visto la cara de su padre sin el parche, aunque solo fuese una vez. Le hubiera dicho que era mucho más que un hombre que había perdido un ojo. Si Papá estuviese aquí ahora, se sentiría mejor. Quizás incluso le haría sonreír. Mamá no tendría que observar todo con tanto cuidado. Suzanna no podía pensar en él ahora o el vacío causado por su ausencia le daría un colapso. Cuando los soldados soviéticos vinieron y se lo llevaron, tuvo más miedo que el primer día que bombardearon Varsovia. El sonido de esos hombres del Ejército Rojo gritando el nombre de su padre fue tan aterrador como estar en el sótano cuando los nazis vinieron y golpearon al señor Kosinski y rompieron las tazas de té de su esposa.

Sensaciones de los últimos diez meses se le mezclaron en la mente: la imagen de estar acurrucados en el sótano del Hotel Angielski y el olor rancio del miedo de todos allí mientras las bombas explotaban y el polvo se desprendía entre los rincones y grietas de las cosas sólidas como las paredes y las columnas. Las despedidas a personas a las que estaba segura de que nunca volvería a ver más —Helenka, cuyos intentos de ocultar las lágrimas habían sido muy sutiles, pero que a Suzanna le parecieron como si estuviese en una pantalla de cine, y, por lo tanto, agrandados; la Tía Greta con la boca constantemente a punto de contraerse y soltar un grito; el Tío Ernst que llevó la misma camisa y corbata durante cinco días; la abuela Ernestyna, que se había vuelto tan flaca y callada. Suzanna se imaginó la pequeña habitación en Lvov donde ella, su madre y su abuela cosían a la luz apagada de una pequeña ventana. Fue la habitación donde vio a Papá por última vez, donde lo observó en secreto cuando se estaba despidiendo de su madre. Cada uno de esos momentos estaba impregnado de incredulidad y fatalidad. Se podía ver claramente, sentada en la carreta en el camino a Lublin, mirando cómo su padre se frotaba la nuca con su pañuelo. Algo en su gesto tan refinado, pero al mismo tiempo derrotado, hizo que Suzanna se sintiese débil. Cuando era pequeña y él todavía la cogía en brazos, le gustaba recoger el pañuelo doblado del bolsillo del pecho de la chaqueta de su padre cuando pensaba que él no estaba mirando. Pero él siempre se daba cuenta y cuando fingía que estaba enfadado, Suzanna se reía.

Cuando era pequeña, Suzanna lloraba cuando su padre tenía que ir de viaje para trabajar —y esto pasaba a menudo— a Varsovia, Lvov, Cracovia, Praga, Viena, a veces París y Londres. Pero siempre que volvía traía una baratija, una chuchería o un nuevo juguete. Después de las regañinas de Mamá para que dejara de llorar y de la sugerencia de Helenka de que en lugar de llorar adivinara qué regalo iba a traer, las lágrimas de Suzanna cesaban. Sin embargo, el dolor de echarle de menos nunca se apaciguó. Cuando creció Papá traía sombreros, guantes o bonitos lazos para el pelo. Estos regalos los escondía en la maleta y, tan pronto llegaba a casa, la abría y desempaquetaba mientras Suzanna estaba en la puerta del cuarto de sus padres mirándolo.

—¡Oh, no! —decía—. Me he olvidado de traer un regalo para mi pequeña Suzi. ¿Qué crees que debo hacer?

—Papá, te debes de estar haciendo muy viejo para olvidarte siempre —decía.

Su padre entonces fingía ser un anciano viajero que ni podía recordar su nombre y Suzanna siempre se reía.

Después de rebuscar en la maleta decía:

—¿Dónde está mi bocadillo? —como si hubiera uno en la maleta y ella se reía aún más.

—¡Ajá! ¡Aquí está el pepinillo! —Y con esto se volvía, hacía una exagerada reverencia y le ofrecía el regalo —comprado, empaquetado y envuelto en papel de regalo en la ciudad de la cual acababa de llegar.

—La estás malcriando, Julek —dijo Mamá una vez.

—Finka, los niños deberían ser mimados —respondió Papá—. Deberían disfrutar de la vida.

SUZANNA SE SENTÓ EN LA DURA TIERRA con la mano de su madre en la suya. No iba a venir ningún tren a llevarlos a su siguiente destino, ni tampoco se veía ningún camión ni carretas de caballo abarrotados. Era ya hora de guardar todos los gratos recuerdos, poner un pie delante del otro, escuchar a su madre y observar el mundo de la forma en que Mamá y Peter lo hacían, con iguales medidas de sospecha, miedo y curiosidad. *Disfruta la vida*, pensó Suzanna —eso vendría más tarde. *Tenía* que venir más tarde.

CON EL AMANECER CAYÓ UNA ligera llovizna, limpia y fresca encima del lúgubre grupo de deportados. Josefina sacó de su mochila una taza de lata pequeña que puso en el suelo para recolectar agua de lluvia. Echó la cabeza hacia atrás, levantó la cara hacia el cielo y se frotó la piel hasta que estuvo más o menos limpia. Sus hijos hicieron lo mismo.

—Nadie va a venir a buscarnos —dijo un hombre—. Nos vamos a morir de hambre. Se olvidarán de nosotros y nos moriremos y pudriremos aquí mismo.

Era un hombre demacrado —todos los hombres se habían convertido en caras huecas en su captividad. Las diferencias en delgadez apuntaban a la duración y tipo de encarcelamiento que habían sufrido antes de ser metidos en los trenes. Una vez terminara la guerra, se volvería un cliché hablar de cómo los deportados habían sido abarrotados en vagones como si no fueran más que cerdos o vacas. Sin embargo, durante aquel tiempo, aquellos que acababan de llegar a la Unión Soviética, no tenían conocimiento de este maltrato. El hombre que estaba hablando había perdido uno de los dientes de delante y le temblaba la cara. Durante los primeros días en el vagón, contaba una y otra vez cómo le ocurrió tal desfiguramiento.

—Fue el hombre del NKVD quien me arrestó —empezaba—. Me dio una paliza que hizo que me cayera el diente.

Después describía la mano grande del hombre, llena de tatuajes y con un anillo de sello pesado que había robado de otro prisionero. Cómo, por casualidad, el metal de esa joya robada había interceptado con su diente. El sonido que había hecho...

Se llamaba Herr Auerbach. Josefina fue la que le pidió que por favor dejara de repetir su historia, ¿no veía que estaba asustando a los niños?

Él había suavizado el tono, casi a punto de llorar. Después dijo algo a Josefina de que era de Cracovia, su mujer la hija de un rabino, pero los detalles de la conversación se le escapaban ahora. *Además, de todos modos, todas esas cosas ya no importan más*, pensó Josefina.

—Señor, sálvanos, por favor —gritó una mujer—. ¿Qué he hecho yo, Dios, para morir aquí en este lugar abandonado?

Josefina miró a sus niños. Peter miraba al suelo para esconder su contraída expresión de aversión hacia el arrebato de la mujer. Se había vuelto cada vez más intolerante de lo que él llamaba muestras de exageración. Suzanna se estaba saciando la sed —la boca abierta, la cara echada hacia el cielo, los ojos cerrados. Normalmente, Josefina no hubiera aprobado tal comportamiento, pero dadas las circunstancias, lo dejó pasar. En este momento, la exasperación manifiesta de su hijo y la boca abierta de su hija recogiendo lluvia eran simplemente nuevas maneras de residir en un mundo en el que el decoro había sido desplazado por la barbaridad de la guerra.

Miró de Herr Auerbach a la mujer que estaba chillando.

De pronto Josefina añoró a su Julek, un dolor tan profundo que amenazó con colapsarla hasta la insignificancia, justo aquí con el polvo de julio y su húmedo aroma a lluvia, en algún lugar muy lejos de su hogar. *No*, se dijo a sí misma, *no debes rendirte.* Y así fue que Josefina Kohn cerró las puertas a todo recuerdo de lo que una vez había conocido como hogar y todo consuelo derivado de tales memorias. A no ser que aprendiera a actuar de otra manera, se dijo a sí misma, no se podía permitir apegar ese tipo de sentimiento a lo que *ya no existía.* Esto quería decir que Julius ahora estaba perdido irremediablemente para ella, su risa, su tierna solidez, su bondad incondicional también habían perecido. Justo donde estaba, estaba todo lo que importaba y lo que tenía que hacer para sobrevivir y mantener a los niños vivos hora tras hora.

—En lugar de empeorar las cosas, debería estar recolectando lluvia para beber —dijo Josefina a Herr Auerbach—. Quién sabe cuándo nos darán más agua.

Olvidó deliberadamente mencionar la comida, que obviamente no se la darían.

Todos los deportados volvieron la cabeza en aquel momento y la miraron. O, tal y como recordaría más tarde, miraron *a través* de ella. Era lo último que quería ver. Los ojos ya hundidos y las bocas cerradas en dos líneas sombrías. Esperaba que su propia cara no se les pareciera, pero dudaba que su apariencia pudiese ser diferente. Un movimiento colectivo empezó, la búsqueda por algo en lo que recoger la ligera llovizna que estaba cayendo —un platito o tazón, las manos ahuecadas— y los que tenían recipientes los pusieron en la tierra dura donde se sentaron, desaliñados, exhaustos, desamparados, vacíos, y casi sin ninguna esperanza, con la cara vuelta hacia el cielo.

Cuando por fin llegaron los camiones, los deportados habían enterrado a cinco personas. *Enterrado*, pensó Peter, no era la palabra correcta porque no tenían palas y no podían cavar tumbas. De repente sintió una tremenda nostalgia por su abuela Ernestyna y sus regulares peregrinaciones al cementerio judío en la calle Hażlaska en Teschen, donde estaban enterrados sus bisabuelos Sigmund y Charlotte Kohn. Allí Ernestyna supervisaba la limpieza y arreglo de la tierra que rodeaba las lápidas de los diligentes, prósperos y caritativos Kohn. Sigmund era el segundo nombre de Peter y, más adelante, lo utilizaría a veces como su nombre, deletreado de la forma polaca, Zygmunt. Peter estaba orgulloso de recordar, cada vez que lo escribía, a su respetable bisabuelo, un hombre que había dejado un legado a su familia y a su comunidad.

—Era un hombre amable, un buen suegro —le decía Ernestyna a su nieto—. Honesto y respetable. Se ganó el derecho de tener altas expectativas para sus hijos.

No era una mujer de muchas palabras. Cuando hablaba, los que la conocían prestaban atención. En Lvov, al final, había dejado totalmente de hablar. Peter pensaba en ella como si hubiese entrado una larga temporada de silencio absoluto. ¿Qué estaría haciendo ahora, bajo el cuidado de las monjas en Brzuchowice, donde la habían dejado? ¿Estaría comiendo caliente y durmiendo en sábanas limpias? Estaba seguro de que nunca la volvería a ver. ¿Por qué no se le había ocurrido preguntarle cómo había pasado su infancia? ¿O cómo había conocido a su abuelo Emerich, que rezaba el kaddish todos los años en la tumba del patriarca de la familia?

Esto no era un cementerio. No había ni ritos, ni sudarios, ni ataúdes, ni lápidas, ni signos. Morir no era más que eso en esta tierra, un tipo de inhumana muerte animal. La combinación de una grave privación y la ilegalización de la religión incitaba comportamientos primitivos. Los cadáveres de los fallecidos habían sido despojados de toda la ropa de valor y cubiertos con puñados de tierra que habían cavado con las manos. Peter había ayudado a sepultar a los muertos lo mejor que pudo. Se quedó cerca y escuchó a los demás prisioneros entonar sus breves rezos, en polaco, ucraniano, yiddish, hebreo. Al igual que sus captores soviéticos, la Muerte los había acompañado en sus viajes y no había discriminado. Los bebés que estaban en el vagón desde el principio del viaje no habían sobrevivido. Sus pequeños cuerpos habían sido tirados del tren; las caras de sus madres contorsionadas con pena. Era como si estas mujeres estuvieran hechas de ceniza, pensó Peter, y si frotabas sus contornos, se desintegrarían.

¿Quién será el siguiente en morir? se preguntó.

Miró a la gente con la que había viajado estas dos semanas pasadas:

abuelos, jóvenes como él y Suzi, pero, por la mayor parte, hombres y mujeres de la misma edad que sus padres. Campesinos y gente de la ciudad, granjeros, profesores, hombres de negocios, una enfermera, un rabino y un sacerdote, parientes de personas que habían sido arrestadas por todo tipo de delitos, de todas las nacionalidades y creencias, todos ellos unidos bajo la etiqueta de "enemigo del Estado Soviético". En el vagón, algunos habían rezado; otros se quedaron en silencio; varios apenas hablaron; otros charlaban y a veces gritaban. Muchos no habían dormido; uno o dos roncó; otros gritaron en medio de una pesadilla solo para encontrar sus vidas reales peor que cualquier imaginación nocturna.

Juntos habían sufrido las humillaciones de la deportación: el vagón abarrotado, la ausencia de aire, la falta de privacidad, el pescado salado que les habían dado los soldados y que había empeorado la sed que tenían de maneras que nadie hubiese podido imaginar. Juntos habían escuchado a los bebés llorando y después los gemidos de sus madres cuando se quedaron en silencio. Juntos habían olido la muerte que se llevó a los más jóvenes y a los más viejos y también a alguien de la edad de su madre. Juntos habían compartido las provisiones que habían empacado en las cosas que llevaban, que habían metido en los bolsillos, que los habitantes de Lvov les habían lanzado justo antes de que las puertas del vagón se cerraran. Juntos habían interpretado estos pequeños actos de generosidad como una despedida macabra. Juntos se habían dicho unos a otros que no tardarían mucho más antes de que los soltasen y después habían escuchado cómo uno y más tarde otros se volvieron locos y empezaron a delirar y decir cómo todos iban a morir, sellados en este desamparado vagón. Juntos se quedaron en silencio y después lloraron. Juntos compartieron el trapo que empujaron en el techo del vagón cuando se empapó de agua de lluvia. Juntos se regocijaron cuando el aire o la luz entraba por la pequeña ventana, una ventana desde la cual se turnaban para observar como el paisaje se transformaba en una majestuosa vista. *La tierra de Dios*, pensó Peter. Un lugar que Dios había tocado una vez, al que nunca más había vuelto y que después había abandonado, pensó Peter más adelante.

Los soldados los apiñaron en los camiones. A algunos de los deportados los despacharon a campos de trabajos forzados más al este, pero el camión en el que Peter y su familia se encontraron fue hacía el norte siguiendo las pistas de tierra llenas de baches. Escuchó a los soldados hablando y, después de varias menciones de la palabra *Mariskaya*, determinó que era el nombre del lugar en el que se encontraban. Más adelante Peter supo más sobre la república en el banco norte del río Volga, cuya gente indígena, los mari, eran objeto de la persecución soviética.

La niña llamada Kasia estaba todavía con ellos; se aferró a Suzanna, que se había esforzado lo más posible en mantener a la niña distraída. La hermana de Kasia había sido separada de su grupo y la despedida había sido trágica. La pequeña había llorado descontroladamente hasta que uno de los soldados del Ejército Rojo, con un aliento apestoso, acercó su cara a la de Suzanna y le dijo que mejor que hiciese que la mimada mocosa se callara. Suzanna rodeó a la niña con sus brazos y la arrulló mientras pasaban al lado de unos altos árboles. Cada una de las dos niñas, decidió Peter, era valiente a su modo.

En la distancia, los lobos aullaban. Los búhos ululaban. Los refugiados levantaron la cabeza mientras los sonidos de los animales resonaban en el oscuro bosque, donde troncos de abetos, pinos y alerces se elevaban por encima de ellos. El cielo era apenas visible debido al denso follaje.

Viajaron durante horas antes de que les mandaran bajar y, de nuevo, quedarse donde estaban, lo que los deportados hicieron durante otra noche y otro día hasta que llegaron carretas de tiro a caballo. Las viejas yeguas que tiraban de las carretas eran solo costillas; el agotamiento les nublaba los ojos. Peter las hubiera matado de un tiro como un acto de piedad si hubiese tenido una pistola. Incluso pensó en tratar de convencer a uno de los soldados a hacerlo, un joven de su edad, pero se lo pensó mejor cuando vio cómo los soviéticos estaban mirando a su hermana. Uno tenía que elegir qué batallas luchar, como siempre decía su padre. Hasta ahora, Peter no había comprendido realmente el significado de la expresión. Era irónico, había pensado antes, que, durante tiempos de guerra, fueras capaz de escoger qué batallas luchar. Sin embargo, ahora, la ironía había sido eliminada del mundo. Todo era claro y absurdamente horripilante.

Las carretas se zarandeaban a lo largo del camino que los llevaba cada vez más hacia el norte. A medianoche, el ecléctico grupo de enemigos del estado, bajo la custodia de los soldados del Ejército Rojo, llegaron al campamento.

Se acostumbrarán

CON UNA SACUDIDA LAS CARRETAS se detuvieron. Unos guardias estaban gritando cuando los deportados se acercaron al alto portón de madera que separaba el campo de trabajos forzados del bosque. Josefina se despertó de un sobresalto, emergiendo no de un verdadero sueño sino de un sopor causado por la fatiga y el hambre. Tomó nota de sus alrededores. Una señal encima de las puertas del alto portón tenía palabras en letras cirílicas, y Josefina descifró un eslogan sobre el hecho de que trabajar en la Unión Soviética era un honor y un deber. Otros deportados habían sido transportados a este lugar de maneras diferentes bajo una fuerte vigilancia: a pie, en carretas, en camiones. Había hombres, mujeres e incluso algunos niños, incluyendo algunos que eran de la edad de Kasia o más jóvenes. Algunos de los prisioneros parecían idos, otros a punto de colapsar. En un lugar como este, todos se miraban unos a otros. Incluso el aire parecía eléctricamente cargado de sospecha y tensiones. La mejor manera de arreglárselas aquí, razonó Josefina, era aparentar fuerza, no parecer nunca débil ni necesitada y ser astutamente emprendedora. Pero no quería rebajarse al nivel de los criminales, por lo que decidió mantener su brújula moral apuntando en la dirección correcta.

La fortuna era su bendición; no todos habían conseguido sus posesiones.

Josefina no quería sucumbir a creer en milagros, no hasta que hubiesen sobrevivido este aspecto particular de la guerra. Su deportación, esperaba, *era* simplemente un aspecto, un punto en una cronología todavía por conocer, que culminaría eventualmente en una vida diferente, una vida que se desarrollaría en tiempos de paz, una vida que vería un retorno a las maneras familiares de vivir. O, por lo menos, un tiempo de paz en el que alguien admitiese lo mal que estaba que sus niños y ella hubiesen sido arrestados por un crimen que, no solo no habían cometido, sino que ni siquiera sabían que existía. Dada la realidad en la que se encontraban, era milagroso que tanto ella como sus niños todavía tuvieran las mochilas, las botas y los abrigos, desgastados, pero cuidadosamente remendados. En los dobladillos de la ropa habían cosido dinero. El reloj que Julius le había dado a Peter cuando cumplió dieciséis años estaba escondido en un bolsillo secreto que Josefina había cosido en su abrigo, y su anillo de bodas estaba escondido en su zapato derecho, dos objetos de otra vida con un marido cuyo destino desconocían. Estaban exhaustos, hambrientos y con miedo, pero no tenían ninguna enfermedad. El ingenio de Peter en el vagón había aliviado en parte el sufrimiento de todos. Cuidar a Kasia había distraído a Suzanna y también había recordado a los demás que era posible seguir siendo humano. Se habían librado de algo, pero Josefina no estaba segura de qué. Todo lo que podía hacer era estar despierta cuando necesitaba estar alerta, o dormida cuando se requería el descanso. El hambre le había embotado la mente, cuya claridad luchaba por mantener.

Después de que les ordenaron bajar de los camiones, estuvieron en el centro de lo que se llamaba la *zona*, una extensión de terreno llano, al descubierto, donde habían sido construidos unos barracones. El administrador del campo, al que coloquialmente llamaban *zovchoz*, hablaba en ruso; otro hombre traducía lo que decía al polaco. El soviético estaba repitiendo ideología comunista: el trabajo era la cura para sus delitos, les dijo con fervor —una manera de reformarse.

El no trabajar —bueno, si no quieren reformarse, tal deseo se considera sabotaje y será castigado. Mientras hablaba, Josefina escudriñó su cara. Su piel estaba arrugada y no tenía una apariencia cruel, a pesar de la propaganda que les estaba ofreciendo —a ellos, que estaban a punto de colapsar. Parecía el tipo de hombre con quien uno se podría congraciar de manera honesta. Y, por supuesto, si esto no fuera posible, quizás fuera el tipo de persona que aceptase un soborno. Era también igualmente posible que fuese a arrestar a cualquiera que intentara comprar su benevolencia, o a burlarse de la idea de que alguien debería ser tratado de forma diferente. Para todas las virtudes de la Unión Soviética que exaltaba, sonaba agotado, lo que le daba una apariencia de ser alguien considerado, por lo menos esa era la impresión que tenía Josefina. Aun así, ahora le resultaba difícil discernir el carácter o las intenciones de los desconocidos. Si fuese tan considerado, todos estarían en las sábanas blancas de las camas de la enfermería, recuperándose después de casi tres semanas al borde de la inanición. En lugar de eso les estaba diciendo a las personas que acababan de llegar —a los que llamaba *zeks* o prisioneros— que iban a tener tres días de descanso antes de tener que presentarse a trabajar.

—Y ¿cuál va a ser su tarea? —preguntó y él mismo se respondió inmediatamente.

Los fuertes cosecharán madera para ayudar a construir la gran y poderosa Unión Soviética. Los más débiles recolectarán ramas. Explicó que iban a ser divididos en brigadas, que necesitaban entregar una cuota diaria llamada una "norma", y que serían alimentados en consonancia con esta. Por supuesto lo que no dijo fue que casi nadie llegaba remotamente al cumplimiento de estas normas, lo que significaba que casi todo el mundo recibía de catorce a dieciocho onzas de "pan" para todo el día y una sopa aguada tres veces al día. La distribución de comida, les dijo, se hacía en raciones llamadas "kettles", que variaban según lo cerca que uno conseguía cumplir la norma. Kettles de castigo se distribuían a aquellos que no trabajaban de forma adecuada y por tanto perjudicaban a su brigada —y, no debían olvidar nunca, al campo entero. Estas kettles consistían en unas diez a catorce onzas de "pan" y una ración de sopa de la peor calidad.

—Trabajan para comer —dijo sin rodeos.

Iban a trabajar de las seis de la mañana a las seis de la tarde. No explicó que les iban a despertar a las 4:00 de la mañana, que les iban a contar antes del desayuno, que tendrían que ir en marcha al bosque, en marcha de vuelta al campo después del anochecer, y que les iban a contar de nuevo antes y después de la cena. Pero sí que mencionó lo generoso que era el Estado por librarles de trabajar si la temperatura bajaba a menos de 95,6° C bajo cero o si tenían fiebre de 39° C o más. Cada diez días podrían disfrutar de uno de descanso, y durante ese día se bañarían, desinfectarían la ropa y asistirían a las reuniones donde aprenderían sobre el heroico proletariado. Los niños pequeños en el campo irían a la escuela. No estaba permitido practicar ningún tipo de religión ni tampoco hablar de regresar a casa. *Esto* era su casa. Las RASS de Mari El. El bosque boreal conocido como la taiga. Donde los mosquitos y los chinches también se morían de hambre. Donde los lobos acechaban. Donde el tiempo y las condiciones de vida espartanas fortificaban a los trabajadores.

—No se preocupen —dijo—. Se acostumbrarán.

—Y si no —añadió el intérprete— morirán.

JOSEFINA SINTIÓ LA IMPORTANCIA DE ASEGURARSE un lugar en los barracones cuanto antes. Iban a tener que proteger ferozmente sus pertenencias, porque sin las provisiones con las que habían conseguido quedarse, no sobrevivirían en este lugar. Agarró a sus niños y se los acercó. Además de sus niños ahora también tenía a cargo a Kasia, que, hambrienta y débil estaba acurrucada en los brazos de Suzanna.

Peter era el más hábil en comprender y hablar ruso, por lo que Josefina le delegó la tarea de hablar al *zovchoz*.

—Peter, toma. —le dijo Josefina en voz baja y suave mientras le deslizaba en la mano, de una manera discreta, un billete doblado de cien rublos, que había sacado antes del dobladillo de su abrigo—. Dáselo —susurró— para un lugar mejor donde dormir. Dile . . .

—No te preocupes, Madre —dijo su hijo—. Sé lo que tengo que decirle.

El *zovchoz* terminó de explicar los *rezhim*, o reglas, y empezó a asignar a los recién llegados el lugar donde vivirían en los barracones. Peter se había adelantado y se había puesto al principio de la cola sin llamar la atención ni incitar protestas. Josefina le observó mientras se dirigía al hombre. Si hubiesen estado en cualquier otro lugar bajo circunstancias más civilizadas, hubiera sonreído de orgullo, pero aquí observó a su hijo sin ninguna expresión en la cara, mirando a otro lado por si acaso daba la impresión de estar demasiado ansiosa, de ser demasiado obvia, o demasiado desesperada. Le alegró que su hijo estuviese hablando justo como su padre lo hubiese hecho, de una manera discretamente firme pero amable. Cuando el *zovchoz* miró a Josefina, ella miró al suelo, esperando darle la impresión de modestia. Pero, aunque brevemente, se habían mirado a los ojos, y, cuando lo hicieron, el hombre miró a otro lado. Peter había negociado con éxito conseguir un lugar mejor en los barracones.

Mejor, obviamente, era relativo a unas condiciones imposibles de imaginar, pero para Josefina, Suzanna y Kasia, *mejor* significaba la litera de arriba en la esquina cerca de la estufa, al final de la habitación, justo en el lado opuesto de la tosca puerta, que dejaba entrar polvo en el verano y, cuando llegara el invierno, el frío. *Mejor* significaba —y esto era el indicio de que quizás el *zovchoz* fuese un hombre decente— una asignación de gasas, que los protegerían contra los mosquitos que florecían en estos densos bosques. *Mejor* también al proporcionarles un frasco de queroseno, para poner en las tablas y mantener los chinches bajo control. Y finalmente, *mejor* significaba paja, para acolchar los duros tablones donde tenían que dormir. O donde intentaban dormir.

Los chinches se cebaban con los demás deportados que vivían con ellos, por lo menos veinte en su compartimento en los barracones. Gemían, se rascaban y gemían más alto, hasta que gritaban. Uno empezó a murmurar —el comienzo de un delirio, como lo llamaba Josefina en privado. Por lo tanto, compartió el valioso queroseno con sus vecinos, un gesto que garantizaba una pequeña cantidad de respeto y que sería reconocida, quizás, con algún favor futuro que podría significar la diferencia entre la muerte y la supervivencia.

Estaba tumbada encima de la paja, la cara cubierta con un trozo cuadrado de gasa enganchada temporalmente a un gorro de lana que había sacado del fondo de su mochila, que había empacado hacía tantos meses cuando Julius todavía estaba con ellos y vivían en una habitación en Lvov. *Supervivencia*: Josefina Kohn reflexionó sobre esta palabra, a la que nunca había prestado mucha atención antes, aunque su marido le había enseñado algo sobre las formas prácticas de estar preparado. Ella había escuchado y aprendido diligentemente cómo meter lo más posible en una bolsa pequeña, cómo llevar lo esencial encima. La cautela y enseñanza de Julius, que al principio habían parecido exageradas, ahora estaban siendo útiles. En Lvov, la supervivencia había sido un acto consciente, que consistía principalmente en salir adelante y no llamar la atención de la NKVD, mientras se preparaban mental y físicamente a ser arrestados por ellos. Antes de eso, en Varsovia y en la carretera, la supervivencia había sido algo arbitrario —estabas o no estabas en el lugar correcto o equivocado cuando caían las bombas o cuando vinieron los nazis. En el tren que los había traído a la taiga, la supervivencia era una combinación de suerte y de fuerza de voluntad. Pero en este campo forestal, donde era seguro que el invierno llegaría más pronto y que sería más duro que cualquier invierno que Josefina hubiese conocido, aquí la supervivencia era material. Dependería totalmente de poseer los medios para consumir las suficientes calorías y soportar el tiempo, las alimañas y las enfermedades que resultaban de estar expuestos a estas condiciones y al ambiente desmoralizador que podría desquiciarte en cualquier momento.

Un factor constante de su supervivencia en los últimos diez meses, Josefina se dio cuenta —lo que les había dado una ventaja cada vez que sus vidas estaban en juego— era la piedad de los demás. Ahora pensaba en esas generosas personas: el señor y la señora Kosinski. En su mente vislumbró las tacillas y platillos rotos y esparcidos por el suelo de aquella cocina impecablemente limpia. Josefina se preguntó sobre la niña con un solo zapato en la carreta del señor Kosinski y qué le habría pasado. ¿La estaría cuidando el señor Kosinski? ¿Se habría escapado? ¿Estarían los dos escondidos ahora, heridos —o peor, muertos? En Lvov, la dueña de la casa, la señora ucraniana, aunque era severa y hablaba poco, les había proporcionado una habitación limpia y caliente por un precio razonable. Nunca les había denunciado. Eric, Henry y Fred Zehngut compartieron la pequeña parte de Teschen y la buena voluntad que habían traído con ellos a su exilio y no esperaron nada a cambio. Las monjas en Brzuchowice, con sus hábitos blancos y negros agitándose mientras andaban, habían acogido a la madre de Julius, Ernestyna. Las personas en la estación de tren de Lvov —completos desconocidos con sus propias vidas, preocupaciones y sueños— se compadecieron de los deportados y les dieron sus magras raciones de pan, salchichas, cigarrillos y aspirinas. Aparte del *zovchoz*, cuya ayuda habían comprado ¿quién en el campo les ayudaría a sobrevivir?

Se instalaron lo mejor que pudieron. Pronto cayó en un profundo sueño, pero antes de quedarse dormida, Josefina se prometió que nunca se acostumbraría a este nivel de vida sub estándar al que los soviéticos se habían habituado, al que esperaban que los prisioneros se adaptasen o murieran. *Dejaremos este lugar*, juró.

LOS SUEÑOS OFRECÍAN POCO ALIVIO. Las ansiedades suprimidas durante las horas que estaba despierta salían a la superficie, provocando vívidas pesadillas: en una, Josefina estaba encerrada dentro de un vagón completamente sola. En otras, las bombas explotaban cuando el tren estaba viajando hacia el este. Una parte del vagón estaba completamente abierta, revelando paisajes urbanos y rurales —uno detrás de otro— en humeantes ruinas. Cuando el tren por fin se detuvo, Josefina se encontró en Teschen. La ciudad estaba intacta, hacía un día soleado de primavera, la gente estaba fuera caminando, vestidos como si fuera una ocasión especial. Extasiada bajó del tren. Su padre y su hermano Arnold estaban en el andén. Milly tenía a la pequeña Eva en brazos. Incluso Helmut estaba allí, corriendo hacia ella moviendo el rabo. Pero cuando Josefina se acercó a sus familiares e intentó saludarles, se dio cuenta de que no podían oírle porque ya no estaba viva. La pasaron caminando sin mirarla y cuando lo hicieron, se dio cuenta de que estaba agarrando la mano de Julius, al que tampoco podían ver, lo que quería decir que estaba muerto también. Intentó gritar, pero se había vuelto muda. Les siguió, solo para descubrir que iban de camino a un funeral —el de ella y de Julius.

—Salieron de casa en un coche y volvieron en ataúdes —repetía su padre.

—No, Papá —intentó decir— ¡Estoy aquí mismo!

Pero las palabras se le atragantaron y tosió tan fuerte que se despertó.

Al principio, Josefina estaba segura de que estaba en casa, de que la persona a la que sentía respirar a su lado era Julius. En ese momento se dio cuenta de que eran Suzanna y Kasia que estaban dormidas a su lado, acurrucadas juntas como si fuesen una persona. Su desilusión provocó una congoja que amenazaba con consumirla. *Anda, desahógate*, se dijo a sí misma cuando ya no podía contener la tristeza que la estaba abrumando, *llora fuerte y cuanto quieras. Pero esta será la última vez que vas a derramar lágrimas.*

Agradecer lo que se tiene

EL VERANO DIO LUGAR AL OTOÑO, con sus escarchadas noches y mañanas. El otoño no duraba mucho en esta tierra, empezaba con lluvias y barro y terminaba con los vientos de noviembre que traían el invierno. Josefina y los niños habían tenido suerte de haber llegado cuando los frutos silvestres abundaban en el bosque, y de saber qué setas, igualmente abundantes, se podían comer o cuáles no. Fueron bendecidos con llevar calzado apropiado, con no haber muerto de hambre, con encontrarse, relativamente en buena salud. Cuando llegó el invierno, nadie estaba preparado, ni los *zeks* afortunados de tener abrigos y botas. El trabajo continuó como siempre, aunque los prisioneros estaban exentos de trabajar o de caminar en el exterior cuando la temperatura bajaba a menos de 60° C. La enfermedad devastó a los prisioneros ya que había casi una falta total de cuidado médico, medicamentos y provisiones.

Peter nunca antes había realizado un trabajo físico, pero estaba en forma. Como su padre, era un excelente nadador y saltador de trampolín alto y también jugaba al tenis. Como su madre, esquiaba. Hacía senderismo, ciclismo y se subía a los árboles. Con la excepción de las tres semanas que pasaron viajando al campo, había mantenido una rutina diaria de ejercicios desde su rápida partida de Teschen. En Lvov, aunque algunos alimentos ya no eran abundantes, habían podido comer, aunque no bien, por lo menos lo suficiente. Antes de que Julius fuese arrestado, este le había llevado a un lado y le aconsejó que se mantuviese fuerte.

—En caso de que los rusos te capturen —había dicho su padre—, vas a necesitar tener comida en el estómago.

Peter asintió solemnemente. Había seguido el consejo de su padre y comía siempre que había alimentos. Quería ser el mejor hijo y hermano que pudiese. Los meses en Lvov habían sido una práctica. Se había asegurado de que comía, de que hacía ejercicio y de que estaba alerta. Aprendió la lengua de los nuevos administradores de la ciudad y observó el comportamiento de los soldados de este nuevo régimen. Una vez que arrestaron a su padre, había asumido el cuidado de su madre, su abuela y su hermana. Quizás lo más importante es que Peter aprendió a elegir sus batallas, a escuchar sin aparentar que lo estaba haciendo, a hablar sin dar demasiada información y a evaluar lo más estratégicamente posible las consecuencias de sus acciones.

Pero la verdadera actuación, la prueba de sus habilidades mentales y físicas, no tendrían lugar ni en otoño, ni en verano, ni en primavera en lo que había sido una vez Polonia, sino en invierno, aquí, metidos en la taiga en un campo maderero en Las RASS de Mari El. Aquí la labor principal era la cosecha de madera. Peter tendría la oportunidad de demostrar que era el mejor. Afortunadamente, parecía que le caía bien al líder de su brigada, Vladimir Antonovich. Quizás, pensó Peter muchos años más tarde, había visto en él un afán de superación, una cualidad que Peter reconocería un día en sus propios hijos.

El líder de la brigada había llevado a Peter a un lado el primer día en el campo.

—Eres muy fuerte —dijo el hombre— quizás lo suficientemente fuerte para exceder la norma. Más comida para ti. Mejor para todo el campo.

En su primer día en el bosque en julio, muy adentrados en la espesura del lugar, Peter se fijó en los árboles: pinos y abetos principalmente, pero también abedules, y menos comunes, robles y elmos. De las estancias en las montañas Beskides, donde él y su familia habían esquiado, hecho senderismo y recolectado setas y frutos silvestres, a las excursiones con compañeros de clase en los bosques del este de Polonia, Peter había desarrollado un olfato para la corteza y las agujas, para los conos y las hojas, para la savia y la resina. Había observado dónde estaban las setas. El musgo era abundante aquí —el tipo de musgo que podían quemar en un cometa, la estufita portable que su padre les había enseñado a hacer. Incluso había musgos que podían comer. Agujas de pino, ricas en vitamina C, se volverían algo importante en su dieta. Los mosquitos eran un problema, pero su madre había cosido un poco de gasa en su gorra de lana con la que se podía cubrir la cara. Peter sabía que los demás *zeks* codiciaban lo que tenía, por lo que, para aliviar su envidia, trabajó duro, mostró respeto a los hombres mayores, y ayudó, cuando pudo, a los que lo necesitaban.

Los prisioneros en este campo de trabajos tenían que talar principalmente los altos pinos escoceses, que se iban a utilizar como postes de telégrafo, y, más tarde, como postes telefónicos por toda la Unión Soviética. Cada brigada consistía en varios equipos: dos hombres cortaban los imponentes árboles con una sierra de arco. Otro equipo desenterraba los tocones que quedaban con palas. Otro estaba a cargo de cortar las ramas. Los hombres utilizaban herramientas que, en su mayoría, estaban dañadas, mal reparadas, o rotas, lo que ralentizaba y a veces obstaculizaba el trabajo y causaba lesiones. Una brigada diferente, formada por mujeres, recolectaba, separaba, hacía fardos y cargaba las ramas cortadas. Los árboles talados se transportaban de dos maneras: empujaban cada vez un tronco largo, o, varios equipos de dos y tres hombres tiraban del tronco usando cadenas de metal enrolladas alrededor de la madera, bajo la cual habían metido varas para que los troncos gigantes pudiesen rodar. Las cadenas, muchas de las cuales tenían eslabones oxidados, se rompían a menudo, causando a veces accidentes mortales. Largos camiones transportaban la madera a una base cerca de la vía del tren. Allí, otros prisioneros venían para colocar los troncos en un armazón que dejaba circular el aire para que se secaran. Los troncos gigantes eran colocados en pilas de seis pies de alto. Una vez completaban doce horas de trabajo, todos los prisioneros regresaban al campo a pie.

~

DESPUÉS DE LOS PRIMEROS DÍAS TRABAJANDO en el bosque, Peter estaba más agotado de lo que había estado nunca. Su madre y su hermana eran trabajadoras también y lo hacían lo mejor que podían. Aunque ninguna de ellas se quejaba, Peter era consciente de que no podían aguantar ni este ritmo ni el tipo de trabajo. Las dos estaban enflaqueciendo rápidamente. Tenían las manos en carne viva de recolectar y hacer fardos con las ramas (Josefina insistía en guardar los guantes para el inminente tiempo frío). Parecía como si las dos fueran a colapsar simplemente con una brisa ligera. Todos sabían que una vez llegara el invierno, todo empeoraría. La niña Kasia estaba muy débil. Libre de trabajar por su corta edad, dependía de los demás para comer, lo que significaba compartir las valiosas raciones que ya eran inadecuadas para alimentar a una persona.

El primer día que tuvo libre de trabajo, Peter se dirigió al líder de su brigada, Vladimir Antonovich, con una propuesta. Tenía algún dinero, le dijo al hombre, que se podría utilizar para comprar herramientas nuevas o, por lo menos, materiales para reparar las que tenían. Una vez tuviesen un equipo apropiado, lideraría a su brigada con el reto de exceder la norma, convirtiéndose de ese modo, como lo llamaban los soviéticos, en un estajanovista. Alexei Grigorievich Stakhanov había minado 102 toneladas de carbón —catorce veces la norma— en menos de seis horas en agosto de 1935. Su prodigiosa productividad dio lugar al movimiento estajanovista, un tipo de competición común en asentamientos, fábricas y campos de trabajos forzados correccionales, que garantizaba una alta productividad. Aparte de la gloria de dar algo a cambio a la Unión Soviética, la recompensa, Peter se enteró, era un aumento en comida de casi nada a unas veintiséis a cuarenta y dos onzas de pan, sopa y grañones y, o pescado o un bollo de pan blanco por la noche.

Vladimir Antonovich sonrió.

—Eres un emprendedor, Piotr Ilyich —dijo, dirigiéndose a Peter por su nombre ruso—. Mucha iniciativa. Ven, deja que te muestre algo.

Llevó a Peter al almacén de suministros y ordenó al guardia que lo abriese.

Dentro estaban esparcidas todas las herramientas que tenían para el campo junto con un montón desordenado de partes, mangos, cuchillas, tuercas y tornillos:

—Organiza este revoltijo y arregla lo que puedas —dijo Vladimir Antonovich. Irían a Yoshkar-Ola, la capital de Mariskaya, a comprar herramientas nuevas si fuese necesario, prometió—. Guarda tu dinero por ahora —dijo el líder de la brigada.

El interior del cobertizo parecía que había sido desordenado varias veces, pero Peter no dejó mostrar su sorpresa. A pesar de que nunca había negociado con un adulto, y mucho menos en otro idioma con un líder de una brigada en un campo de trabajos forzados soviético, había observado a su padre haciendo negocios. Sabía que tenía que mantener la cara sin expresión, pero atenta, y, al mismo tiempo, usar un tono firme y decisivo cuando hablaba. No podía mostrar debilidad, pero tenía que parecer justo e incluso generoso.

—Quizás le agradaría al ciudadano jefe Vladimir Antonovich dar a mi madre y hermana trabajo de costura —sugirió Peter antes de que el líder de la brigada se marchase. Se aseguró de no equivocarse y dirigirse al líder de la brigada como *camarada*, una palabra que a los prisioneros no se les permitía usar—. Las dos, ciudadano jefe —explicó— son costureras talentosas.

Pueden hacer cualquier cosa, incluyendo forros para botas y abrigos, cubiertas para los colchones de paja, fundas de almohadas. Podrían remendar la ropa rasgada y los calcetines y también bordar. Su madre tenía incluso hilo de seda. Cuando llegase el invierno, dijo Peter, si todos los de su brigada estaban más abrigados, quizás las cuotas, se *podrían* exceder. Su hermana también cuidaría de cualquier niño pequeño y limpiaría las habitaciones del comandante del campamento. Esto la mantendría a salvo de esos hombres en el campamento a los que no les importaba la virtud de una chica. Y si el comandante del campamento quisiese, su madre incluso podría cocinar para él.

Vladimir Antonovich respondió con una risa profunda. Peter se sintió sonrojar, pero siguió mirándole a los ojos.

—¡Muy emprendedor! —dijo el hombre.

SUZANNA ESTABA PREOCUPADA POR KASIA, que se había vuelto silenciosa y retraída. Le daba miedo quedarse sola, pero no había otra elección, la niña tenía que quedarse en los barracones durante el día. El recuento de la mañana tenía lugar a las cuatro de la madrugada. Antes de ir a comer y después a trabajar, Suzanna hacía un nidito alrededor de la niña con paja del "colchón". Ojalá hubiera tenido un libro, o lápiz y papel para dárselos a Kasia, pero en lugar de eso, le decía a la niña que se quedase en la cama y le daba la tosca muñeca que había hecho con un pañuelo viejo y un poco de paja de los colchones. Después, Suzanna metía en el abrigo de la niña una porción del pan de la noche anterior y un valioso terrón de azúcar de las provisiones cada vez más escasas de su mochila.

—Volveré más tarde —le susurraba en el oído a Kasia—. Lo prometo.

Los prisioneros comían en el *stolovaya*, un burdo comedor con paredes sin adornos, ni tan siquiera el omnipresente retrato de Joseph Stalin que se veía en la mayor parte de los lugares oficiales por toda la Unión Soviética, aunque Suzanna no veía ninguno durante algún tiempo y, cuando finalmente vio fotografías de Stalin, se sintió desconcertada. ¿Cómo era posible que alguien que parecía un abuelo paciente pudiese actuar con tal desprecio por la humanidad de su propia gente?

La primera "comida" del día consistía en una sopa aguada y una ración poco satisfactoria de lo que llamaban "pan", un engrudo negro, agrio y empapado, mezclado a toda prisa y sin cocer totalmente. Aunque el desayuno no era un momento para relajarse, los prisioneros se demoraban en los bancos —todo lo que podían— para poder estar sentados y no de pie. En invierno, se quedaban todo lo que podían intentando estar al calor. Una vez que habían comido, se les permitía utilizar las letrinas en caso de que se hubiesen aprovechado del *parasha*, el apestoso cubo que tenían en cada barracón. Después los ponían en fila fuera de los barracones para el recuento, e iban en marcha al trabajo. Cuando regresaban por la tarde, eran contados de nuevo, a menudo dos veces. Les daban de comer y les dejaban circular durante una hora. Después de volverlos a contar los mandaban de vuelta a los barracones. A veces les hacían volver afuera otra vez para un recuento, incluso después de haberse asentado en las literas.

Su madre le dijo que no hablase mucho de nada con la gente que no conocía todavía. Debido a que no estaba segura de lo que decir, Suzanna no hablaba con nadie, pero podía sentir las miradas de los demás prisioneros. Era alta, con una postura impecable por todos esos años de aprender a tocar el piano, de esquiar y de seguir el ejemplo de su madre. Parecía mayor de lo que era y quizás menos refinada también, con el pelo corto y la ropa de chico que llevaba. Y aunque la modestia le hubiese impedido el considerarse guapa, a pesar del pelo corto y de la lozanía que rápidamente se le estaba desvaneciendo, era una niña visiblemente hermosa.

Suzanna fue emparejada para trabajar con una joven mari de Ufá que se llamaba Natalia. Era un poco mayor que Suzanna y un poco menor que Peter. Arrestada por cierta transgresión del Artículo 58 del código penal soviético, que trataba actividades contrarrevolucionarias, habían sentenciado a la chica a cinco años de trabajos forzados. Más baja que Suzanna, Natalia tenía menos curvas y era más musculosa. Llevaba un chal con un brillante estampado en la cabeza. Debajo, en lugar de pelo, una capa de pelusilla castaño claro le cubría el cuero cabelludo.

—Vine de la prisión en Kazán —le había dicho a Suzanna en un ruso con acento—. Me afeitaron la cabeza allí.

Suzanna quería decirle a la otra niña que le habían cortado el pelo en Lvov cuando su abuela todavía estaba lo suficientemente lúcida para sugerirlo. Pero entonces recordó el consejo de su madre de tener cuidado de lo que revelaba a los demás.

—Te queda bien —dijo en vez de eso.

La chica mari sonrió. Ya le faltaban varios dientes. Pero la cordialidad de su cara era no solo genuina, sino algo que Suzanna anhelaba. Y había conocido a muchos en su hogar en Teschen que le mostraban frecuentemente sonrisas y expresiones de ternura.

Natalia era esbelta, fuerte y hábil en hacer y acarrear los fardos de las ramas cortadas de los árboles talados. Suzanna era diestra en atarlos de una forma rápida y segura. Trabajaban juntas en silencio por la mayor parte. Cuando tomaban la comida del medio día —otra ración de pan y una papilla aguada hecha con trigo sarraceno— se sentaban en un tocón que no había sido excavado.

—Esa niña que está contigo ¿es tu hermana? —preguntó Natalia.

—¿Kasia? —Suzanna sacudió la cabeza, masticando con cuidado el último pedazo de pan.

La chica mari habló de nuevo.

—¡¿Hija?!

Suzanna sonrió.

—*Niet, niet* —dijo— no.

Casi se rio, pero no quería llamar la atención de la líder de la brigada de mujeres, que, aunque justa, era dura y tenía una voluntad de hierro.

Antes de que Suzanna pudiera explicar cómo Kasia había acabado estando a su cargo, empezaron a trabajar de nuevo, recolectando, atando y acarreando ramas afiladas, recolectando, atando y acarreando, una y otra vez hasta que incluso las pequeñas sonrisas que se habían ofrecido una a otra costaban demasiado esfuerzo. Al final del día se hacía un recuento del trabajo de los prisioneros. La brigada de Suzanna se había quedado corta otra vez, pero todavía estaban dentro del rango para el kettle mínimo antes de tener que recibir la ración de castigo. Solo una brigada había estado cerca de cumplir con la cuota, la de Peter.

Los reclusos regresaron con dificultad al campamento. El sol proyectaba dramáticas sombras en el bosque, y Suzanna comprendió por qué algunos creían, como le había dicho la chica mari hacía unos días, que las arboledas eran sagradas. Después del recuento, les permitieron ir a las letrinas una vez más antes de comer, y, después de la sopa de la cena, otro recuento, regreso a los barracones y a la cama. La mayoría de los hombres a menudo no iban a las letrinas y se ponían directamente a la cola de la comida. Cuanto más cerca estabas del principio de la cola, más pronto llegabas a la olla de la sopa, y más oportunidades tenías de que te dieran alguna de la grasa que flotaba en la superficie.

Natalia era fuerte debido a que había llevado una vida de trabajo duro al exterior. Venía de un mundo de ritmos naturales —el nacimiento de los animales de primavera, la siembra y la cosecha, la caza y la recolección. Estaba familiarizada con las cosas vivientes del bosque: plantas y setas medicinales y comestibles; las costumbres de las criaturas salvajes de los bosques; cómo construir un refugio en una tormenta; dónde encontrar miel y cómo recolectarla. Sus pómulos altos, pronunciados porque estaba tan delgada, eran parte de su deteriorada, pero una vez poco común, belleza. Excepto por el chal que llevaba en la cabeza, Natalia llevaba harapos de prisión. En las cárceles soviéticas, te forzaban a cambiar tu propia ropa por una vestimenta llena de piojos, rota y manchada. Suzanna nunca preguntaría cómo Natalia se las había arreglado para conservar el chal; era incapaz de imaginarse a sí misma negándose a obedecer las órdenes de los guardias del NKVD. Mamá quizás desobedeciera. Su padre y Peter también. Pero ella no podía imaginarse a sí misma diciendo que no a cualquier autoridad, y menos aún a alguien con un rifle y mal genio. Antes de la guerra, nunca había visto una violencia tan personal como la que había presenciado durante los últimos doce meses —por parte de las Juventudes Hitlerianas, los nazis, el NKVD, y los soldados del Ejército Rojo. Pero lo que más le asombró fue el nivel al que los soviéticos se habían habituado a tal maltrato. Los arrestos eran de esperar. Todo tipo de personas eran arrestados o deportados: ucranianos, lituanos, alemanes, polacos, judíos, gente de tribus indígenas, poetas, economistas, doctores, abogados, granjeros, campesinos, criminales empedernidos. Incluso el heroico proletariado o los comunistas de toda la vida se encontraron de camino a los campos de trabajos forzados. Nadie se libraba de la denuncia o de un arresto probable, tortura, deportación. Los campos de trabajos forzados se consideraban educacionales; Después del cumplimiento de la condena uno emergía como un ciudadano soviético "re-educado", preparado para participar en la colectividad. Suzanna también había oído historias contadas por Natalia y por otras prisioneras, de terribles ataques y torturas, cosas que intentó olvidar, pero no pudo. Estaba aterrorizada por la posibilidad de sufrir tal brutalidad y rezaba para tener la valentía de persistir en caso de que ocurriese.

Natalia, una chica no mucho mayor que Suzanna, tenía esa valentía, lo que era la razón por la que todavía tenía su chal. Era consciente de su valor como algo esencial, y luchar por seguir teniéndolo era lo que Papá llamaba una batalla que valía la pena escoger. El chal era gordo y muy grande, del tamaño de una manta pequeña, lo que era uno de sus propósitos. Cuando lo envolvía alrededor de la cara, la protegía contra los mosquitos y los tábanos; alrededor del cuello, prevenía el dolor de garganta; en la cabeza, te mantenía en calor. Natalia podía utilizarlo como cabestrillo para un brazo herido, o para carrear cosas. Quizás, por la mayor parte, la tela mari colorida —chocante ya que los rojos, rosas y blancos contrastaban con el gris de los harapos y su piel pálida— era un recordatorio de que Natalia venía de otro lugar y de algo diferente.

—Tu chal es precioso —dijo Suzanna en voz baja. *La belleza nos da esperanza*, pensó.

Natalia sonrió de esa manera agridulce que se hace cuando recuerdas con cariño a un familiar muerto.

—Era de mi madre.

LAS DOS CHICAS —una del oeste, la otra del este— estaban sentadas en el duro banco de madera a la mesa en el *stolovaya* y comieron la sopa. Suzanna contempló todo lo que le había ocurrido para conocer a una chica como Natalia en un lugar como este. ¿Si no hubiese habido una guerra, si su familia no hubiese huido hacia el este y después no hubiesen sido deportados, se hubieran conocido?, o ¿si no hubiese sido una judía nacida en Polonia, cuyos padres hablaban alemán? ¿Cómo hubieran cambiado las cosas si Natalia no hubiese venido de una familia que hablaba mari del este?, o ¿si la revolución rusa no hubiese ocurrido nunca, y los soviéticos no hubiesen pensado en "reeducar" a la gente de estas tierras mari y más lejanas? Suzanna pensó en Joseph Stalin, el hombre cuyo nombre todos los rusos temían decir por si acaso eran reportados por haber dicho algo que solo un enemigo del estado diría. ¿Qué hubiese pasado si hubiera llegado a ser un poeta, un herrero, o un horticultor? La intersección de la Historia y la vida de uno, se dio cuenta, pasaba de una manera mínima y casi imperceptible.

Su ensueño fue interrumpido por la llamada al recuento. Ella y los demás se levantaron de sus asientos, fueron hacia la puerta y después afuera, donde estuvieron de pie y les contaron antes de que les permitieran ir a los barracones. Todo se cuenta, pensó Suzanna: la cantidad de pan y sopa que comían, las horas que trabajaban, dormían y se recreaban, el trabajo que hacían, las oportunidades que les daban para ir a las letrinas, los baños que se daban, el peso de los paquetes que podían recibir. el número de cartas que podían mandar, los grados de fiebre o de temperatura exterior que les libraban de trabajar. Los años de su sentencia.

Suzanna se quedó parada y esperó. Que cuenten todo lo que quisieran. Solo una cosa importaba: la creencia de que un día dejarían este horroroso lugar, a pesar del consejo que todos daban de *acostumbrarse a él*. Mientras esperaba a que llamaran su nombre, Suzanna se prometió a sí misma que contaría otras cosas una vez que ya no fuese un *zek*, una prisionera en la Unión Soviética. Contaría los pétalos de una margarita, las estrellas en el cielo por la noche, las notas en un nocturno de Chopin, los pasos de la cama a la cocina. Contaría sus bebés, sus nietos y biznietos. Suzanna agradecería lo que tendría, pero nunca lo contaría, porque sería, tal y como decidió cuando el guardia llamó su número y empezó a ir a los barracones, tan abundante que sería imposible de contar.

Viento de Invierno y Lobos

KASIA GEMÍA Y NO PARABA DE DAR VUELTAS en la cama. Sus gimoteos despertaron a Suzanna. La ventana pequeña cerca de su litera estaba helada con la escarcha. Fuera, una luna llena en un cielo completamente despejado iluminaba la *zona*, cubierta de nieve, y el interior de los barracones. Las sombras de los árboles en la distancia se sacudían violentamente con el viento, que soplaba por todas las grietas en las paredes y sacudía las ventanas y las puertas. Pequeñas ráfagas de nieve se elevaban del suelo, como si fueran algodón de azúcar. Teniendo en cuenta la posición de la luna en el cielo, Suzanna estimó que eran las tres, quizás las tres y media de la mañana. Tocó a Kasia en la frente —estaba caliente.

—Mamá —susurró Suzanna.

Josefina respiró profundamente y tosió para aclarar la garganta.

—Mamá, está ardiendo de fiebre.

Josefina se enderezó. Extendió el brazo para tocar la frente de Kasia. Le dijo a Suzanna que la temperatura de la niña quizás incluso llegase a los 40° C. Pero nadie estaba despierto con la excepción de los guardias en la torre de vigilancia. Y nadie sería tan imprudente como para provocarles intentando cruzar la zona e ir a la enfermería en medio de la noche.

Suzanna tomó a Kasia en sus brazos y utilizó la manga de su abrigo para secar la humedad de la frente de la niña, que ahora estaba tiritando y quejándose en voz baja. Tenía los labios tan secos que Suzanna pensó que podía oírlos agrietándose.

—Aspirinas —dijo su madre—. ¿Te queda alguna en tu mochila?

A ella no le quedaba ninguna. Mamá se sentó y empezó a buscar, lo más silenciosa posible, en sus pertenencias. No encontró ninguna. Por lo que no había mucho más que hacer que consolar a la niña y esperar.

Kasia susurró algo que ni Suzanna ni su madre entendieron. Mamá pensó que la niña estaba diciendo galimatías, pero a Suzanna le sonaba como si Kasia estuviese diciendo *viento de invierno y lobos*. Estaba delirante con la fiebre. Suzanna la meció, frotando con cuidado la frente de la niña con su manga de vez en cuando. Kasia tiritaba de una forma intensa, susurrando en una voz extraña y ronca.

El toque de diana, normalmente un martillo golpeando un pedazo de raíl colgado en los cuartos de los guardias, iba a sonar en una hora más o menos, y entonces, quizás, podría llevar a la niña a la enfermería. Hasta que llegara ese momento, Suzanna intentó hacer todo lo que podía para mantener a la niña en calor. Una vez que alguien caía enfermo, era improbable que se recuperara. Ya varias mujeres en su brigada y barracón habían contraído neumonía, fueron a la enfermería y nunca regresaron. La única persona que Suzanna conocía que había sobrevivido una enfermedad era la chica mari, Natalia. Usaba lo que recolectaba en el bosque para hacer medicina. Quizás pudiese ayudar ahora, pero también tendría que esperar a preguntarle hasta que todos estuviesen despiertos.

Una de las muchas reglas no escritas en los barracones tenía que ver con el sueño. Había tantas cosas que te impedían descansar completamente: las alimañas; las pesadillas que te dejaban temblando, llorando o empapado de sudor y tiritando; el estómago vacío nunca satisfecho; un dolor persistente en todo el cuerpo causado por el hambre, el frío, el miedo y la fatiga. Sin mencionar los días de trabajo que a veces no terminaban porque la fuerza de trabajo del campo tenía que cumplir cuotas imposibles. Suzanna y Josefina eran afortunadas porque Peter había consistentemente excedido la norma y había podido negociar en su favor —por lo que habían sido recompensadas en enero con los llamados trabajos "fáciles" codiciados por todos los prisioneros, que incluían tareas de secretaría y de cocina, u otras tareas que no requerían un trabajo duro.

La habilidad para coser de Josefina dio lugar a que la promovieran a ser una de las costureras principales del campo; reparaba la ropa desgastada de los *zeks*, remendaba los calcetines y bordaba los números de los prisioneros en chaquetas y abrigos. Los equipos de costura que Helenka había preparado la víspera del exilio de los Kohn —agujas fuertes de acero e hilos de varios tipos y colores— eran ahora una de las posesiones más valiosas que tenían. Suzanna trabajaba en la lavandería del campo. Ayudaba a su madre con alguna tarea de costura. También hacía varios recados para Olga Ivanovna, la mujer a cargo de su brigada. Estos incluían estar a la cola cuando llegaba el correo, recolectar las cartas y paquetes dirigidos a los miembros de su brigada; reparar los forros de las chaquetas, llevar e ir a buscar la ropa del y al cobertizo donde se secaba. Hacía todo lo que la líder de su brigada le pedía. Sin ninguna queja ni mueca.

Suzanna tenía la impresión de que Olga la apreciaba, pero esta era incapaz de admitir o reconocer gratitud. Así era como tenían que ser los líderes de las brigadas, pensó, duros, pero también sensatos. Una mañana, mientras Suzanna estaba fregando el suelo de los barracones y tarareando una melodía, Olga entró a buscar un gorro antes de marchar con las otras mujeres a trabajar en el bosque.

Estuvo de pie mirando a Suzanna.

—Yo era una violinista —dijo la mujer rusa—. No soy tan vieja como aparento.

Suzanna siguió mirando al suelo y nunca paró de fregar cuando respondió.

—Ciudadana jefe —le dijo a la mujer, en su ruso competente, pero no sin errores— no parece vieja, parece fuerte y vigorosa.

Olga Ivovnovna se rio casi imperceptiblemente. Cuando Suzanna la miró por el rabillo del ojo, vio que la mujer estaba sonriendo levemente. ¿Era una melodía de Chopín? preguntó Olga después de un momento. Había sido una de las mazurcas, le dijo Suzanna.

Kasia lloriqueó, lo que hizo que Suzanna volviese a la realidad de esta mañana en particular y a su específico problema, que, como toda dificultad antes y después de esta, su madre y ella se verían forzadas a superar con muy pocos recursos. Podían dormir por un rato. Mamá se había metido de nuevo bajo las mantas. Suzanna sospechaba que ya estaba dormida.

—Chsss, Chsss, calla, calla —susurraba, meciendo a la niña en sus brazos hasta que las dos se quedaron dormidas. Un sueño rápido, el tipo de sueño que tienes cuando duermes muy temprano en la madrugada. Suzanna se encontró en la casa de la calle Mennicza nº 10 en Teschen. Sabía, de la manera que uno sabe cuando sueña, que nada era real. Estaba en su habitación. La ventana estaba abierta y el aire de la tarde le daba frío, pero de una manera agradable. Helmut estaba en la puerta moviendo la cola, lo que quería decir que Mamá estaba cerca. Helenka estaba sentada al lado de la cama de Suzanna. Llevaba un abrigo, guantes y un sombrero. Su cartera, un objeto enorme de cuero, estaba en el suelo. Helenka había estado llorando, pero ahora le estaba contando una historia a Suzanna. Las palabras no se oían muy bien debido al moqueo y la cogestión.

El toque de diana sonó, despertando a las mujeres en el barracón y sacando inmediatamente a Suzanna del sueño. Algunas mujeres gruñeron, otras bostezaron. Pocas se levantaron de las literas sin hacer ningún sonido, por lo que se podían oír pequeños gruñidos, bufidos y cómo se frotaban las manos. Todos los estómagos retumbaban, resonaban y rujían. Las mujeres se vistieron rápidamente —iban a la cama con pantalones, jerséis y abrigos si los tenían— por lo que simplemente estaban reordenando la ropa y poniéndose los *valenki*, las botas altas de fieltro que llevaban todos los *zeks*. Kasia, todavía profundamente en un estado febril, temblaba. Suzanna la tomó en los brazos y secó el sudor de olor enfermizo de su frente. Mamá ya estaba bajando de la litera y saludando a la líder de la brigada, Olga Ivanovna.

—Ciudadana jefe —dijo su madre— la niña Kasia está muy enferma. Permiso para llevarla a la enfermería.

Todas las mujeres oyeron a Mamá hacer la petición. Se dieron la vuelta como si fuesen una, para mirar a Suzanna y a la niña enferma, fijando la mirada en la niña como si fuese una acusación. La vulnerabilidad a las enfermedades era alta en los campos de trabajo. Podían morir de una fiebre.

— Chsss, tranquila, chsss —susurró Suzanna, meciendo a Kasia.

—Pueden llevar a la niña a la enfermería después del recuento —dijo Olga Ivanovna.

Si no hubiese sido una persona dócil que nunca desafiaba la autoridad de los adultos, Suzanna quizás hubiese suspirado, decepcionada. Pero un suspiro inoportuno en una mañana de invierno —especialmente en presencia de todas las mujeres del barracón— solo irritaría a Olga Ivanovna. Era, después de todo, la mujer responsable del bienestar y de la disciplina de la brigada entera. Suzanna, su madre y Kasia eran parte de esta brigada, aunque ella y Mamá tuviesen el privilegio de hacer trabajos fáciles y Kasia no trabajase. Debido a las tareas especiales de estos trabajos fáciles se les garantizaba kettles más grandes y debido a que sus deberes transcurrían dentro del campo, estaban más protegidas del tiempo extremo. Pero también sufrían un cierto aislamiento al tener estos codiciados trabajos porque los demás *zeks* las despreciaban.

Por lo tanto, Suzanna nunca suspiraba por decepción o exasperación; nunca mostraba ni pánico ni miedo. Pero en su mente, donde nadie podía observar ni escuchar, podía pensar lo que quisiera, incluso aunque no pudiese expresar o qué pensaba o cómo se sentía. *¿En serio?*, pensó, *Kasia debería ir directamente al médico. Es obvio.*

No era una cuestión de que el médico les ayudaba —o *podía*— ayudarles. Tenía disponibles muy pocas medicinas y las camas de la enfermería estaban todas llenas. Su trabajo, al igual que el trabajo de la única enfermera que trabajaba con él, consistía principalmente en cuidar a los que se estaban muriendo. Pero, por lo menos, pensó Suzanna, Kasia descansaría en una cama de verdad en el edificio de la enfermería donde hacía más calor y comería sopa caliente. Tampoco estaría en el barracón, lo que disminuiría el riesgo de que se enfermaran los demás.

—Gracias, ciudadana jefe —dijo Josefina.

Natalia, alistada y vestida para el desayuno, había ido a la litera de ellas y subido para ver a la niña que ahora tenía un sudor frío y estaba tiritando y sacudiéndose en los brazos de Suzanna.

—La aguanto yo mientras te vistes —le dijo a Suzanna.

Suzanna se puso rápidamente el abrigo y los *valenki*, agradecida por la generosidad de su amiga.

—Si tan solo hiciese más calor —dijo Natalia.

Suzanna entendió sin que tuvieran que hablar más que Natalia tenía un mal presentimiento sobre la enfermedad de Kasia. Casi nadie que caía enfermo en invierno sobrevivía.

Pero justo ahora, justo ahora podía hacer algo bueno. Metió la mano en la mochila, sacó el último terrón de azúcar y lo puso en la mano de Natalia. Después del recuento, Suzanna iría a la enfermería, después iría a la lavandería, limpiaría las habitaciones de los directores del campo y haría recados para Olga Ivanovna. Pasaría el día entrando y saliendo de habitaciones calientes. Natalia iría al frío y al bosque a trabajar.

EN SU BARRACÓN, PETER SE PUSO BOTAS de cuero encima de los *valenki*. Al igual que todas las mañanas de invierno, el frío era . . . bueno, ¿por qué intentar describirlo? Era como una segunda piel y, por tanto, imposible de vencer. Toda la atención estaba dirigida a encontrar calor. Después de abrocharse las botas, se puso el abrigo, al que su hermana, con puntos precisos y firmes, había cosido el relleno suministrado por el campo. Peter se envolvió las manos en una capa delgada de trapo y encima se puso los guantes de lana que su madre había decidido empacar el día que partieron de Teschen.

Aquel día parecía haber ocurrido hacía mucho tiempo. Apenas pensaba en casa, pero cuando lo hacía, Peter sentía una furia particular, que le revolvía su estómago vacío. Odiaba a los nazis por forzar a su familia a huir de su casa, su ciudad, su país. Los alemanes, con todas sus pretensiones de ser cultos y refinados, eran en realidad unos bárbaros. Las historias que contaban los refugiados dejaban claro que los soldados nazis eran igual de burdos que cualquiera de los incultos soldados del Ejército Rojo. Los padres, abuelos, tías y tíos de Peter apreciaban la cultura alemana —la literatura, la música, la comida. Pero Peter había madurado en una nueva Polonia. Aprendió la lengua, la historia, la literatura y la música de ese país y se consideraba polaco.

El frío de esta mañana en particular de mediados de febrero no tenía interés en alianzas nacionales. Como la enfermedad y la muerte descendía sobre todo el mundo sin discriminación. Y hoy, el frío había sobrepasado un límite, quizás incluso más bajo del margen de menos 60° C bajo cero, lo que significaba la posibilidad de un día sin trabajo. Peter no se lo diría nunca a nadie, pero se estaba cansando de las expectativas que tenían en él para llevar a su brigada a exceder la norma. Peter pensó en Alexei Grigorievich Stakhanov, el héroe popular del proletariado al que, no hacía tanto tiempo, habían imitado. ¿Realmente fue verdad que este operador de taladradora había minado catorce veces la cuota? Y si fuese verdad, y no simplemente propaganda soviética ¿se cansó Stakhanov alguna vez de ser tan buen trabajador?

La cara de Stakhanov había aparecido en la cubierta de la revista *Time* en 1935. El primo de Peter Hedwig Auspitz, que hablaba muy bien el inglés, a menudo traía copias usadas de la revista para compartirlas con los niños de su primo carnal favorito, Julius. Peter era un niño de trece años cuando este número en particular de la revista fue publicado. Durante años, lo guardó en un pequeño baúl debajo de su cama, que contenía otros objetos de su niñez —plumas que había recogido de los bosques, piedras de la orilla del río, poemas que su padre había escrito cuando estaba en la escuela y una moneda de 1914, acuñada con el perfil de Feldmarschall, Archiduque Friedrich, Duque de Teschen. La revista estaba en medio de estos tesoros, metida en el sobre de papel marrón en el que había venido, dirigido a Hedwig que en aquel entonces vivía en Viena. Algo en la cara de Stakhanov llamó la atención de Peter. La manera en que tenía la gorra inclinada. Esa sonrisa sin sonreír.

Por supuesto, exceder la norma significaba privilegios para Peter, entre estos, mejores raciones no solo para él, sino también para sus compañeros de brigada. Su trabajo duro le ayudaba a garantizar que su madre y su hermana permaneciesen con los trabajos fáciles y, gracias a estos, raciones más grandes y mejores oportunidades de sobrevivir. Por eso no se podía cansar de trabajar; no se podía cansar de las expectativas de su brigada, y, más importante, por el bien de su familia, tenía que perseverar.

Esa mañana de febrero se vistió rápidamente. Tenía que acompañar al líder de su brigada Vladimir Antonovich, a mirar el único termómetro del campo. Este breve recorrido requería hacer un desvío a la casa de los guardias antes de la sopa de la mañana. Quizás la temperatura sería lo suficientemente fría para liberarles de trabajar. Los *zeks* no habían tenido un día libre desde hacía algún tiempo. Quizás tuviesen suerte hoy.

Los prisioneros no deberían contar con la suerte. Esta fue una lección que Peter tenía que aprender de nuevo cada vez que le venía una esperanza de que la fortuna le iba a sonreír ese día. Eras afortunado si las alimañas no te molestaban mientras dormías. Eras afortunado si pasabas una noche sin pesadillas. Eras afortunado si el recuento no se repetía. Eras afortunado si nadie robaba tus míseras posesiones. Y eras especialmente afortunado si tenías *valenki* y botas de cuero real y, te permitían, al contrario de muchos otros campos de trabajo, que te quedaras con los dos.

Los *zeks* salieron en masa de los barracones y se dirigieron al comedor, donde se pusieron a la cola, esperando que el cocinero, con su cara gris y mirada severa les sirviera la sopa aguada en los cuencos de lata. Peter y el líder de su brigada cruzaron la *zona* sin hablar, frotándose las manos, pisoteando fuertemente el suelo plano lleno de escarcha y caminando de una manera rápida. Llegaron a la casa de los guardias, donde se habían congregado los líderes de otras brigadas y donde se estaba desenvolviendo un conflicto que, por lo que se oía, estaba a punto de estallar. El termómetro estaba roto; trozos de cristal brillaban en el suelo. Afuera estaban congregados los guardias y los líderes de varias brigadas, discutiendo si el instrumento había reventado o si había sido objeto de vandalismo. Peter no se atrevió a decir que el alcohol utilizado en el termómetro exterior no se congelaría a no ser que hiciese una temperatura de menos 113,9° C bajo cero. Incluso en ese caso, sería poco probable que el instrumento reventara de forma espontánea. Hacía mucho frío, pero no tanto. Vladimir Antonovich le mandó que fuese al *stolovaya* a comer. Él se quedaría para ver cómo se resolvía el altercado.

—Puedes quedarte con mi ración de la mañana —le dijo a Peter.

Era una práctica común que los líderes de las brigadas diesen sus raciones de vez en cuando a los trabajadores destacados.

DELANTE DEL *STOLOVAYA*, Josefina, Suzanna y el resto de su brigada esperaban su turno para entrar en el edificio. Se les permitía entrar solo cuando todos los de la brigada estaban presentes, aunque los líderes de las brigadas y sus delegados podían estar ausentes y autorizar que otro *zek* recogiera sus raciones. Peter se acercó a ellas y su madre le informó que Kasia estaba enferma y que la iban a llevar a la enfermería después del recuento. Por supuesto, le dijo, iba a tener que darles algo al médico y a la enfermera.

Peter y su madre se habían acostumbrado a hablar en el lenguaje abreviado y sin florituras, de los informes. Ningún *zek* tenía suficiente tiempo —para charlar, para ponerse al día, para pensar. Josefina terminó la conversación informándole a su hijo de que su brigada ya había ido al *stolovaya* y estaban recogiendo la sopa. Peter asintió y ella sonrió levemente. Él fue directamente a la puerta para negociar que el guardia le dejase entrar. Recogió la ración suya y la de Vladimir Antonovich, y se sentó a comer en una mesa llena de gente. Quizás el día había empezado mal, pero tenía suerte de tener dos raciones de la mañana. Peter era un joven alto, y cuanto más alto eras, más calorías necesitabas, especialmente para trabajar en este frío.

La preocupación de su madre no le había pasado desapercibida. Aunque su madre le había informado sobre la situación mostrando poca emoción, el gesto sombrío de sus ojos y boca transmitían el problema que ella ya se estaba imaginando. Tampoco estaba reaccionando de una manera exagerada. Peter había visto a hombres jóvenes y fuertes sucumbir a lo que hubiesen sido solo pequeños malestares de invierno si no estuviesen todos sufriendo de hambruna, frío, falta de cuidado y de estar sobrecargados de trabajo.

La sopa de la mañana era aguada, con una casi total falta de grasa. La cola de un pescado flotaba en la superficie del cuenco. Media patata flotaba como si fuese un corcho. El lujo en el cuenco de Peter era una bola de masa de harina, algo solo reservado para las *kettles* de las mejores brigadas. La ración de pan, distribuida en los barracones, había sido también más sustanciosa. El día anterior, Peter y su brigada habían talado más árboles que todos los demás escuadrones del campo de trabajo.

LLAMARON AL RECUENTO, COMO SIEMPRE lo hacían. En este lugar había algunas cosas con los que los *zeks* podían contar, pensó Suzanna: el toque de diana todas las mañanas; frío en invierno, calor en verano, alimañas durante todo el año; la prisa para hacer cola delante del *stolovaya*, solo para estar allí de pie y esperar; el miserable desayuno que apenas aliviaba la punzada de hambre; y antes de un largo día de trabajo, el primer recuento del día.

El recuento de esta mañana de febrero en particular parecía interminable. Los guardias se saltaron los números varias veces y tuvieron que empezar a contar de nuevo. *Quizás tengan los cerebros congelados*, pensó Suzanna mientras movía y flexionaba los dedos de los pies y de las manos —durante el recuento no se les permitía ni frotar las manos ni dar pisotones en el suelo. Los *zeks* eran forzados a estar de pie en formación sin moverse, lloviera, tronara, nevara o hiciese un sol abrasador, mientras los guardias les contaban.

Finalmente, el recuento se había completado. Suzanna y los otros *pridurki* tenían que permanecer de pie en la *zona* mientras se abrían los portones. Solo después de que la mayoría de los prisioneros habían pasado por los portones se les permitía dispersarse o ir a donde tuviesen que ir para hacer las tareas de los trabajos fáciles.

Suzanna y su madre regresaron al barracón juntas. Kasia estaba empapada de un sudor agrio. Le quitaron la ropa, que Mamá quemó en la pequeña estufa que estaba en el barracón. Suzanna envolvió rápidamente a la niña en una manta y ella y Josefina la llevaron a la enfermería.

EL MÉDICO CONFIRMÓ LO QUE SUZANNA y su madre sospechaban y temían —Kasia tenía un caso grave de neumonía; cuando Josefina preguntó sobre medicamentos, la enfermera se rio.

—¿De verdad cree que tenemos ese tipo de cosas aquí? —preguntó la mujer.

Debido a que la temperatura de Kasia era tan alta y constante, necesitaba que le dieran frecuentes masajes con alcohol. Las sábanas se iban a tener que cambiar y lavar. Le iban a tener que dar de comer, si su apetito sobrevivía la infección inicial. Cuando Suzanna se ofreció a cuidar de Kasia después de que la jornada de trabajo terminara, su madre no puso ninguna objeción. Si ninguno de ellos la cuidaba, nadie lo haría. La enfermera y el médico estaban sobrepasados atendiendo a los demás prisioneros del campo desesperadamente enfermos. Tenían, también, que cumplir con las cuotas.

Después de una hora más o menos, fueron capaces de hacer que la fiebre de Kasia bajara y de darle agua. Por fin se durmió, con los rizos del pelo húmedos por la fiebre en una almohada, un lujo que la mayoría de los *zeks* no tenían. Suzanna y su madre dejaron la enfermería y se fueron a hacer sus respectivos trabajos.

—Suzanna Ilyinichna, llegas tarde —dijo la supervisora de la lavandería cuando Suzanna se dirigía a los barreños vacíos del edificio de la lavandería. La mujer, Anna Federovna, tenía un tono y postura severos, pero Suzanna sabía que era amable y justa.

—Lo siento, ciudadana jefe —dijo—. Me dieron permiso para llevar a Kasia a la enfermería.

—¿Está muy enferma? —preguntó la mujer. Todas las mujeres en la lavandería, incluso las más duras, estaban encantadas con Kasia.

Suzanna asintió.

—Durante toda la noche —dijo.

Dicho lo cual fue a buscar un cubo y regresó afuera, camino de la bomba de agua. Hacía un día terrible para lavar, demasiado frío, pero siempre había algo —el tiempo, los mosquitos, los tábanos— y lo que se tenía que hacer, se tenía que hacer. Cuando fue a buscar el agua, Suzanna recordó el sueño que tuvo más temprano en esa mañana. Cómo Helenka había estado sentada al lado de la cama. Recordar el sueño despertó un recuerdo de su vida real, de

Helenka contándole una historia, un cuento folclórico polaco que le había relatado tan a menudo que Suzanna lo había memorizado.

—Había una vez una niña pequeña que se llamaba Zosia —comenzaba.

En la historia Zosia estaba caminando del mercado del pueblo de regreso a casa con un mandil lleno de coles. Vivía muy adentro del bosque y el camino a casa le llevaba mucho, mucho tiempo. Después de varias horas, se paró a descansar contra un tilo viejo. Mientras estaba apoyada contra el tronco, le alarmó sentir algo moviéndosele en el mandil. *¿Qué podrá ser?* se preguntó. Zosia estaba a punto de dejar caer las coles al suelo cuando sintió que algo le tiraba de la falda por detrás. Cuando miró hacia abajo, vio un lobo enorme a su lado. Era un buen espécimen de animal, musculoso y con espeso pelaje, que era de un blanco puro, como la leche. La miró con ojos color de ámbar. Después gruñó y mostró los dientes. Antes de que Zosia pudiese gritar, una rata gorda y aterradora saltó de su mandil y se escondió en la maleza. El lobo corrió detrás de ella, y los dos desaparecieron en el oscuro bosque.

Suzanna bombeó un cubo lleno de agua y regresó rápidamente a la lavandería. Helenka siempre le había asegurado que los lobos no eran criaturas malvadas como aparecían en otros cuentos, sino animales inteligentes y generosos. Quizás por eso a Mamá le gustaba tanto Helenka, pensó Suzanna ahora, porque las dos respetaban a los perros, domesticados o salvajes.

En el cuento, la niña Zosia se iba de prisa a casa. Cuando llegó a la pequeña cabina donde vivía, su abuela estaba sentada al lado de la chimenea, pelando guisantes.

—Abuelita —dijo la niña—. Tengo una historia extraña que contarte, —y le contó a su abuela sobre el lobo y la rata.

—Tienes suerte de que ese lobo viniera cuando lo hizo —dijo su abuela—. La rata era el diablo disfrazado, sin duda estaba tramando alguna fechoría.

A Helenka siempre le gustaba hacer una pausa antes de decir la moraleja de esta fábula. Suzanna podía oír su voz, casi cada sílaba e inflexión, tan familiar y, aun así, tan lejana.

—Ves, Suzi, quizás a veces un lobo parece aterrador y malvado, pero, a pesar de todo, te ayuda —dijo Helenka—. Así que nunca juzgues a nadie por las apariencias.

Mientras el agua se calentaba en la pequeña estufa de la lavandería, Suzanna pensó en los lobos. Todos los *zeks* oían los aullidos que venían del bosque, pero muy pocas veces veían a los animales. Sin embargo, a finales de noviembre, vieron a un lobo fuera de la alta valla de madera que rodeaba el campo. Un guardia le pegó un tiro desde la torre de vigilancia, hiriendo al animal, que se escapó cojeando, dejando un rastro de sangre. Todos los prisioneros polacos le echaron la culpa al guardia por la oleada de mala suerte que siguió al incidente. Desde los ratones que comieron toda la harina una noche, a la semana entera con lluvia y barro continuo, a los paquetes que habían sido estrujados mientras los transportaban —todos estos infortunios fueron causados por aquel estúpido guardia, que, por aburrimiento o malicia, había herido al lobo. Después de esto, el director del campo de trabajos forzados emitió una proclamación: estaba prohibido disparar a un animal salvaje por deporte.

Suzanna observó a las otras mujeres en la oscura y húmeda lavandería mientras, restregaban, retorcían y tendían la colada. Estas otras *pridurki* eran en su mayoría mujeres mayores que ya no podían trabajar en las duras condiciones del exterior. Muchas de ellas ya habían trabajado durante años en los bosques. Le maravillaba cómo se las habían arreglado para permanecer intactas. Cada una de ellas había sido condenada por alguna violación del Artículo 58. Cada una tenía, al igual que Suzanna, otra vida antes de esta, una casa, una cama, una mesa a la que comer. Quizás algunas incluso tenían jardines, caballos o disfrutaban de largos paseos con sus perros. ¿Temían o amaban a los lobos? ¿Qué cuentos de hadas les habían contado a sus propios niños o nietos? Suzanna se prometió contarle la historia del lobo y del diablo a Kasia tan pronto regresara a la enfermería. Mientras tanto, había una colada que restregrar, retorcer y tender. Agua que pompear y llevar. Una estufa que mantener caliente. Doblar la ropa también.

Kasia no vivió lo suficiente para oír la historia. Cuando Suzanna finalmente regresó a la enfermería ese día a mediados de febrero de 1941, la niña había empeorado y fue consumida de nuevo por la fiebre. Y aunque Suzanna la cuidó con vigilancia maternal —frotándole con una esponja empapada de alcohol, cambiando las sábanas, poniéndole trapos empapados de agua en la boca— Kasia murió.

A Suzanna no le sorprendió cuando ella misma se enfermó, aunque más tarde, intentó no recordar ese terrible periodo. En una cama en la enfermería, se retorció con la fiebre durante semanas y perdió el conocimiento varias veces.

—Una fuerte chica polaca —la llamó la enfermera cuando sobrevivió, una rareza.

Después de este suplicio, sus pulmones quedaron con cicatrices permanentes. Muchos años más tarde, Suzanna sufrió de ataques de neumonía, varios de los cuales fueron lo suficientemente graves como para hospitalizarla. Durante esos episodios de enfermedad a los que llamaba la temporada de la muerte de Kasia —un viento de invierno y lobos, como lo llamaba en privado— pensaba en la pequeña niña a la que había amado pero cuya vida no había podido salvar.

La primavera fue breve y fangosa. Aunque Suzanna se había recuperado de su enfermedad encontraba más laborioso respirar y se cansaba más fácilmente. El verano, con su abrupto calor, trajo el verde al mundo y, de vez en cuando, un vegetal o dos. El trabajo continuó. Eran considerados afortunados ya que en este campo de trabajos se permitía que los prisioneros recibiesen cartas y paquetes. De vez en cuando, Josefina recogía un paquete de Milly, que contenía todo lo que podía adquirir durante esta época de gran escasez —salchichas, hilos de seda, pedazos de tela, y, una vez, un limón, que había causado un éxito entre los altos cargos del campo que no habían tomado una decente taza de té, dijeron, en años. Las noticias sobre la guerra llegaban a cuenta gotas —en cartas cuyo contenido había escapado a los censores; con los prisioneros recién llegados trasladados de otros campos o asentamientos; de los *pridurki* que trabajaban en la oficina del director y habían escuchado informes por la radio. Nadie sabía lo que creer. La guerra en constante escalada significaba únicamente una sola cosa para los *zeks*: más trabajo, cuotas más altas, menos comida y más muertes. El mundo más allá de la URSS estaba muy lejos, aunque estaba también en tu estómago.

Y ENTONCES LOS ALEMANES INVADIERON la Unión Soviética. Pero, cuando Josefina y sus hijos oyeron estas noticias, Julius Kohn ya había sido una de las primeras víctimas de la política de tierra quemada practicada por el Ejército Rojo y la NKVD cuando los nazis llegaron a Lvov. Su familia nunca sabría lo que le había pasado, o, si se enteraron, nunca hablarían de eso.

Entre rejas, ningún mundo

26 de junio de 1941, prisión de Zamarstynivska
(conocida también como la prisión nº 2), Lvov

Julius Kohn esperaba su ejecución con cientos de otros prisioneros. Ninguno de ellos sabía por qué los iban a matar, pero todos habían oído rumores sobre la reciente invasión nazi de la URSS. Hacía varios días, habían sido prisioneros. Hoy, estaba programado que morirían. Cuando Julius estaba esperando su turno en una de las celdas de detención de la prisión nº 2, recordó un día hacía mucho tiempo cuando su padre los llevó a su hermana y a él al Tiergarten Schönbrunn, el zoo de Viena, a ver el primer elefante que había nacido en cautividad. Julius tenía once años y Greta ocho.

Como la mayoría de la gente que vivía en Teschen, Julius nunca había visto un elefante de verdad. Ni un rinoceronte de verdad. Ni tigres de verdad. En su casa en la orilla oeste del Olza, los días giraban en torno a las obligaciones de la educación y el comercio. La casa de la infancia de Julius, una vivienda de tres plantas en Hocheneggergasse nº 15, estaba situada en la esquina. Era un edificio austero y marrón con discreta ornamentación.

A Ernestyna Kohn le gustaba sentarse con sus niños en el salón mirando libros las tardes de verano. Julius esperaba con entusiasmo estos momentos. A su madre le encantaban los atlas, la poesía, y también las imágentes, que coleccionaba durante sus visitas regulares a la librería de Zygmunt Stuks al otro lado del río y de una red de familiares que le mandaban postales y panfletos. De hecho, no mucho antes de su excursión al zoo, la madre de Julius les había enseñado a Greta y a él un famoso grabado del siglo XVI, hecho por Albrecht Dürer, de un rinoceronte llamado Ganda, cuya vida había acabado abruptamente en un naufragio cuando estaba yendo rumbo a Roma. Les había leído el poema de Rilke sobre la pantera en el zoo de París, que contenía la frase "entre rejas, sin mundo", que ahora para Julius resonaba de un modo que nunca hubiera podido predecir. Las historias de estos animales, reducidos en sus jaulas y observados por la muchedumbre, Ernestyna explicó a sus niños, eran historias de la desgracia humana.

Pero Julius había sido un niño en una época donde los hombres se aventuraban a ir y venir de la India, África, las Américas, y los congelados Polo Norte y Sur. Tenía un interés voraz de ver animales exóticos, más voraz aún de viajar a sus lejanos hábitats. Escuchó y consideró la opinión de su madre sobre capturar y exhibir criaturas salvajes, pero todavía añoraba fuertemente ver tales animales. Y porque nadie le iba a llevar al Serengueti en África, ni al Ganges en la India, se tuvo que contentar con ver el elefante en el zoo.

Su tío Eugen comprendió la curiosidad de Julius. Soltero empedernido sin hijos, Eugen adoraba a su sobrino, y alimentaba su imaginación con historias del escritor inglés Rudyard Kipling, que tradujo como pasatiempo. El autor, le dijo a Julius, era un hombre digno de admiración porque había vivido en dos mundos. Esto era algo que Julius no entendería de verdad hasta después de la Gran guerra, cuando Teschen, un anterior ducado del Imperio Habsburgo fue repartido entre dos países, dividido en dos y renombrado Cieszyn en el lado polaco y Český-těšín en el lado checo. Después de 1920, para ir a visitar a familiares al otro lado del río era necesario cruzar no solo un puente, sino también una frontera recientemente creada.

Julius echaba de menos a su tío Eugen, el olor a humo de pipa y los muebles pesados de su oficina de abogados en la casa de la calle Głęboka nº 54. Todos esos volúmenes de legislación y derecho en los estantes altos, encuadernados en cuero labrado. Los dedos de su tío manchados de tinta y su pasión por los pasteles y el café de la tarde. Julius adoraba visitarle, especialmente cuando el tío Eugen le leía esos cuentos maravillosos de Kipling, que residía en la India y cuyas historias de cómo el rinoceronte consiguió su piel o los leopardos sus manchas le encantaban a Julius.

Pero Mädi la bebé elefante estaba a solo cuatro horas de Teschen en Viena. Era todo un éxito, según había descrito la Tía Laura en una carta reciente desde su casa en la ciudad imperial.

—Su novedad —había escrito— desafía toda expectativa.

Tía Laura: Julius no quería imaginar qué es lo que le había pasado. Se había quedado en Viena, donde había habido tantos problemas antes de que la guerra empezase. Qué gran mujer era: *Redonda como un bagel*, le gustaba bromear a su marido, lo que siempre hacía reír a las sobrinas y sobrinos, aunque todos los primos se sentían a gusto con ella por su cariño incondicional. Julius y Greta estaban igualmente encantados con la hija de Laura, Hedwig, que, según recordaba vagamente, fue a Londres en 1939, antes de la invasión nazi. Era tan difícil recordar todos los detalles —por ejemplo, dónde estaban todos cuando empezaron los bombardeos. ¿Cómo sería el mundo si no quedara nadie para recordar lo que les pasó a los demás? Pero Laura estaba en Viena cuando él y su familia escaparon de Teschen . . . Dijo que no podía marcharse. Que iba a estar bien. Le había dado las gracias a Julius por el dinero que había mandado.

—Por favor, padre —había suplicado cuando era niño, al oír la descripción de Tía Laura del animal— por favor llévanos a Viena a ver el elefante recién nacido.

Julius no se atrevió a mirar a su madre, que estaba examinando la carta más reciente de su cuñada, y, sabía que ella estaba sacudiendo casi imperceptiblemente la cabeza ante el cotilleo que Laura había incluido para los adultos.

Desde el otro lado de la habitación, Julius podía sentir la decepción de su madre en su determinación de ver el elefante, pero lo que él sentía era un impulso abrumador. Greta tiró de la manga de su padre y dijo que ella también quería ir al zoo a ver el elefante.

—Soy tu sombrita, Julek —dijo. Sus ojos oscuros encendidos con un determinado fuego, del tipo que vería veinte años más tarde en su propia hija, Suzanna.

Julius se preguntaba qué tal le estaría yendo a su Suzi y si su hijo, Peter, estaba cuidando de ella. Pensó en su hermana, Greta, y su marido, Ernst. ¿Estarían muertos o vivos? Si habían perecido ¿estarían enterrados? ¿Dónde? Estos misterios se añadían a la larga lista de cosas que nunca sabría, un inventario que intentó ignorar porque cuando empezaba a pensar en todas las cosas que nunca sabría, Julius se sentía derrotado.

De hecho, Ernst había tenido razón: no importaba cuánto dinero invertían en su país o en sus comunidades, o cuanta educación tenían, o lo perfecto que hablaban alemán; no importaba el servicio militar que habían prestado al Imperio o el hecho de ser miembros de organizaciones sociales no judías, todavía seguían siendo judíos. Y, como tales, como Ernst lo había dicho, eran desechables. *Desechables.* Sí, era la palabra correcta, aunque Julius había discutido con su cuñado la noche en que la mencionó. Greta, sentada al lado del fuego, con la cabeza hacia un lado mirando lo que estaba cosiendo, murmuró —Quizás deberíamos haber aprendido a rezar mejor.

En prisión, Julius se enseñó a sí mismo a rezar. Una noche se puso cara al este y recitó el *Shema*. Le sorprendió descubrir que todavía sabía la oración. Las palabras sagradas le volvieron a la mente, igual de claras que la primera vez que las había oído pronunciar en una sinagoga en su tierra. El Tío Ferdinand, uno de los hermanos de su padre, le había llevado al Shul cuando era un niño. Julius se había sentido avergonzado de no saber lo que hacer. Estuvo con los hombres. Tenía el siddur en la mano, pero no leía ni entendía hebreo.

EN AQUELLA PRIMERA CELDA en la Prisión de Brygidki —tres pasos de ancho y nueve de largo— Julius se quedó durante semanas y semanas. Primero con otras diez personas, después doce. Hombres, mujeres y niños juntos. Todos sacándose piojos de la ropa, lo que al principio le disgustó, pero después, como todos en aquellos horrorosos recintos, Julius lo hizo también. Una litera. Una ventana por la que estaba prohibido mirar. Un cubo. Ninguna privacidad. Aquella primera noche, su único deseo fue gritar. Sintió que había sido casi imposible controlar ese impulso. Desde el momento en que empujaron a Julius en la diminuta celda, sabía que se volvería loco si no controlaba su mente. Y ¿por qué no, por fin, escuchar a Dios, que había sido hasta ese momento una noción fugaz que se apagaba más a menudo que se encendía, de una forma muy parecida a una vela delante de una ventana abierta.

¿Un hombre que lo ha tenido todo y que lo ha perdido en veinticuatro horas para qué puede rezar? ¿Cómo reza si no ha rezado mucho antes? ¿En qué cree? ¿Le acogerá Dios y le dará consuelo si este hombre se acerca a Dios desesperado? Después de decir el *Shema*, Julius al principio rezó para que sus seres más queridos tuviesen buena fortuna: Que no corran la misma suerte que él. Rezó para que su familia pudiese ir de forma segura a Inglaterra, algo que Finka deseaba enormemente hacer. Por la seguridad de su esposa e hija. Que su hijo, Peter, tuviese la claridad mental para actuar en caso de peligro. Más tarde, Julius rezó por otras cosas: Para que el sufrimiento de un compañero de celda terminase. Para que los gritos de animal de un prisionero torturado pararan. Para que los piojos fueran exterminados. Por una vista del cielo. Más aire, más calor, más comida. Por un trago de agua.

A veces rezaba por la misma fe.

La confinada e interminable espera —¿y para *qué* estaban esperando? se preguntaba a sí mismo a menudo— era, al final, una incesable procesión de días y noches marcados por interrogatorios y tortura. Solo ocasionalmente tenían los prisioneros un respiro que era cuando los guardias los llevaban a visitar las letrinas. En esos preciados momentos cuando los presos tenían privilegios para ir a los retretes eran las prisioneras las que les daban ánimo susurrando cuando pasaban por el pasillo:

—Todo va bien —decían—. Ya verán. Todo va a salir bien. Pero no se rindan. Nunca.

Ahora, de pie en medio de una celda, esperando a que viniera el verdugo, Julius recordó aquel día en el zoo de Viena. *¿Los elefantes rezan?* se preguntó durante la última hora de su vida.

⌇

DE UN GRIS COLOR DE BARRO, Mädi, la bebé elefante era todo bamboleo, con orejas como grandes y suaves como pétalos de una flor imposible y ojos somnolientos de haber acabado de mamar. Greta empezó a llorar tan pronto la vio y no paró hasta que se quedó dormida aquella noche en los brazos de Tía Laura. Julius no entendía por qué su hermana reaccionó de esa manera cuando vio a la bebé elefante.

—Mira la trompa que tiene, Greta, cómo la utiliza para sentir las cosas. Mira su cola y como les pega a las moscas con ella —dijo tratando de ignorar la obvia tragedia del cautiverio del animal.

Pero su hermana solo lloraba más fuerte. Cuando no pudo consolarla, Julius se fijó en Mizzi, la madre elefante, y no pensó en la tristeza que reconoció en sus ojos, pero en las nubes, los árboles de caucho con hojas brillantes y las aventuras que tendría en las tierras donde vivían estos animales.

¡Qué pensamientos había tenido de niño! . . . Regresar a esos recuerdos mientras esperaba su turno para morir era un alivio extraño. Durante estos últimos dieciocho meses —primero en la prisión de Brygidki y ahora aquí en la de Zamarstynivska— la desesperación y no el idealismo regía los largos días, cada uno una interminable sucesión de humillaciones. Vivía en cuartos sin aire, abarrotados de hombres, mujeres y niños rotos, todos ellos débiles debido a un hambre profunda que les roía las tripas. Cada uno de ellos acostumbrado a la descarada indecencia de la gente que en algún momento habían llamado amigos, o vecinos, o compatriotas. La infancia de Julius que se había desarrollado en otro tiempo y lugar, toda se desvaneció toda, los recuerdos vacíos de todo significado porque no se podían pasar a la siguiente generación para que los preservaran o desafiaran. Justo en aquel momento Julius sintió una enorme pena por su hijo, Peter, que nunca conocería a su padre de adulto, porque nunca serían hombres al mismo tiempo.

La elefante, Mädi, parecía estar tan cerca de él mientras se oían los pasos de su verdugo al retumbar en el pasillo de la prisión. Ojalá pudiese vivir, como por arte de magia, en aquel momento en el que vio a la bebé elefante por primera vez. Deseó poder decirles a sus niños cuánto había aprendido entre aquel día y este. Si Julius hubiese llevado un diario, su hijo e hija podrían tener el relato de su vida. Pero, claro, estaba demasiado ocupado y viajaba demasiado. Apenas tenía suficiente tiempo para leer un libro. Los niños conocerían solo lo superficial: Que había escrito poesía una vez. Que jugaba al tenis y era un oficial en el comité organizador de su club. Que había ganado suficiente dinero para tener sirvientes y un coche. Era calvo y llevaba un parche en el ojo. Era una persona a quien le gustaba visitar y también recibir visitas. Que había sido miembro de la Sociedad de Teatro Alemana. Pero quizás nunca sabrían —ni siquiera Finka, de hecho— que había muerto en la prisión de Zamarstynivska en Lvov, ni si había sufrido, ni por qué le habían matado. Ciertamente nunca sabrían cómo le afectó a un hombre ver el terror en la cara de su mujer, u oír el sonido de los silenciosos sollozos de su madre cuando los soldados soviéticos vinieron a la hora más oscura de la noche a arrestarle. Ni que había rezado en aquel momento, de una manera torpe porque no había rezado desde que había sido un niño aprendiendo el *Shema*:

—Por favor, Adonai —pidió en silencio— deja que mis niños duerman en este momento, por favor no les dejes ver que me están arrestando.

Ni que de todo lo que echaba de menos, el sonido, ahora ausente, de la risa de su mujer y sus niños en la casa en Teschen era lo que le causaba más dolor. Nunca sabrían si creía en Dios o en la justicia y nunca sabrían lo que encontraba hermoso.

La cara de Finka. Sus manos. La figura que cortaba en la nieve fresca con los esquís. El olor del negro y espeso pelo de su hija cuando la levantaba para que pudiese ver de más cerca la llamativa flor del castaño en mayo. La manera en la que Peter entrecerraba los ojos cuando miraba las estrellas en una noche de verano, identificando las constelaciones que conocía —allí la osa mayor, allí el cinturón de Orión. Cómo Peter hacía rabiar a su hermana, Suzi, del mismo modo que Julius hizo rabiar a su hermana, Greta. El cálido aroma a tierra de los piroshki de Helenka que se podían oler desde la cocina en una tarde de invierno.

—Teníamos una vida tan agradable antes de la guerra —uno de los compañeros de prisión de Julius había dicho una tarde, a propósito de nada, junto antes de que lo sacaran de la celda y nadie lo volviese a ver.

Una vida tan agradable: La tarde antes de la celebración de su compromiso, cuando Julius abrazó por primera vez a Finka, el aroma de alguna flor discretamente detrás de su oreja, pasearon de la mano bajo las lilas, bebieron champán y disfrutaron los cuidados llenos de esperanza de los padres ansiosos de ver a sus hijos casados. Josefina: no entraba simplemente en una habitación, lo hacía con un paso decidido como una emperatriz que acababa de llegar de la caza. Estuviera *famélica o agotada, eufórica o vigorizada*, nunca tenía simplemente hambre, ni estaba cansada, ni contenta, ni refrescada. Josefina era un nombre perfecto para ella, como a Julius le gustaba decirle.

—Mi emperatriz —le decía a veces en broma.

Incluso después del noviazgo —después de las largas tardes del Shabatt en el sofá de crin, bajo el ceño perspicaz de su religiosa madre, Karola Eisner, y la mirada más afable de su padre, Hermann —Julius se sintió afortunado de casarse con esta mujer. Le dijo que había sido bendecido, y Finka no le dio importancia, sonriendo de todos modos. Después de haber establecido su hogar en la residencia de la familia Kohn en la calle Głęboka, Finka organizó un viaje para ver la representación de *Don Giovanni* de Richard Strauss en la Ópera Estatal de Viena.

—¿No te pareció Elizabeth Schumann simplemente asombrosa en el papel de Zerlina? —preguntó mientras comían en el Café Tivoli—, Y ¿no sería estupendo vivir cerca de la famosa Ringstrasse?

Y no era que a su esposa no le gustase compartir con Julius y sus tíos la casa de cuatro plantas en la ciudad silesiana —La pequeña Viena, como todos la llamaban— en lo que se había convertido Polonia. Hacía caminatas en las cercanas montañas Beskides, iba a esquiar a Innsbruck, jugaba al tenis, y organizaba cenas en su casa a las que convidaba a amigos y familiares.

Durante los veranos, se retiraban a las colinas de Skoczów, donde conocieron al pintor vienés Sergius Pauser. A mitad de la década de los años treinta Julius encargó al artista retratos de su familia. Cuando Finka posó para Pauser, fue capaz de asumir una inmovilidad casi total durante horas. Tanto él como los niños encontraron más difícil posar como modelos. Los cuadros los colgaron en la casa de la Calle Mennicza, lo que causó toda una sensación entre familiares y amigos. Julius trajo ahora a la mente la estilizada imagen de Finka pintada por el artista: en un vestido marrón, una pañoleta amarilla de París en el cuello, una boina roja inclinada sobre la cabeza, la chaqueta a juego sobre el hombro, en su postura un tipo de silencio dominante. Su expresión era seria, casi melancólica, y su mirada un poco distante. El pintor había capturado cierta nostalgia en la manera en que Finka miraba más allá del marco del cuadro, una mirada que Julius había visto en su cara algunos años antes, cuando estaba sentada en el jardín en la parte de atrás de su casa, después de cuidar las rosas. La luz de la tarde suavizaba el contorno de su cara y hacía que su piel pareciese de otro mundo, pero los ojos tenían una tristeza que nunca había visto antes. ¿Era simplemente una mujer moderna al borde del agotamiento, y fue *eso* lo que Pauser había pintado? O ¿ya se imaginaba el futuro sombrío que les esperaba?

Al igual que Ernst, Finka había tenido razón. Deberían de haberse marchado de Polonia en 1938 cuando todavía tenían tiempo y dinero . . . Deberían haber prestado atención a las advertencias —tantas . . . Deberían haber prestado atención . . . Julius recordó de repente una conversación que tuvo con su mujer una mañana, sobre Sigmund Freud, aunque no podía acordarse de los detalles que ella había dicho. Aquel fue el día que deberían de haber actuado. ¿Pero de qué vale pensar en las posibles decisiones que no fueron tomadas? El consuelo no existía en *qué hubiese pasado si*, solo el arrepentimiento. Además, Julius y Finka tomaron muchas decisiones porque todavía tenían la esperanza —o por lo menos él la tenía— de que nadie con algún sentido de decencia permitiría que Hitler prevaleciese. La esperanza era una idea que se estaba desvaneciendo en estos tiempos modernos; el contemplarla requería una creencia en algo más allá del ser material; lo divino, quizás. Cuando lo inevitable ocurrió —los nazis entrando en Teschen a paso de marcha, los bombardeos alemanes en Varsovia, los soviéticos tomando el control de Lvov, la ayuda de Francia e Inglaterra bloqueada— sus esperanzas, por supuesto, se esfumaron. Finka y él, como todo el mundo que conocían en las mismas circunstancias, hicieron lo mejor que pudieron.

JULIUS SABOREÓ LA SAL EN SUS LABIOS y se sorprendió, cuando se tocó la cara, por su propio sudor. Podía oler el hierro de la sangre y el hedor del terror que emanaba de los fatigados hombres y mujeres que estaban esperando, al igual que él, a morir. Un tiro después de otro, el sonido de gemidos exasperados, quejidos ahogados y cuerpos cayendo al suelo. El NKVD había llevado a los prisioneros al sótano de la prisión y su celda era la siguiente.

Ivan Shumakov, el Subjefe de las investigaciones del NKVD en Lvov, apareció delante de las barras de hierro. Leyó de una lista el nombre y número de identificación de cada uno de los prisioneros. Lo hizo con una expresión sombría, como si las sílabas que pronunciaba con tanto cuidado perteneciesen a los nombres de sus propios familiares. Tan pronto como el prisionero daba un paso adelante, el soldado al lado de Shumakov apuntaba su pistola y disparaba al preso nombrado, igual de sistemático que un trabajador en una fábrica fijando un remache. El Subjefe ponía una marca pequeña a lápiz al lado de cada nombre.

—Kohn, Ilia Emiritovich —llamó.

Este hombre, Shumakov, era guapo de esa robusta manera soviética. Alto, de anchos hombros, afeitado. Ojos marrones. Pelo oscuro, corto y meticulosamente peinado. El uniforme impecable y, había, quizás incluso hacía muy poco, abrillantado los botones de su abrigo. Pero sus botas estaban salpicadas de sangre. Y justo ahora, Julius vio que tenía los ojos enrojecidos, como para hacer juego con ellas.

En los primeros días y semanas que Julius estuvo en la prisión de Zamarstynivska, fue Ivan Shumakov quien le interrogó. Se sentaron durante horas en un cuarto pequeño y húmedo. La bombilla eléctrica sin lámpara emitía una luz severa en las lúgubres paredes de hormigón. Julius, más que vestido estaba envuelto en trapos grises. El oficial del NKVD llevaba una camisa blanca impecable y unos pantalones con un pliegue planchado de una forma tan aguda que alguien casi se podría cortar al tocarlo. La chaqueta de su uniforme, adornada con medallas, colgaba de un gancho, y este pequeño pedazo de normalidad, más que todo lo demás, era lo que le parecía a Julius completamente inadecuado.

Shumakov se arremangó las mangas despacio. Se levantó para lavarse las manos en un diminuto lavabo en la esquina. Dejó correr el agua, cuyo sonido era un insulto para cualquier prisionero de Zamarstynivska, donde prácticamente no podían bañarse y donde uno raramente podía saciar la sed. Shumakov se las lavó tan meticulosamente como un cirujano. Después se las secó, se sentó en la silla, frotó las palmas de las manos y destapó una cena de pollo y patatas que estaba en la mesa. Este la procedió a comer mientras Julius estaba sentado mirando. Cuando Shumakov terminó de cortar y masticar, lo que hizo con lo que le pareció a Julius una moderación practicada, puso su tenedor y cuchillo en la mesa, dobló la servilleta y ofreció a su prisionero dos restos grasientos de cartílago y hueso.

Julius los rechazó. Su captor puso el plato en el suelo, desenfundó el revólver y le puso a Julius el cañón en la sien.

—A cuatro patas. Come, maldito perro —ordenó Shumakov—. O te juro que encontraré a tu mujer e hijos y los traeré aquí a que vean cómo te mato de un tiro.

Levantó los papeles que estaban en la mesa al lado de su plato y los examinó.

Esposa: Josefa. Niños: Piotr Zygmunt y Suzanna. —Se tomó una pausa, dejando que las sílabas hiciesen eco en la cabeza de Julius—. Suzanna: ¿no significa . . . rosa? —añadió el Subjefe.

Después de eso, Julius obedeció. Pasó largas, largas hora con Shumakov, que le hacía las mismas preguntas una y otra vez:

—¿Por qué fuiste a Złoczów? ¿Dónde está tu dinero? ¿Quiénes son los otros enemigos del estado en tu grupo? ¿Por qué estabas derrocando una frontera?

El derrocar la frontera era la acusación que utilizaban los soviéticos para la gente que intentaba cruzar la frontera de lo que no habían sido fronteras antes de la ocupación soviética de Polonia.

A las mismas preguntas de Shumakov, Julius repetía las mismas respuestas:

—Fui a Złoczów para ver si podía hacer algún negocio allí. No tengo dinero. No soy un enemigo del estado. Cuando vine a Lvov y salí para Złoczów, las dos todavía formaban parte de Polonia.

Al sonido de la palabra *Polonia*, Shumakov apretó el puño, después su mandíbula y, rápidamente, Julius aprendió a decir "aquel lugar donde vivía una vez" en lugar de sufrir las consecuencias. El soviético, más joven que él, buscaba cualquier excusa para darle una bofetada a los prisioneros o forzarles a estar de pie, en cuclillas, quedarse despiertos, o no darle las raciones. Al día siguiente, y al siguiente y todos los días, que se empezaron a parecer a un único día largo, Shumakov hizo las mismas preguntas y escuchó a Julius dar las mismas respuestas hasta que una tarde, mientras miraba cómo su interrogador machacaba una mosca con su pulgar, Julius Kohn, hijo de Emerich, se quebró. Aunque lo que dijo no era verdad, confesó. Sí, le dijo a Shumakov que era un industrialista enemigo del estado que cruzaba las fronteras para derrocar a la gran y poderosa Unión Soviética.

Su interrogador no estaba satisfecho con esta confesión y, por un momento, Julius pensó que vio cómo la incertidumbre transformó los ojos de Shumakov en algo diferente al vacío amenazador que poseían los hombres y mujeres que habían sometido su voluntad a la máquina de Stalin. Un silencio creció entre ellos.

Julius decidió romperlo. Sintió que tenía una oportunidad, de la misma manera que era capaz de leer a los hombres con los que hacía negocios. *Además, he "confesado,"* pensó, aliviado por fin de la carga de decir que no.

—Ciudadano Jefe ¿de dónde eres? —preguntó al Subjefe de Interrogaciones.

—Saratov Oblast, en el Volga —dijo Shumakov en voz baja—. Donde Catalina la Grande invitó a los alemanes a cultivar las tierras no hace tanto tiempo.

Los dos hombres no hablaron más. A la hora asignada, una secretaria trajo té para el Subjefe, que empujó su taza hacia Julius. Y, justo como cualquier perfecto anfitrión hubiera hecho, Shumakov le ofreció el azucarero y se quedó sentado, con la recién adquirida expresión relajada fuera de lugar en la perfecta postura militar que mantenía todo el tiempo. Julius puso azúcar en el té negro, no muy fuerte, y lo bebió despacio antes de ser escoltado de vuelta a su celda. Esa fue la última vez que los dos hombres se vieron.

HASTA HOY.

—Kohn, Ilia Emiritovich —llamó el soldado. Shumakov levantó la mirada de su lista.

—Estoy aquí —dijo Julius Kohn, hijo de Emerich.

Regalos de despedida

L os *zeks* recibían noticias de una forma poco frecuente y a menudo fragmentada. Debido a que las comunicaciones eran objeto de una estrecha vigilancia en la Polonia ocupada por los nazis (ahora llamada el Gobierno General), y los censores que siempre habían sido activos en la URSS, las noticias llegaban a los lugares remotos de la Unión Soviética sin ninguna garantía de su veracidad y cronología. De este modo, aunque Josefina sabía que los nazis habían invadido la URSS en junio, no tenía noticias de lo que le había pasado a su marido. Habían pasado dos meses antes de enterarse de que, a causa de la invasión, Stalin había unido fuerzas con los Aliados, y pasó otro mes más antes de oír hablar de la amnistía, que concedía la liberación inmediata a los ciudadanos polacos que habían sido deportados y posteriormente encarcelados cuando invadieron los soviéticos. La liberación de los prisioneros había sido negociada para crear un Ejército polaco en tierra soviética, pero esta noticia llegó a cuenta gotas y fue cuestionada o nunca transmitida.

Amnistía, pensó Josefina cuando oyó la palabra, era otra repulsiva absurdidad soviética. De la palabra griega para olvido, era insultante, igual que aquel término nazi que se utilizaba para referirse a robar a los judíos, *Arianización*. Ninguno de los ciudadanos polacos que habían sido arrestados y deportados por los soviéticos había cometido el tipo de delitos que merecían el perdón, la absolución o la clemencia asociados con la idea de amnistía. Más adelante, Josefina se enteraría de que el diplomático polaco que redactó el documento utilizó la palabra *amnistía* en lugar de la palabra más correcta *liberación*, pero no había habido tiempo para cambiar el documento antes de que se firmara en agosto de 1941. De todos modos, eran las noticias de la amnistía, no la palabra, lo que fue más importante para los que se beneficiarían de ella, y esta noticia, para muchos de los prisioneros, fue anunciada demasiado tarde o nunca fue transmitida. Algunos la recibieron en el momento adecuado, pero no tenían los medios o recursos para actuar en consecuencia. Un buen número de comandantes de campos de trabajos forzados simplemente no comunicaron ninguna información que pudiera disturbar la fuerza de trabajo y, por tanto, las cuotas de sus campos. Por tanto, esos desafortunados *zeks* que nunca oyeron la noticia sobre la amnistía continuaron encarcelados.

La noticia fue comunicada a los prisioneros del campo de trabajos forzados de Mariskaya como si permanecer allí fuese una opción mejor que marcharse. Según el oficial del NKVD que comunicó la noticia, aquellos ciudadanos polacos que eran prisioneros allí necesitaban recordar que iban a necesitar documentación y transporte, todo lo cual requería dinero y permiso para viajar. En tiempos de guerra había muchos peligros cuando se viajaba, especialmente para mujeres y niñas, advirtió siniestramente. Como si vivir en un campo de trabajos forzados con guardias despiadados y empedernidos criminales violentos no fuese peligroso, pensó Josefina mientras escuchaba hablar al hombre.

—¿Y dónde va a vivir un ex *zek*? —preguntó, asegurándose de que los deportados, ansiosos por marcharse, supieran que la gente los iba a mirar con sospecha no importa a donde fueran. Después de todo, les recordó, esto no era Polonia. No había ni pensiones ni hoteles—. En cualquier caso, por aquí solo hay paisanos —dijo.

No deberían olvidar que era muy poco probable que el ciudadano soviético medio los recibiría en su casa o compartiría lo poco que tenía con ellos. ¿Quién sabía qué delitos se sospechaba que habían cometido los *zeks*? A

nadie le gustaba un criminal, especialmente uno que no había sido completamente re-educado o reformado. Y nadie quería arriesgar que lo arrestasen
o re-arrestasen. ¿Por qué no quedarse en el campo de trabajos y esperar a que
la guerra terminase?

—¿No valoran ser parte de la Unión Soviética? —preguntó.

Josefina contó en inglés en su mente, una costumbre que había adoptado
para combatir la furia y la náusea que acompañaban las lecciones de propaganda comunista que le habían obligado a aguantar. Estaba tan seguro de
sí mismo, este oficial del NKVD con su bigote y su ancho cuello. Mientras
hablaba, Josefina miró hacía los portones que separaban la *zona* del mundo
más allá del perímetro de este miserable campo de trabajos forzados.

Un único objetivo se le formó en la mente: salir por esos portones con su
hijo e hija. No tenía que convencer a Peter para que se alistara en el Ejército
polaco, su hijo había querido alistarse antes de que escaparan de Teschen.
Se había vuelto un hombre que los mantuvo vivos a todos trabajando duro.
Josefina sabía que sería un buen soldado. E incluso si no pudieran ir al centro
de reclutamiento del ejército, podrían dejar este frío lugar para ir a cualquier
sitio más al sur, donde hiciese más calor. Había oído hablar a los otros *zeks* en
el campo de Mariskaya, sobre los koljoses, unas granjas colectivas en el Asia
Central gobernada por los soviéticos, donde la gente vivía y trabajaba. Eventualmente, razonó Josefina, la guerra terminaría. Cualquier lugar —incluso
la idea nebulosa de otro lugar— era mejor que donde estaban, especialmente
porque la salud de Suzanna había sido debilitada por la enfermedad. Otro
invierno, temía Josefina, sería mortal para su hija.

JOSEFINA ESTABA LISTA PARA DEJAR la litera donde había dormido desde
agosto de 1940. Estaba lista para dejar el barracón infestado de alimañas.
Estaba lista para dejar atrás el colchón relleno de paja, el recuento, *el stolovaya*, los *rezhim*, los guardias, la *zona*. Estaba lista para marcharse antes
de que el invierno empeorase y reclamara a sus muertos. Había estado lista
desde agosto de 1941, cuando les habían informado por primera vez sobre
la amnistía.

Antes de poder marcharse, sin embargo, Josefina tenía que resolver dos problemas, y no se habría dado cuenta de uno de ellos si no fuese por la intervención de otra *pridurki*. Vera Adamova era la secretaria del director del campo. Josefina y ella habían estado al mismo tiempo en el edificio de administración. No se podría decir que fuesen amigas cercanas, aunque Josefina admiraba a la mujer rusa y esperaba con entusiasmo sus encuentros y las noticias sobre el mundo de las que Vera Adamova estaba al tanto porque trabajaba para el director. Durante los breves momentos que pasaron juntas, las dos mujeres se dieron cuenta de lo similar que eran: Josefina y Vera tenían más o menos la misma edad. Antes de ser arrestadas, deportadas y antes de la guerra, habían tenido una actitud similar hacia el mundo, en que las dos preferían el ritmo lento de vida permitido por la amabilidad y la buena educación. Las dos eran esquiadoras apasionadas. Las dos adoraban la música y el teatro. Las dos eran prácticas, eficientes y entusiasmadas de vivir. Las dos tenían un humor seco. Las dos tenían un esposo perdido en el sistema penitenciario soviético y las dos tenían dos niños en un mundo en guerra. Eventualmente, se confesaron mutuamente que las dos eran judías.

Vera Adamova había sido catedrática de matemáticas en la Universidad de Moscú cuando su marido y ella fueron arrestados en 1936 durante el Gran Terror. Después de un año en la infame prisión de Lubyanka en Moscú, la sentenciaron a siete años de trabajos forzados en Solovki, el infame campo en el Mar Blanco, que los soviéticos habían usado como propaganda para alardear de su efectivo sistema de "re-educación". Como a muchos *zeks*, a Vera Adamova la habían trasladado a otro campo antes de que empezara la sentencia. Así fue cómo acabó en los bosques mari. Nunca se enteró adónde habían mandado a su esposo o qué les había pasado a sus niños, pero cuando hablaba de ellos, utilizaba el tiempo presente. *Su manera de mantenerlos vivos*, pensó Josefina.

Un día a finales de septiembre, Vera Adamova y Josefina se encontraron esperando a que el correo fuese distribuido. Charlaron.

—Hace bueno hoy —dijo Josefina, como si se hubieran encontrado en la fuente en el centro de la Plaza Rynek en Teschen. No hacía frío esa mañana.

Tampoco había polvo ni hacía calor. Un día como este se consideraba como un breve momento de alivio en el tiempo de la taiga, este lugar de árboles altos y densos. Con la liberación en el horizonte, Josefina sintió como si fuese a tener ligereza de espíritu una vez más, aunque estaba lo suficientemente sobria para tener precaución. Tantas mañanas durante los últimos dos años habían sido, como poco, decepcionantes.

Vera Adamova asintió. La sonrisa cordial de siempre ausente.

—Josefina Hermanovna, ha habido noticias inquietantes —dijo, metiendo un mechón de pelo suelto bajo el chal que llevaba en la cabeza. En un áspero susurro de un *zek* sediento y con frío, habló sobre una conversación que escuchó entre el director del campo y el hombre del NKVD que vino a anunciar la amnistía—. Como siempre las reglas cambian delante de nuestros mismísimos ojos. Solo van a dejar salir a los polacos "de verdad" —Vera Adamova dijo, explicando que los ucranianos, los judíos y los bielorrusos deportados de los que había sido una vez Polonia eran considerados ahora ciudadanos soviéticos y, por lo tanto, no elegibles para la liberación garantizada por la amnistía. Ninguna de las dos supo qué decir, pero Josefina sabía lo que tenía que hacer.

Sus hijos y ella tendrían que fingir ser Gentiles. Josefina se estremeció simplemente de pensar en hacerlo, pero también estaba orgullosa de su racionalidad práctica. Su madre había educado a sus hijos a suspender toda expectativa de una prueba empírica en lo que concernía su fe judía. Quería que siguiesen practicando el judaísmo sin cuestionarlo ni abandonarlo nunca. Karola Eisner era una mujer que nunca escondería su judaísmo, ni tampoco consentiría nunca que su familia lo diluyese.

¿Qué pensaría su madre de la situación en la que se encontraban? Josefina consideró las opciones: decir que eran judíos y reducir las oportunidades de marchar, lo que aumentaría la posibilidad de que no sobrevivieran. Decir que eran Gentiles aumentaría la probabilidad de marcharse y disminuiría la probabilidad de morir. Aun así, si Karola supiese lo que su hija estaba pensando, se alarmaría, y le rompería el corazón. Josefina le pidió disculpas a su madre en silencio. *No nos convertiremos*, prometió.

El apellido Kohn tal vez los delataría, pensó Josefina, e incluso si no ocurriese, un apellido que sonaba tanto a alemán le afectaría a Peter cuando intentase alistarse. Hacía algún tiempo que habían dejado de hablar alemán donde alguien los pudiese oír, y los dos niños habían nacido en Polonia y hablaban perfectamente polaco. Sin embargo, identificarse como un católico romano significaba tener la presencia mental para convencer a los demás de que eran Gentiles de verdad. Y si los pusiesen a prueba, necesitaban saber *algo* sobre ser cristiano. No había clases en las que se pudiesen matricular, ni libros que leer, ni copias del Nuevo Testamento con las que pudiesen aprender. Incluso si hubiese todo eso, la práctica de todas las religiones estaba prohibida en la Unión Soviética y se consideraba un delito. Por lo tanto, ninguno de los *zeks* hablaba sobre Dios. Nadie rezaba en voz alta. Los que lo hacían corrían el riesgo de ser castigados.

A una de las mujeres polacas más viejas, Agatha, que trabajaba en la lavandería y vivía en el mismo barracón que Josefina y Suzanna, la habían enviado a las celdas después de que un guardia la pilló murmurando una oración de acción de gracias antes de comer. Cuando volvió después de cinco días de aislamiento, Agatha tenía hambre, pero su fe permaneció intacta. Le habían dado solamente una ración de pan y sopa durante todo el tiempo que pasó en la celda. Agatha continuó rezando, pero en secreto. Tanto Josefina como Suzanna le dieron a la mujer parte de sus magras raciones cuando volvió al barracón.

—¿Le importaría enseñarnos algo sobre su fe? —le preguntó Josefina un día en voz baja cuando estaban tomando la sopa de la mañana. Le ofreció la mitad de su pan a la mujer.

Agatha accedió a ayudar, pero no quería la ración de pan de Josefina.

—Lo haré porque ustedes, también, son hijos de Dios —dijo—. Además, como judía, ya sabe los fundamentos del cristianismo. —Los otros detalles, explicó— sobre el orden de lo que sucede en una misa o quién hace qué— ninguna persona que tenga un cargo en la Unión Soviética admitiría saberlo.

Durante los meses siguientes, Agatha les enseñó cómo hacer la genuflexión, decir los rezos católicos, y, guiñándoles el ojo a Peter y a Suzanna, cómo fingir que seguían la misa, incluso si realmente no entendían lo que estaba pasando ni lo que estaban diciendo.

FINALES DE OTOÑO DE 1941

JOSEFINA TENÍA QUE RESOLVER UN segundo problema, que requería un esfuerzo considerablemente mayor. Era fácil acostumbrarse a pensar y hablar en polaco y a practicar en silencio los rezos católicos mientras estaba de pie esperando y siendo contada en la *zona*. La tarea más importante, sin embargo, era obtener la documentación necesaria de identidad y para viajar, firmada y sellada con la aprobación del administrador apropiado. Estos documentos se tramitaban en los pueblos y ciudades, y viajar a esos lugares fuera del campo de trabajos forzados implicaba negociar la autorización del director del campo y después organizar los medios para llegar allí. Para complicar la situación, las opciones de transporte eran limitadas; la guerra determinaba las peticiones a las que se daba prioridad; y no existía una red de comunicación fiable. El suministro de papel era limitado, lo que hacía que conseguir los documentos necesarios para viajar fuese incluso más difícil. Todos los *zeks* sabían cómo las reglas podían cambiar de forma arbitraria, porque *cambiaban* todo el tiempo —las normas eran constantemente ajustadas; los privilegios suspendidos; los derechos fundamentales eliminados. Esto significaba que algo concedido a un prisionero —como una temprana liberación de los campos de trabajos— podía ser igualmente revocado.

Los meses entre el anuncio de la amnistía y el verdadero momento de su marcha fue una tierra de nadie entre la anticipación y la ansiedad. Josefina se mantuvo ocupada con una determinación que intentó controlar por si acaso alguien se daba cuenta y hubiese la posibilidad de ser sometida a actos de represalia por parte de los guardias o de aquellos *zeks* que no iban a ser liberados. Recopiló fragmentos de información, al igual que Peter, sobre a quién ver, qué pagar y cómo viajar de un lugar al siguiente. Ganó el favor del *zovchoz*, al que le ofreció hacer trabajos de costura y bordados a cambio de la autorización para viajar a Yoshkar-Olá, la capital de Mari El Republic. El *zovchoz*, en un momento de inesperada generosidad, le puso a Josefina en la mano una buena cantidad de rublos. Sin intercambiar palabras. Este acto generoso hizo que Josefina sintiese de nuevo, según cerraba los dedos sobre el regalo, su corazón, esa aceleración de los latidos cuando se expande o rompe.

Poco a poco, Josefina había juntado todos los recursos que pudo. Suzanna pasó todo su tiempo extra remendando calcetines, abrigos y mochilas. Cuando Peter trabajaba en el bosque, juntaba combustible para sus cometas. Finalmente llegó el momento de ir a Yoshkar-Olá, un viaje que Josefina, observándose a sí misma, se dio cuenta que lo esperaba con cierto entusiasmo, un sentimiento que se le había escapado desde que marcharan de su hogar. Viajó en carreta de caballo llevada por un hombre mari que normalmente suministraba bienes al campo de trabajos forzados y era un familiar lejano de Natalia. Al principio, se sintió encantada de estar de viaje y, después, de estar en un lugar donde los edificios y las tiendas confirmaban que existía un lugar que parecía civilizado. Sin embargo, después del placer inicial de ver a gente con abrigos sin números cosidos y después de que el olor a té y a hogueras empezara a desvanecerse, Josefina se dio cuenta de que había muchos polacos en Yoshkar-Olá, llevando a cabo exactamente los mismos trámites que ella, todos ellos desesperados y hambrientos.

Josefina entró en el edificio donde los documentos de tránsito se expedían. La larga cola se movía lentamente, lo que era de esperar. No importaba, sin embargo, ya que hacía calor dentro y, aunque nadie podría decir que los deportados polacos que estaban a la cola estuviesen contentos, *estaban* mucho más cerca de dejar los miserables lugares en los que habían estado confinados. Además, también les habían concedido un breve alivio al estar congelándose en los bosques, aunque no trabajar también significaba menos comida. Josefina tocó el bolsillo secreto que había cosido en la parte interior de su abrigo, donde pudo sentir el borde del puñado de billetes de rublos que estaban escondidos allí. Se había vuelto una experta en evaluar su entorno sin parecer que estaba observando; ahora estaba intentando identificar a esos ladrones con ojos de lince que frecuentaban estos lugares. Una vez que decidió que no había peligro, metió los dedos en el bolsillo y separó la cantidad de billetes que pensó que iba a necesitar para conseguir el permiso para viajar.

—Siguiente —llamó uno de los administrativos, su cara impasible y su tono inescrutable. La cola avanzó un poco.

Josefina observó cómo la cola avanzaba hacia las ventanillas donde los funcionarios decidían el destino de aquellos que venían a buscar permisos para viajar. Miró todos los intercambios, uno tras otro, en los cuales solo unos pocos funcionarios mostraban civismo o cortesía.

—¿Por qué no tienes suficiente dinero, estúpido polaco? —oyó a uno de los oficinistas preguntarle a una anciana que, de algún modo, se las había arreglado para sobrevivir no solo a trenes, pero también al encarcelamiento subsiguiente en el campo de trabajos forzados.

La mujer polaca, envalentonada por su libertad y con suficiente edad para no importarle más qué castigo le pudiese dar el Estado Soviético, simplemente miró al oficinista.

—Me olvidé, ciudadano jefe, de que la libertad se debe comprar —dijo—. Qué tonta de mí pensar que todo el trabajo que he hecho era suficiente para que me liberasen.

—No tienes suficiente para conseguir papeles de tránsito. Tu petición es denegada —dijo el oficinista.

El peso de lo mundano estaba elevado a alturas desconocidas en la Unión Soviética, pensó Josefina. Si comprar pan era, para el ciudadano medio, una lección diaria sobre la incertidumbre y la escasez, para un *zek* solicitar un permiso para ir a cualquier lugar era un ejercicio sobre la irracionalidad. Josefina sintió nauseas. ¿Qué pasaría si no *tuviese* suficiente dinero? No tenía autorización para quedarse por la noche en la ciudad, y aunque la tuviese ¿dónde se quedaría? Significaría tener que volver al campo como un perro con el rabo entre las piernas . . . solo para empezar de cero a planear cómo conseguir más rublos y después organizar de nuevo el viaje a la ciudad.

A Josefina le vino a la mente inmediatamente, el anillo de bodas que se había negado a vender a Leonid Petrov en Lvov. Durante los dieciocho meses de su cautiverio, el anillo había estado escondido en su zapato. Le había salido un callo en la parte del pie que presionaba sobre el anillo, durante todas las horas diarias que pasó de pie y caminando. Josefina se miró las manos. Había perdido tanto peso y sus dedos eran tan delgados que, incluso si Julius todavía estuviese vivo, e incluso si se reunieran algún día, sabía que nunca podría llevar el anillo en el dedo.

Finalmente, era su turno para ir a la ventanilla.

La oficinista al otro lado era de la edad de Josefina; tenía las mejillas redondas pero grisáceas por falta de una nutrición adecuada y de ejercicio. Llevaba un anillo fino de cobre en el dedo anular y el denso pelo castaño rojizo era corto. Si se hubiesen conocido en circunstancias diferentes, pensó Josefina, ¿habrían desarrollado, sino una amistad, por lo menos una cierta relación de conocidas libre de los terribles miedos promovidos durante esta guerra?

—Señora —dijo la oficinista en una voz cansada pero no descortés— ¿cómo puedo ayudarle?

—Solo quiero volver a casa, ciudadana jefa —dijo Josefina.

Esta declaración, dicha de una forma tan desapasionada, conmovió a la oficinista de algún modo.

—Me puede llamar *camarada* —dijo, y su boca se suavizó en una sonrisa. Josefina sabía que la otra mujer estaba viendo a una refugiada polaca en un abrigo sucio, lleno de remiendos, aunque arreglado, pero sospechaba que la oficinista la reconoció como una mujer sin marido, una madre de mediana edad, más o menos como ella —atrapada por las circunstancias de la Historia— que salvaría, fuese como fuese, a sus niños.

—Las cartas de autorización, por favor. ¿Cuántos rublos tiene? —preguntó la oficinista.

Podría haber sido como la mayoría de los hombres y mujeres que trabajaban aquí, pensó Josefina, todos ellos presidiendo sobre sus pequeñas esquinas de la máquina comunista, aunque también con el mismo miedo de ser arrestados. Estos funcionarios, ella lo sabía, podrían ser considerados responsables de permitir, por error, que un enemigo del estado escapase o evadiese la "re-educación". Debido a que ellos mismos temían por su propia libertad, eran meticulosos en la ejecución de las tareas aparentemente más banales. Preferían denegarle a alguien un permiso, un billete o documentos de identificación más que no seguir las reglas al pie de la letra y posiblemente sufrir las consecuencias.

Pero no esta oficinista; no esta vez. La mujer estaba siendo racional, haciendo concesiones por circunstancias diferentes y ofreciendo formas de encontrar soluciones. Josefina consideró esta ocasión como uno de esos pequeños momentos del destino, que resaltan que tal bondad y generosidad de espíritu eran todavía posibles en un mundo que de otro modo, estaba únicamente preocupado por la guerra. Era el tipo de encuentro que había jurado que recordaría, como una manera de preservar su humanidad, y por el que había hecho otro nudo en el hilo que había empezado a anudar después de que les habían dejado salir de los trenes en los que los habían llevado a la cautividad. Hasta ese día solo había puesto cuatro nudos en ese hilo, pero este era una ventanilla única a un mundo más allá del encarcelamiento.

Josefina le dio el puñado húmedo de billetes a la oficinista.

—Esto es todo lo que tengo, camarada —dijo.

La mujer contó los rublos.

—Es suficiente —dijo, comenzando a rellenar la solicitud para la documentación de tránsito. Preguntó el nombre y apellidos de Josefina y de sus hijos, tomó nota de su nacionalidad (polaca), religión (católicos romanos), y destino (Tashkent, donde el Ejército polaco tenía su sede).

Después, Josefina se dirigió a la estación de tren. Era por la tarde temprano, y, una nieve ligera había empezado a caer. Caminó despacio, intentando no llamar la atención, esperando que el número de prisionera que estaba cosido en la solapa de su abrigo estuviese bien escondido por el chal poco llamativo que usaba para cubrirse la cabeza afeitada, marca reveladora de un *zek*. Por primera vez desde que llegó a la Unión Soviética, sintió la inseguridad que acompaña a la humillación pública. Qué irónico, pensó Josefina, que lo que realmente era vergonzoso —arrestos y encarcelamientos injustos, trabajos forzados y privación de alimentos— no hacía que sus captores sintiesen ni una pizca de vergüenza. Incluso el *zovchoz*, cuya generosidad había asegurado su llegada a Yoshkar-Olá, hacía su trabajo como si fuese perfectamente normal esclavizar a hombres y mujeres en condiciones infrahumanas, y como si fuese una aberración mostrar compasión, bondad y respeto a los demás.

Una conmoción fuera de la estación de tren le llamó la atención a Josefina. Unos hombres del NKVD estaban deteniendo a los polacos que habían comprado los billetes. Aquí está, pensó, el obstáculo del día. Todos los días en el campo de trabajos de Mariskaya había por lo menos un obstáculo, y normalmente más de uno. Observó cómo a uno de los hombres —debía de pesar no más que un niño de diez años— le daba un puñetazo un alto soldado soviético que estaba siguiendo las órdenes de un oficial del NKVD con demasiado tiempo en las manos y demasiada crueldad en el corazón, motivado por tener que cumplir con su propia cuota. El hombre se estaba retorciendo en el suelo. Y aunque a Josefina le repugnó ser testigo de esta escena, sabía, también, que si le ayudaba, si tan solo le miraba, o si se daba la vuelta para ir a otro lugar, atraería más la atención, lo que le impediría completar su misión del día. Mejor continuar, intentar permanecer escondida a plena vista.

Llegó a la Puerta de la estación, sin ser detectada, temblando un poco, pero cerca de su objetivo.

—Documentos —dijo una voz detrás de ella.

Se dio la vuelta para ver al hombre del NKVD que había presidido la violencia contra el hombre polaco. Su chal había resbalado y caído un poco y parte del número de prisionero en su abrigo era visible.

—Sí, ciudadano jefe —dijo de forma sumisa, extendiendo sus documentos de identificación y de la autorización para viajar recientemente aprobados.

—¿Eres una prisionera? —preguntó hojeando los papeles con un aire arrogante.

Josefina asintió.

—¿Una sucia polaca? —Era más alto que ella, lo que acentuaba su aire de superioridad cuando la miró.

Josefina se mordió la lengua, lo que le llenó los ojos de lágrimas, una acción que había encontrado útil a veces.

—Probablemente eres una estúpida judía también —dijo—. Lo que significa que no puedes marcharte, ¿sabes?

Josefina sacudió la cabeza para decir que no. El hombre le preguntó si su no respondía a la pregunta de sobre si era judía, o la de si sabía que a los judíos de Polonia no se les permitía marcharse. Estaba intentando atraparla, y ahora las lágrimas, el tipo de lágrimas que había guardado en sus entrañas desde los últimos días de agosto de 1939, empezaron a mojar su demacrada cara.

Podía ver que el hombre del NKVD estaba orgulloso de sus ingeniosas preguntas. Miró los documentos de viaje y los sostuvo hacia fuera para que la nieve ligera les cayera encima, lo que emborronó una o dos de las palabras recién escritas. Si demasiadas palabras se emborronaban tendría que empezar todo de nuevo otra vez. Josefina pensó que se iba a poner a gritar.

—Por favor, ciudadano jefe —dijo, reprimiendo tanto la furia como el miedo de que su tono fuese afectado— por favor, permita que le explique y, quizás dentro, donde se pueda sentar.

Gruñó y le devolvió los documentos bruscamente, y ella de una forma rápida pero cuidadosa los secó, dobló y los guardó dentro de su abrigo.

—Hacer que te quedes aquí no vale ni el pan que te damos —dijo—. Pero métete dentro, debes pagarme.

—Sí, por supuesto, ciudadano jefe —dijo.

Josefina metió la mano en el bolsillo del abrigo y diestramente sacó varios billetes de rublos, que le dio al oficial del NKVD. Él inmediatamente se echó a reír. Y después hizo lo que ella nunca había esperado que hiciese, metió su mano dentro de su abrigo y palpó, sin ninguna modestia, para encontrar el bolsillo secreto.

—¿Es aquí donde escondes todo el dinero, polaca asquerosa? —preguntó, sin sonreír más.

Josefina logró decirle que sí. Su cara roja de vergüenza.

—No te oigo, polaca asquerosa —dijo, prolongando la búsqueda dentro de su abrigo, su tosca mano contra su cuerpo huesudo.

—Sí —casi chilló.

La gente los estaba mirando; Josefina podía sentir las miradas, las acusaciones silenciosas, su pena.

El oficial metió la mano en el bolsillo escondido y sacó el puñado entero de rublos. Puso la boca cerca de la oreja de Josefina y murmuró.

—Tienes suerte de que esto es todo lo que te quito —dijo— tienes suerte de que estás totalmente demacrada y a punto de quebrarte.

Enderezándose a su plena altura, le ordenó salir de en medio ¿no veía que estaba bloqueando la puerta?

Josefina entró en la estación de tren e inmediatamente fue hacia un banco donde poder sentarse y componerse. No debía llorar; no debía dejar que el número de prisionero se viera; no debía contar todas las maneras en las que acababa de ser humillada. Durante un breve momento, cerró los ojos y trajo a la mente una imagen de sí misma como una mujer más joven y más robusta. *Esta es quien eres, se dijo a sí misma, esta es la mujer que se va a levantar y comprar los billetes para ella y para sus hijos, con el anillo de bodas que está escondido en su zapato derecho.*

Que fue exactamente lo que Josefina Kohn hizo después de levantarse de aquel banco. Se puso en una cola, se quitó el zapato, sacó el anillo y lo agarró. Cuando fue su turno, pidió con calma al empleado tres billetes de Yoshkar-Olá a Totskoye, donde había oído que los que querían ser soldados tenían que presentarse. Y cuando le dio la banda de oro al empleado, al tomarla, le vio en los ojos su deseo de algo tan brillante. Josefina se preguntó si el vendedor de billetes de tren podía verle en la cara el aspecto que tiene la posibilidad de ser libre, o que el adquirir el billete equivalía a separarse de lo último que le quedaba vivo de su marido en su mente.

4 ENERO DE 1942, MARI EL REPUBLIC

Y AHORA ERA EL PRIMER DOMINGO DE ENERO. Para los *zeks*, era un día sin trabajo, el primero en por lo menos dos meses. Para Suzanna, su familia y los demás polacos que habían conseguido adquirir los documentos necesarios para marcharse del campo de trabajos forzados, era un día de viaje. Los documentos y los billetes guardados en los abrigos. Sus mochilas estaban abrochadas y estaban vestidos con muchas capas de ropa. Estaban a punto de salir del campo de trabajos forzados de las RASS de Mari El, donde habían subsistido con muy poco. Suzanna sabía que su madre no miraría atrás una vez se marchasen. Y si las dos mujeres sobrevivían el viaje, sabía que ninguna de ellas hablaría de su experiencia.

Cuando Suzanna le dijo que se iba a marchar pronto, Natalia sonrió débilmente. Suzanna agarró la mano de la chica mari y le dio uno de los tesoros que Mamá le dejó guardar el día que vendió la mayoría de las joyas en Lvov. Era un medallón muy pequeño, un regalo de la Tía Greta. Era bonito —esmalte en hojalata— pero no era una joya valiosa. Sin embargo, en el campo de trabajos forzados, Suzanna sabía que la chica mari quizás lo pudiese utilizar algún día, para adquirir algo que no tenía, algo que necesitara. Y si no algo necesario, quizás le serviría a Natalia como recordatorio de que la amistad era todavía una posibilidad en estos tiempos oscuros. El medallón lo habían escondido —primero en el zapato de Suzanna y después en un agujero que habían hecho en uno de los postes de su litera.

—Para que nos recuerdes —dijo Suzanna—. Mira, se abre. —Le mostró a Natalia cómo usar la uña para abrirlo en dos mitades.

Dentro había dos dibujos diminutos con imágenes de Suzanna y Josefina. Habían sido esbozadas por Herr Sinaiberger, en su residencia en Skoczów. Era verano y Suzanna estaba sentada en el jardín. Mamá estaba hablando con Helen, la esposa de Herr Sinaiberger. Había abejas, claro, y era muy agradable sentarse a la sombra, cerrar los ojos y escuchar su zumbido cuando revoloteaban sobre las flores. Antes de tener que esconder el medallón, a Suzanna le gustaba abrirlo y analizar las imágenes. Había memorizado las expresiones que Herr Sinaiberger había dibujado, iluminadas con sonrisas y ojos que miraban hacia el futuro. Estaba segura de que podría llevar en su mente —a dondequiera que fueran ahora— su propia imagen y la de su madre felices. Ya no necesitaba más esos dibujos. Además, el medallón estaba vinculado con un lugar que habían llamado su hogar, un lugar, Suzanna intuyó, que nunca volvería a ver. Y, era algo que quizás fuese más valioso para Natalia.

—Tenemos un aspecto diferente porque sonreíamos mucho más entonces —dijo Suzanna.

Natalia la miró.

—Solo tengo esto para ti —dijo sacando un pequeño bulto del bolsillo. Suzanna reconoció la tela y comprendió que su amiga había roto un cuadradito del chal colorido que siempre llevaba. Dobladas dentro del sobre de tela había hojas de té, un artículo valioso en los campos de trabajos forzados. Suzanna estaba a punto de decirle a su amiga que no podía aceptar tal regalo, pero la otra chica habló con insistencia.

—Por si acaso te enfermas de nuevo —dijo. Natalia agarró las manos de Suzanna— No me olvides.

PETER ECHÓ UN ÚLTIMO VISTAZO al barracón donde había vivido los últimos dieciocho meses. Los otros *zeks* estaban en sus literas. Algunos estaban durmiendo, otros charlando en voz baja o fumando. Vladimir Antonovich estaba lustrando las botas. Paró cuando Peter se acercó a su litera.

— Piotr Ilyich —dijo— te deseo buena suerte.

Peter asintió.

—Tengo algo que quizás necesites —dijo el otro hombre y sacó un objeto que tenía guardado en un espacio entre la litera y el colchón.

Le dio a Peter un pequeño fajo de hojas en blanco, que habían sido cosidas toscamente para hacer una libreta.

—Esto lo encontré —dijo el hombre—. Creo que te va a ser más útil a ti que a mí.

Peter sostuvo el fajo de papel en las manos antes de guardarlo secretamente en el bolsillo que su madre había cosido en su abrigo cuando habían vivido, aunque fuera brevemente, en una habitación en el tercer piso en la ciudad de Lvov. Aquel mundo parecía que pertenecía a otro siglo. Sabía que el viaje de salida de la Unión Soviética no iba a ser como una excursión en vacaciones. Su madre, su hermana y él iban a tener que viajar a pie y fuera en la intemperie. Los trenes y camiones a los que se subirían iban a estar abarrotados con otros refugiados. Iban a ir rebotando en carretas. El alojamiento no estaba garantizado, y la comida . . . bueno, nada podía ser peor que la comida en el campo, pero también sabía que iba a ser difícil obtener comida más allá de los portones del campo.

—Gracias, Vladimir Antonovich. Ciudadano jefe, ha sido un honor haber trabajado con usted. Ojalá nos hubiésemos conocido en circunstancias diferentes.

—*Muy* emprendedor —dijo el líder de la brigada y después sonrió. Recogió las botas y el trapo que había utilizado para lustrarlas—. No tienes que ser siempre un Stakhanovite, Piotr Ilyich. Ten la mejor vida que puedas.

La primera parada de esa vida mejor sería a más o menos 450 millas al sureste, donde el Ejército polaco estaba movilizando a los hombres y mujeres que habían sido deportados a los campos soviéticos. Josefina, Peter, Suzanna y varios otros *zek* viajaron en carretas a Yoshkar-Olá. Allí embarcaron en un tren rumbo a Totskoye. La nieve caía sobre los hombres y mujeres recién liberados según caminaban a la estación. Llevaban ropa andrajosa, calzado desgastado y agarraban con fuerza sus pequeños y valiosos fardos. Llevaban pan, y si tenían suerte, un valioso pedazo de salchicha o un poco de azúcar, provisiones que habían guardado poco a poco o que habían adquirido recientemente. Estaban harapientos y cansados, pero por primera vez en mucho, mucho tiempo, caminaban entre la gente viva, tan libres como nunca se sintieron, con algo parecido a la esperanza agitándose en la mente.

Una breve estancia en el Jardín del Edén

PETER MIRÓ CÓMO CAÍA LA NIEVE DESDE LA VENTANA del tren. Qué diferente era su salida comparada a cómo habían llegado: incluso aunque el tren estaba abarrotado, su madre, su hermana y él viajaban ahora como pasajeros con billete en vagones apropiados con asientos y ventanas. La mayoría de los viajeros dormían. Peter solo podía adivinar qué era lo que llenaba sus sueños: cosas con las que se sentían a gusto, quizás, como sábanas limpias, el pelo suave de un perro o un gato, comida caliente. Su madre y su hermana estaban apoyadas una contra la otra. Aunque habían estado en esta proximidad durante los últimos años, Peter nunca había tenido la oportunidad de mirarlas de cerca. La buena educación había hecho que no mirara fijamente a nadie, especialmente a su madre y a Suzi.

La bondad de su hermana y su apacible discreción estaban en el centro de su gran postura. La modestia de Suzanna hacía que pareciese incluso más guapa. Merecía algo mejor que todo esto, pensó Peter. Debería estar sentada al piano tocando Chopín. O escuchando al Tío Arnold tocando un pasaje de una de las operetas que tanto adoraba. Debería estar riéndose y sonrojándose porque algún chico la había mirado. Cotilleando con sus amigas.

Suzanna merecía tener almohadas suaves, ropa bonita y gentileza. Probablemente quería, sospechó, casarse algún día, tener una familia. Tener su propia cocina, un piano en un salón bien amueblado, porcelana fina, joyas. O, simplemente, un esposo bueno y bondadoso y niños obedientes y aplicados.

Los rasgos cincelados de su madre se habían afilado en su cara ahora mucho más delgada. Había perdido el pelo y cubierto la cabeza con un chal poco llamativo. Peter intentó recordar qué aspecto tenía cuando estaban en Teschen. Había sido una mujer elegante entonces. *Mujer elegante*: la expresión invocaba una conversación —en la cocina del apartamento de la panadería, entre su Tío Arnold y Tía Milly. Peter había estado mirando una fotografía enmarcada de los dos, que habían sacado en Viena.

—Fue antes de que estuviéramos casados —dijo la Tía Milly. Tocó a Arnold en la mejilla. Él le sonrió—. Diez años de novios —¿quién se lo puede imaginar? Éramos tan felices.

—Tu Tía Milly era, como dicen en inglés, "una mujer elegante" —dijo Arnold.

—¿*Era?* —preguntó Milly con una mirada de incredulidad en su bonita cara.

Los dos se habían reído. Peter siempre pensó que su amor era algo que él no podía tocar. En fin, su madre había sido una mujer elegante antes, sí, esa era la palabra. Y ahora, dormida, con este alivio breve del sufrimiento, parecía agobiada de fatiga y preocupación.

Sacó la pequeña libreta que le había dado Vladimir Antonovich. La sostuvo en la mano y distraídamente acarició el papel. Ojalá tuviera un lápiz y pudiera hacer esbozos, intentaría dibujar las caras de su madre y su hermana durmiendo. O las describiría con palabras. ¿Hacía cuánto tiempo que escribió palabras en una página? Su madre había escrito todas las cartas mientras estaban en el campo de trabajos. Tener papel había sido un lujo. Si Peter hubiese tenido esta libreta en el campo, la hubiera cambiado por comida. Aun así, Vladimir Antonovich no lo había hecho. Peter sospechó que el otro hombre se había sentido tentado a documentar lo que estaba pasando en su mundo día a día, pero no lo había hecho. Ahora Peter tenía la libreta, pero no tenía ni lápiz ni bolígrafo, y no había ningún lugar donde comprarlos. Guardó el fajo de papel en su mochila, se reclinó hacia atrás en su asiento y cerró los ojos.

Si fuese a hacer una entrada preliminar en un diario, quizás Peter hubiera anotado que viajar bajo cualquier circunstancia siempre es potencialmente peligroso. Los viajeros se distraen con lo que no habían visto antes y a menudo es difícil manejarse con lenguas y costumbres no familiares. Pero viajar durante tiempos de guerra, en un país regido por un puño de hierro —tal viaje estará, con certeza, lleno de amenazas que nadie puede predecir. Quizás habría escrito una declaración —*debo estar alerta*, o algo similar.

Es cierto, pensó Peter antes de por fin quedarse dormido, *debo estar alerta*.

VARIAS HORAS MÁS TARDE, el tren llegó a Kazan, cruzando la convergencia de los ríos Kazanka y Voga y recogiendo a más pasajeros. Después el tren viajó hacia el sur, pasando por Ulyanovsk, donde el río se estrechaba, y Syzran, donde cruzó el Volga y se dirigió hacia Samara en el este y después hacia el sur de nuevo, hasta llegar finalmente a Busuluk. Viajaron más de 420 millas en poco más de veinticuatro horas.

Todos los pasajeros polacos se bajaron del tren. Muchos de ellos llevaban harapos. Otros estaban infestados de pulgas o sufriendo de varias enfermedades. Todos tenían hambre y estaban demacrados. Muchos apenas podían experimentar nada más que un sentimiento creciente de fatalidad causado por una fatiga y tristeza severas, a las que no habían sucumbido durante su encarcelamiento, pero que, ahora que estaban libres, eran capaces de contemplar. Todos y cada uno de ellos, sospechó Peter, querían regresar a algo que pareciese una vida normal —una cama de verdad, comida apropiada, cuidado y medicamentos cuando estuviesen enfermos. Fueron recibidos por representantes del Ejército polaco y de organizaciones de bienestar social, que los llevaron a unos camiones para transportarlos a la sede del Ejército polaco en Kultubanka.

Encontrarse una y otra vez en una tienda o barracón en cualquier campo de la Unión Soviética, especialmente con la sombra de la vida en prisión oscureciendo la psique de uno, era solo una vaga aproximación a una vida normal. Pero, pensó Peter, por lo menos estaban en una región más templada, en la que la lluvia y el barro, aunque todavía te irritaban, no eran nada comparados con la nieve y el hielo de Mariskaya. A los muchos de los que estaban enfermos los llevaron a una enfermería improvisada. A los que no estaban enfermos les dieron una manta y les dijeron que fuesen a las tiendas. Les desinfectaron la ropa. Se ducharon. Las mujeres polacas que sirvieron la comida, recientemente liberadas también ellas de los campos de trabajos, se ocupaban de los calderos y servían sopa caliente, espesa con patatas e incluso algo de carne. Comieron raciones de pan de verdad.

El día después de que llegaran, el siete de enero de 1942, Peter se alistó en el recientemente formado Batallón de Infantería nº 26, que pertenecía a la 9ª División. Era ahora parte del Ejército de Anders, llamado así en honor al general que lo mandaba, Władysław Anders, que también había sido encarcelado por los soviéticos. Debido a que Peter era un soldado con este ejército, permitieron que su hermana y su madre viajasen, como parte de un pequeño grupo de civiles, con el batallón para salir de la Unión Soviética.

A las cinco de la mañana del catorce de febrero, el batallón de Peter se puso en marcha. Si alguien hubiera podido ver el andén de la estación desde arriba, los sombreros de piel que llevaban los oficiales habrían parecido como un ancho lazo de pieles de castor. Soldados y civiles caminaban bajo la nieve que caía. La locomotora en las vías, enorme y negra, una gran máquina oscura y orgullosa, por la cual Peter sintió un inmenso afecto, como si fuese un animal y no hecha de metal. Ya habían cargado el tren de madera. Y comida. Cuando embarcaron en el tren que indistintamente transportaba mercancías y personas, Peter se sintió feliz de no estar al aire helado. Su destino: Uzbekistán.

Viajaron durante una semana, primero a través de las estepas cubiertas de nieve de Kazajistán. Cabañas de barro y trineos tirados por camellos aparecían de vez en cuando en el horizonte. En Aktyubinsk, bajaron del tren y comieron en un salón enorme con hileras e hileras de mesas. Les sirvieron caldo de pollo con fideos y grañones de trigo sarraceno con pescado.

—Es casi civilizado —dijo su madre poniendo el tenedor en la mesa, un utensilio que ningún *zek* había visto en los campos de trabajos.

En Taskent, una orquesta soviética tocó música mientras comían. Peter miró a su alrededor. Los oficiales estaban ahora vestidos en elegantes uniformes suministrados por los británicos. La incredulidad se podía ver en las caras de casi todos los ciudadanos polacos que habían sido deportados por los soviéticos al infierno de los campos de trabajos forzados que serían conocidos como los Gulag. Todos tenían la misma pregunta en la mente: ¿cómo podía el mismo gobierno que los había forzado a entrar en un vagón abarrotado, que no les había dado suficiente comida, que les había hecho trabajar como esclavos bajo condiciones abominables, enviar después una orquesta para celebrar su llegada una vez que fueron liberados? Quizás nunca fuesen a encontrar una respuesta a esa pregunta.

La gente local uzbeka vino y les ofreció pasas, manzanas, frutos secos y granadas. Peter estaba fascinado por la ropa de colores brillantes y la *tubeteika* bordada, las tetraédricas kípas un poco cónicas que llevaban los hombres y las mujeres. Eran personas guapas y fuertes, cuya generosidad lo conmovió.

El tren atravesó pueblos y huertos de albaricoque cubiertos de nieve. Tanto los soldados como los civiles estaban sorprendidos de ver cómo la gente llevaba camellos cargados con mercancías al mercado. También señalaban las casas de barro con pequeñas puertas de madera y sin ventanas que se podían ver a los dos lados de una carretera ancha. ¿Cómo eran por dentro estas estructuras? Cuando llegaron a Margilan a las ocho de la mañana el veinte de enero, el Teniente Coronel Gudakowski ordenó a los reclutas que se lavaran y afeitaran.

—Necesitan representar a nuestra amada Polonia de manera decorosa —les dijo.

El barro aumentó cada vez que nevaba, granizaba o llovía, y estaba por todas partes, lo que hacía muy difícil caminar, y, mucho menos mantenerse respetablemente limpios. No obstante, el teniente coronel quería que se comportasen de una manera ejemplar. Por lo tanto, tenían que arreglarse no solo ellos mismos, sino también el lugar donde estaban.

—Si ven basura, retírenla —les ordenó Gudakowski. A nadie se le permitía estar en la ciudad después de las seis de la tarde—. Y si quieren ir a la ciudad, necesitan que yo o mi diputado les demos un salvoconducto —añadió.

Los ladrones serían procesados por tribunales militares. Los soldados tenían que ser educados con los militares soviéticos. Ya estaban en marcha planes para crear una enfermería y una sala comunitaria para los soldados rasos. Se esperaba que tanto los oficiales como los soldados asistirían a misa y otros servicios religiosos.

La madre y la hermana de Peter fueron alojadas con los otros civiles, la mayoría en tiendas fabricadas para el ejército. Consiguieron alfombras y mantas y se las arreglaron lo mejor que pudieron. Suzanna encontró un trabajo en la cocina del campo y Josefina empezó a trabajar cosiendo paracaídas de seda. La seda se había cultivado e hilada en tela después en Margilan durante cientos de años, y la ciudad, fundada por Alejandro Magno, era una parada muy conocida en la famosa ruta de la seda entre China y Europa.

EN FEBRERO, NEVÓ Y LLOVIÓ MÁS, lo que significó la desgracia de un barro continuo. Los soldados rasos recibían entrenamiento y eran los responsables de descargar las provisiones, a menudo trabajando diez horas al día. Los oficiales asistían a conferencias. A veces iban a conciertos. Los soldados bebían cerveza hecha de albaricoques y comían albóndigas asadas que compraban a los vendedores ambulantes cuando iban a la ciudad. Cientos de reclutas llegaban regularmente. Tiendas de campaña se levantaban en un campo, y, en lugar de literas, los nuevos reclusos dormían en colchones hechos de hojas de eucalipto o naranjos. Tenían frío, pero el tiempo estaba mejorando y comían bien. Y más importante, estaban recuperándose espiritualmente gracias a la presencia de otros ciudadanos polacos desplazados. Aunque estaban vestidos en uniformes ingleses y saludaban al modo británico, hablaban, cantaban y recitaban poesía en polaco. Iban a misa y escuchaban los discursos que daban los comandantes del regimiento. Los hombres se afeitaban. Limpiaban los zapatos y pensaban en los días en que tenían cosas como betún. Observaron la llegada de la primavera —primero el arado, después los campos volviéndose verdes, los árboles de albaricoques, el trigo de esmeralda, el coro de ranas como en casa, y más tarde, la profunda melancolía de darse cuenta de que no estaban en casa. Observaron la escarpada cordillera de Tian Shan con las cumbres cubiertas de nieve, escucharon la canción compleja de las alondras en vuelo, y se alegraron de la manera en que la luz brillante de la primavera ponía todo en perspectiva. Estaban en el valle de Fergana, donde supuestamente, según rumores, el Jardín del Edén había estado ubicado. Pensar en Adán y Eva paseando por el barro hizo reír a algunos. El barro se secó y después la nieve caída recientemente se derritió, convirtiéndose en lo que un oficial llamó "un chocolate infernal".

El veintitrés de marzo, recibieron órdenes de marcharse de Margilan en dos días. El mismo General Władysław Anders dio las órdenes de dejar rápidamente la Unión Soviética. Al principio de la amnistía, se había reunido con Stalin, quien, supuso, estaba negociando la liberación de los polacos solamente para beneficio soviético. Aún más, Anders sabía que Stalin quería que el Ejército polaco fuese enviado al frente germano-soviético. También sabía que tal acción significaría que casi todos los soldados polacos morirían. Anders había sido encarcelado en la infame prisión de Lubyanka y, al igual que la mayoría de los reclutas de su ejército, estaba totalmente famélico cuando lo liberaron. Los hombres no estaban preparados para ir al frente. Por lo tanto, insistió en que las tropas polacas marchasen de la Unión Soviética. Persia, ocupada en 1941 por los nuevos aliados soviéticos y británicos, era la elección más lógica, y los británicos accedieron a prestar asistencia vistiendo y entrenando a los andrajosos soldados polacos. Al principio, solo los militares de altos mandos sabían que iban a ir a Persia, desde donde serían enviados a otros lugares: los soldados al escenario de la guerra, los civiles a campos de refugiados en Teherán. Los oficiales a cargo de los nuevos reclutas tuvieron que trabajar rápido para organizar esta salida. Los soviéticos esperaban que les devolvieran su equipamiento. Había que entregar copias de las listas con todos los soldados del regimiento. Los uniformes tenían que ser distribuidos. No tenían mucho que acarrear, por lo que estuvieron listos casi inmediatamente.

Peter recordó el cuidado con el que su familia había empacado antes de marcharse de Teschen, decidiendo lo que llevar y dejar. Habían pasado por lo menos dos días llenando maletas, cestas de comida y mochilas. Ahora que se iban a marchar, habían empacado y puesto en bolsas cuidadosamente sus pertenencias en menos de una hora. Le recordó algo que su Tío Ernst a menudo decía sobre ir de vacaciones:

—Hacen falta semanas para asegurarse de que la maleta ha sido empacada de forma adecuada. Sin embargo, cuando estás listo para volver a casa, haces la maleta rápidamente, actuando como si el ejército soviético acabara de llegar a la ciudad.

Fuera de Egipto

SUZANNA PENSÓ QUE EL CANTO DE LOS PÁJAROS en la madrugada era un buen augurio ahora que ella y los demás refugiados civiles viajaban a la estación de Gorczakowo en Margilan, en compañía de los soldados recientemente alistados. Observó a la gente local uzbeka que estaba sentada en alfombras fuera de sus casas y charlaba en voz baja, mirando a los hombres polacos cargar el tren mientras las mujeres y los niños embarcaban. La orquesta soviética estaba tocando la Sinfonía nº 7 de Shostakovich.

Por fin era primavera, y el Pésaj iba a ser en dos semanas. Suzanna pensó en Moisés y su hermana mayor, Miriam, y cómo se sintieron justo antes de que se marcharan de Egipto. Probablemente, pensó, la partida de los esclavos judíos fue más frenética de lo que uno pensaba cuando leía una Hagadá durante un Séder. Primero, estaba el asunto de si incluso los judíos sabían que habían sido liberados. ¿Cómo podían haberse enterado de cuándo irse y en qué dirección viajar? No tenían servicio postal, ni papel. Ni teléfonos o telégrafos. Suzanna se imaginó a una persona hablando con otra, de una casa a otra, un único acto de comunicar al vecino las buenas noticias sobre su libertad. Además, no solo no había formas modernas de comunicación, tampoco había ni trenes, ni camiones, ni bicicletas, ni furgones. Los judíos en Egipto solo tenían sus propias piernas y pies para salir de su cautiverio.

Su propia transición a la libertad, musitó Suzanna, quizás hubiera pasado desapercibida si no hubiera prestado atención. Llena de planes que podían fracasar en cualquier momento y teñida por la arbitraria naturaleza de la violencia y la muerte en tiempos de guerra y por la continua incertidumbre sobre cualquier hora futura más allá de la presente. Este acto de *des*esclavizarse no era el momento de júbilo que podía haber imaginado. De hecho, pensó, probablemente no sentiría nunca más nada parecido a un sentimiento de seguridad, algo que había dado por sentado, algo que era parte del pasado, ahora desvanecido, como su padre, su abuela, su tía y su tío. Esta libertad parecía que cambiaba continuamente. ¿Cómo podía confiar en ella? Peter se iba a la guerra; no quería imaginar perderlo. Y su madre y ella iban rumbo al oeste, pero todavía no sabía adónde.

No solo eso, pero la urgencia de salir de la Unión Soviética era casi tangible en la presión de ir hacia el oeste, ciudad por ciudad, hora por hora. Las noticias llegaron finalmente a los reclutas y a los civiles: iban rumbo a Persia, por lo que se necesitaba cruzar el Mar Caspio. Suzanna comprendió que incluso con la tentativa alegría prometida por la liberación, persistía un espectro de cierta malevolencia, que los estaba llevando más rápido a su destino. Como el Mar Rojo en la historia del éxodo, sería el Mar Caspio todo lo que les separaría de sus captores y la libertad. Todavía era posible, intuyó, probable incluso, que los soviéticos arrestasen y mandasen a juicio a cualquiera de ellos, y, por supuesto, hacerles volver a los campos de trabajos forzados en los que habían estado encarcelados.

Después de que cargaran el tren de gente y materiales, sonó una trompeta. Con esta señal, la locomotora se puso en marcha, llevando hacia el oeste el cargamento humano, desaliñado, pero con nuevas esperanzas. Hacía un buen día, y el humor de los pasajeros alternaba entre el alivio y el temor. Estaban dejando atrás la miseria del cautiverio, solo para sumergirse una vez más en la incertidumbre de una tierra extranjera, con otras costumbres y otra lengua para complicar todo lo que uno da por sentado en la vida diaria. Suzanna miró el paisaje uzbeko que se veía pasar por la ventanilla, salpicado con casas de arcilla de techo plano. Había hileras de moreras en las orillas de los arroyos. Bueyes tiraban de arados de madera por la tierra oscurecida por la primavera, todo parecía de otra época. Viajaron por el pie de las montañas Alai y sus picos apilados con la forma de las pirámides de Egipto. El terreno era vasto y por su mayor parte deshabitado, pero no había sido tocado por las bombas. Ahora el tren que pasaba con soldados, añadía una pincelada de guerra a la escena. De nuevo, los pensamientos de Suzanna volvieron a la historia del Pésaj.

Siempre le había gustado, en particular, la parte sobre Miriam, que había guiado a las mujeres hebreas a través del Mar Rojo, lo que hicieron tocando panderetas y bailando. Mamá, pensó Suzanna, comparte muchos atributos con Miriam, una mujer que adoraba la música, valoraba la libertad, y sabía cómo encontrar agua cuando no la había. Mamá, les había mantenido vivos cuando estaban encarcelados en los campos de trabajos, y aunque ahora estaba exhausta, hizo posible que los tres hicieran este éxodo de su cautiverio. Suzanna le dio la mano a su madre y la apretó suavemente. Al mismo tiempo se prometió que iba a poner una mesa para el séder de nuevo, incluso si lo tenía que hacer en secreto.

La mesa para el séder y su familia sentada alrededor —esto simbolizaba para Suzanna todo lo que se había perdido, del derecho a estar con la gente que amabas a la habilidad de honrar, abiertamente, sin miedo a la violencia o al encarcelamiento, una tradición transmitida de generación en generación durante mucho tiempo. Suzanna había aprendido a no decir que era judía mientras viajaban por la Unión Soviética. Había aprendido a llamar a su ciudad por el nombre polaco, Cieszyn. Aun así, podía pensar en lo que quería. Nadie estaba vigilando su mente. De este modo, el recuerdo de su familia judía, reunida alrededor de una mesa a la que los desconocidos eran bienvenidos para celebrar la gran historia de su pueblo, le dio consuelo durante su tiempo en los campos de trabajos, y también ahora cuando estaban haciendo un éxodo de su propio Egipto. De la esclavitud, pensó, porque ellos también habían sido esclavizados y forzados a trabajar duro. También habían pertenecido al Estado como si fuesen su propiedad. Los habían usado, a algunos los habían eliminado, y ahora, Mamá, Peter y ella viajaban rumbo a la libertad. Era casi demasiado para poder comprender.

Cabras pastaban en las laderas rocosas de las montañas. En la ciudad llamada Türkmenabat cruzaron a Turkmenistán. Cada vez había menos edificios
y el tren empezó a cruzar el desierto de Karakum, todas las dunas de arena
estaban jalonadas con pequeños matorrales espinosos. Aquí la estepa se llama
la Estepa Blanca por los depósitos de sal que se extienden en grandes manchas
blancas en la tierra. Las pocas casas que había tenían forma de círculo o rectán-
gulo. Se podía ver carneros encerrados en toscos recintos. Los camellos levantaban la cabeza cuando pasaba el tren, sin cambiar su dócil expresión. Suzanna
tenía la impresión de que estaba viajando en un sueño en el que todo era escaso
y estaba blanqueado, y donde parecía que los animales se movían más despacio.

En una ciudad llamada Mary todos los pasajeros desembarcaron y cena-
ron sopa de fideos, grañones de trigo sarraceno y carne en lata. La orquesta
del ejército marchó por las vías tocando diferentes versiones de una rápida y
animada danza polaca. Tocaron un oberek, que, con la polonesa, la mazurca,
el kujawiak, y el karakowiak, era uno de los cinco bailes nacionales de Polonia.
Chopín había importado algunos de estos tempos en sus composiciones. Los
músicos pararon de tocar brevemente. Suzanna miró a los soldados tocar esta
música sublime, hombres que habían sido privados de comida y que habían
sido esclavizados. Sintió un fuerte sentimiento de gratitud hacia ellos e, incluso,
algo parecido al amor, gratitud también por el privilegio de haber tocado en
su tiempo el piano, gratitud por la misma música. Canciones de Polonia en
un desierto tan lejos de casa. Suzanna deseó poder cerrar los ojos y ser transportada a alguna celebración en Varsovia o Cracovia, en un salón donde la
luz refulgiera en los cristales de los candelabros. Dar vueltas con una pareja
de baile y no preocuparse tanto de si la gente pensaba o sabía que era una
chica judía de una ciudad polaca.

26 DE MARZO DE 1942, ASJABAD

EL TREN SE DETUVO EN ASJABAD LA NOCHE siguiente durante unas horas.
Josefina se despertó del sopor de la típica duermevela de los largos viajes.

Desde la ventana vio a los soldados cargar pan y sopa en el tren. Peter estaba entre ellos en algún lugar. Estaba orgullosa de su hijo —había trabajado duro y debido a su alistamiento ahora iban, por fin, rumbo a una nueva vida. De exactamente dónde se asentarían, Josefina no estaba segura. Persia sería un hogar temporal para Suzanna y ella. Necesitaría tiempo para obtener lo que necesitaban —dinero, visas, billetes, y demás— para marcharse. Y aunque estaba ansiosa sobre cómo iba a trabajar en el nuevo lugar hacia donde se dirigían, Josefina estaba determinada a ir a Inglaterra. Recordó cuando leyó el artículo sobre la salida de Sigmund Freud a Londres en 1938, sentada a la mesa de su comedor en la casa de la calle Mennicza. Lo que aún no sabía es que Freud había muerto tres semanas después de que empezase la guerra, en septiembre de 1939, justo más o menos cuando ella estaba llegando a Lvov. Josefina tenía en su mente la imagen de Londres como el lugar donde volvería a rehacer su vida, orgullosa de ser una ciudadana inglesa. Se imaginaba una casita elegante con un jardín. Rosas en verano. Un perro dándole los buenos días cada mañana, el hocico húmedo y las orejas suaves. Cortinas de encaje. Teatro y conciertos. Paseos en el parque. Chocolate caliente en invierno. Una buena papelería.

Cuando habían viajado juntos, siempre les gustaba a ella y a Julius visitar papelerías nuevas. Encontraron papel interesante en el que se escribieron cartas uno a otro durante su noviazgo y su matrimonio, y en el que también escribieron a familiares. Todas aquellas hojas preciosas, la letra fluida, las palabras recibidas y sus sentimientos. Tal pasatiempo, pensó ahora Josefina, era parte del vocabulario que forma parte de la lengua especial que inventan las personas que han sido íntimas entre ellas durante mucho tiempo. Esta lengua . . . se estaba olvidando de cómo hablarla. Josefina se preguntaba si se enteraría algún día qué le había pasado a su marido. Aunque se prometió a sí misma no cavilar sobre haber perdido a Julius, parecía que era lo único en que podía pensar. Se habían reído juntos de tantas cosas. Habían paseado por tantos caminos en los bosques, avenidas y pasillos, lugares, Josefina sospechó, donde posiblemente nunca iban a pasear otra vez. La ternura y la generosidad llenaban su relación. Como la lengua especial en la que habían hablado durante dos décadas, las imágenes conectadas a esos momentos estaban empezando a desaparecer. Una mañana, cuando Josefina no pudo recordar las palabras de un poema que su marido había escrito, apenas pudo aguantar no doblarse en dos de la pena que sintió.

El movimiento hacia el oeste de los soldados y civiles cobró impulso. *¿Cómo terminaría todo?* se preguntó Josefina. De los otros viajeros obtuvo información y algunas noticias, pero todo lo que decían era que iban rumbo a Persia. Podía sentir una cierta tensión cada vez que veía a uno de los oficiales moviéndose de aquí para allá. Algo en la postura de los hombros, la manera en que se movían con prisas en uniformes mal ajustados, el ceño lleno de determinación. Todos los hombres que estaban al mando habían estado vestidos en harapos y ropa desgastada cuando llegaron al centro de reclutamiento. Todos habían visto la muerte de cerca y habían estado enfermos de hambre, infección e infestación de insectos. Ahora estaban informando a sus subordinados y resolviendo el siempre acuciante problema de las raciones limitadas de comida. Josefina se enteró pronto de que el ejército polaco estaba evacuando a los soldados y a los civiles en el tren, y no simplemente trasladándoles a un lugar más grande y más acogedor que el abarrotado y lleno de barro Margilan. No le sorprendería saber —y más tarde lo haría— que los soviéticos estaban dudando en cumplir la promesa que le habían hecho al gobierno polaco en el exilio y al líder de su ejército en el país, General Władysław Anders.

Por lo de pronto, sin embargo, seguían moviéndose hacia adelante y lejos de donde habían estado y Josefina podía dejar que su mente divagara entre las muchas impresiones de este impulso tumultuoso hacia el oeste a través de Asia Central. En su mente redactó una carta a su hermana, Elsa. *Mi querida hermana:* —comenzó— *aquí estoy, en una tierra de coloridas telas, camellos con pestañas grandes, granadas y albaricoques, viviendas de arcilla de una sola planta. La orquesta del ejército nos toca música cuando bajamos y subimos del tren. Hace más calor aquí que donde estábamos. No te puedes imaginar qué tiempo hizo durante los últimos meses. He visto más nieve en una semana que en un mes en casa. El barro es inexplicable. Una noche sin chinches es un milagro que quizás te haga creer en Dios de otro modo . . .*

Por supuesto, nunca escribiría esa carta. Ni nunca le contaría a su hermana, cómo, después de estar constantemente con hambre y no comer, empie-
zas a perder más que la carne. El pelo. Los dientes. Recuerdos de cosas. No
le contaría la historia de Kasia sufriendo con fiebre durante la noche, ni que
Suzanna casi sucumbió a la misma enfermedad. No le diría el miedo que
tenía de rendirse, o de abandonar toda esperanza.

En lugar de eso, si fuera a escribir una carta a Elsa, describiría a la chica
uzbeka que había visto, la que llevaba su pelo negro y espeso en tantas trenzas. Estaba en medio de un grupo de gente local que venía a las varias estaciones en este viaje, a escuchar tocar a la orquesta del ejército polaco en la
estación de tren. Los hombres uzbekos llevaban sombreros bordados y fajas
de seda de colores llamativos en la cintura. Las mujeres llevaban chaquetas de
lana de amaranto encima de faldas azules o blancas, y las niñas llevaban faldas color verde claro. La mayoría de las otras mujeres eran ya madres, había
pensado Josefina, pero esta era la más joven, todavía sin casar. Se imaginó
la cara de la niña, suave y de color castaño avellana, a medida que el tren se
alejaba cada vez más de Uzbekistán, montañas a la izquierda, la interminable
estepa a la derecha. En particular, sus ojos negros y grandes, que, al no llevar
ni pendientes ni otros adornos, eran más brillantes y más perfectos que cualquier joya que Josefina hubiese visto.

27–31 DE MARZO DE 1942, DE ISKANDER A KRASNOVODSK A BANDAR-E PAHLAVI

EL RIGUROSO HORARIO CAUSABA QUE los oficiales y los soldados durmie-
ran poco. Tenían la tarea de supervisar que el viaje al Mar Caspio tuviese
lugar de una manera organizada y pacífica, y de mantener el decoro cuando
las limitadas raciones se distribuían a gente que había sido privada de comida
no hacía tanto tiempo. El barco que los llevaría de la Unión Soviética a Persia
estaba preparado para zarpar de Krasnovodsk en varios días.

En este momento el tren seguía adelante a la sombra de los altos, grises y escarpados picos, rumbo a Iskander, un pueblo a la sombra de la cordillera Kopet Dag. En la distancia Peter vio la aldea según se empezaba a ver a lo lejos, le recordaba a un pastel de barro, con la hierba enverdeciéndose en los charcos. Ahora los oficiales se apuraban a decirle a los reclutas que "se presentasen de forma eficiente" cómo el capitán les había dicho. Cuando desembarcasen tenían que ponerse en formación. Necesitaban llevar los cascos, poner sus pertenencias en el andén en silencio y de una forma ordenada, ponerse en firme. No charlar. No beber. La comida se descargaría primero. Si las señoras necesitaban ayuda para descargar sus pertenencias, los soldados se la prestarían. Necesitaban organizar grupos de vigilancia. Los soldados se prepararon. Y no se olviden, se les recordó, de saludar de forma apropiada a los oficiales soviéticos.

A las 11:30 de la mañana del veintisiete de marzo de 1942, el tren llegó a Krasnovodsk. Los soldados desembarcaron de forma rápida y eficiente, y, junto con los viajeros civiles, fueron llevados a un pabellón parecido a un almacén, donde les dieron una comida caliente de sopa y pescado y bebieron té. Peter tuvo suerte de encontrar a su madre y a su hermana en la muchedumbre. Los tres se sentaron en silencio por un momento, como si estuviesen absorbiendo el bullicio del gran edificio y el creciente optimismo en su interior. La gente sentada allí estaba compartiendo un momento particular en la Historia que era, a fin de cuentas, simplemente otro día en una serie de días que se conocerían como la Segunda Guerra Mundial. Peter se iría a luchar al frente pronto. Aunque se había imaginado la guerra de niño, escuchando atentamente los relatos de su padre cuando luchó en la Gran guerra y cuando los rusos lo hicieron prisionero, Peter no sabía qué esperar. Ni siquiera sabía cómo sentirse al respecto, aunque sentía una mezcla de miedo y entusiasmo que le volvía excesivamente alerta y un poco desconcertado al mismo tiempo.

Sabía que su madre y Suzi estaban destinadas a más incertidumbre, y aunque temía que sintiesen esta falta de certeza, también sabía que se habían acostumbrado a ella. No estaba seguro de qué decirles a su madre y a su hermana para despedirse. ¿Qué puedes decirle a la gente con quien has compartido la desesperación más íntima? *¿Viaja con cuidado? ¿Nos vemos en un* *mes?* Era exasperante haberse quedado sin palabras de repente, pero Peter solo podía pensar en los eventos que le habían arrebatado la capacidad de despedirse de una manera adecuada. Se habían escondido en sótanos, habían viajado en carretas, les habían transportado a las tierras más remotas como si fuesen mercancías, les habían hecho trabajar como esclavos en la taiga. De todas las personas que Peter conocía o con las que se había relacionado, estas dos lo conocían mejor que nadie. Habían sido testigos, desde muy cerca, de su paso de niño a hombre. Le habían observado cuando el terror enloqueció su expresión y le habían visto aprender a mirar para otro lado y aparentar falta de miedo.

Tomó las manos de su madre y le miró a los ojos.

—Estaremos todos juntos de nuevo en Inglaterra, cuando todo esto termine —murmuró.

Josefina sonrió. Su cara apenas tenía suficiente energía para formar una expresión. Tal era la fatiga que había sobrecogido a muchas mujeres, incluyendo a su madre.

—Recuerda que tu prima Hedwig vive en Londres —dijo, teniendo cuidado de no decir demasiado sobre un futuro que no podía predecir, pero dándole a Peter una forma de encontrarlas a ella y a Suzi.

Su hermana lloró en silencio cuando se abrazaron para despedirse. *¿Y si no nos volvemos a ver otra vez?* se preguntó.

—Ten cuidado, Suzi —dijo. Aunque intentó sonar despreocupado para no darle miedo, Peter tuvo de repente temor de que le hiciesen daño a su hermana, cuando él no estuviera allí para protegerla—. Ojalá pudiese quedarme con ustedes dos. —le suspiró al oído.

Al oír esto, Suzanna empezó a sollozar, su delgado cuerpo temblando en sus brazos. Era la primera vez en mucho tiempo que cualquiera de los dos se había permitido tener tales sentimientos y expresarlos. Peter miró a su madre y comprendió, de repente, la terrible carga de ser un padre forzado a ver a su hijo sufriendo.

—Tendré cuidado —dijo Suzanna finalmente, separándose de Peter y secándose la cara con la manga—. Te echaré de menos, querido hermano.

L A MAÑANA SIGUIENTE EMPEZÓ CON una ligera llovizna. Un viento fuerte soplaba desde las montañas. *No más sol por el momento*, pensó Peter, aunque también sabía que adonde iban sería mucho mejor que donde estaban. Otros soldados hablaban sobre Persia, muchos de ellos confesaban que no se la podían imaginar. Pero él, sí. De niño, al principio de la década de 1930, había seguido de muy cerca —con su igualmente interesado padre— las noticias de la excavación en Persépolis, la ciudad del siglo VI cerca de Shiraz. Un judío alemán llamado Ernst Herzfeld, que vivía en Teherán, era el arqueólogo jefe en aquella expedición hasta que los nazis le forzaron a abandonar su cargo. Peter leyó ávidamente sobre los hallazgos desenterrados en la gran ciudad de Darío —las losas cuneiformes, los acueductos, los relieves. La arqueología le fascinaba.

Cuando Peter era niño, su padre le había leído la traducción al inglés del gran poema épico persa, *Mantq Al-Tayr*, o *El Lenguaje de los Pájaros*. A Peter le había encantado esa historia. Su autor, Attar de Nishapur, empezó su vida adulta trabajando de farmacéutico. Después de escuchar durante muchos años a sus clientes hablarle sobre sus alegrías, secretos y problemas, dejó su farmacia, viajó extensamente, y conoció a diferentes místicos sufís. La historia le había parecido un acertijo, pero Peter veía ahora que era un relato profundo sobre las etapas de la iluminación espiritual. Deseó poder decirle a su padre cómo había llegado a comprender algo de la sabiduría de la historia. Si lo intentaba, casi podía oír a Julius contándosela. El sonido de la voz de su padre —un barítono suave y claro— se le estaba empezando a desvanecer, y Peter se preguntaba cómo algo tan singular como la voz de una persona podía erosionarse.

—Érase una vez —comenzaba la historia sobre los pájaros, como todos los relatos que los niños aprenden en su vida—. Una abubilla fue encargada de llevar a todos los pájaros del mundo en busca de su legendario rey, Simurg.

La abubilla, Peter sabía, porque la había visto una vez en Polonia, era un pájaro migratorio de aspecto extraño. Llevaba una corona de plumas en la cabeza, que se desdoblaba como un abanico en rituales de cortejo o para defenderse. Sus alas eran blancas, beige o marrón con amplias bandas negras o marrones. Tenía un canto específico que sonaba a su nombre.

En su búsqueda, los pájaros tenían que pasar pruebas administradas en siete valles diferentes. En el primero, les pidieron que se liberaran de todo lo que les era valioso. Al igual que los pájaros, Peter y su familia habían abandonado las cosas que habían apreciado. En el segundo valle, les pidieron a los pájaros que renunciasen a la razón y abrazasen el amor. Peter y su familia se habían encontrado con desconocidos que les acogieron, ayudaron y salvaron, y lo hicieron por amor, como parte de un comportamiento de decencia básica. Abrazar el amor también significaba tener fe, y en contra de toda la razonable evidencia de lo contrario, su madre, Suzi y él creyeron que sobrevivirían y que un día dejarían el campo de trabajos forzados de Mari El Republic.

—Como te puedes imaginar —Julius solía decir cuando contaba la historia— cuando llegaron a la siguiente prueba, había muchos menos pájaros.

El conocimiento del mundo, como aprendieron en el tercer valle, era inútil. Esta revelación confundió a algunos y se perdieron. ¿Cuántas veces había visto Peter a hombres y mujeres cultos entre los deportados —profesores y catedráticos, administrativos y abogados, sacerdotes y rabinos— que fallecieron porque nunca habían usado las manos o el sentido común?

El cuarto valle se llamaba desprendimiento, y allí los pájaros —si planeaban continuar en la búsqueda común— tenían que renunciar a toda posesión y descubrimiento. La riqueza material y los métodos empíricos no eran necesarios ante lo divino. Si los primeros cuatro valles servían como preparación para recibir a Dios, el quinto y el sexto tenían que ver con la fe en sí. Para Peter, aquí era donde el significado de la historia se volvía confuso. Cuando los pájaros, muchos menos de los que empezaron la búsqueda, llegaron al quinto valle, descubrieron que Dios estaba más allá de la eternidad.

—¿Qué quiere decir eso, Papá? —preguntó Peter a Julius la primera vez que contó la historia.

Su padre le puso la mano en el hombro.

—Quizás quiere decir que Dios no puede existir en el tiempo de la manera en que concebimos el tiempo.

Incluso después de las primeras cinco pruebas, ciertos pájaros todavía tenían el coraje de seguir, y en el sexto valle se encontraron con Dios y se sorprendieron al darse cuenta de que no sabían ni comprendían nada en absoluto.

—Ni siquiera son conscientes de sí mismos —decía Julius siempre en este punto de la historia.

Peter no podía entender esto cuando era niño. Pero en el campo de trabajos forzados, mientras se afanaba en talar un árbol tras otro, con el frío, el sudor, y la fatiga moderada por la adrenalina, hubo un momento en el que se olvidó la manera en había llegado a estar en este bosque trabajando como estaba.

Solo treinta de todos los pájaros del mundo llegaron a la morada del Simurg, pero cuando llegaron el rey no estaba allí. Esperaron. Y esperaron. Finalmente, después de mucho esperar, descubrieron que *ellos* eran el Simurg, la misma entidad que estaban buscando. Y, así, los pájaros llegaron a comprender que el séptimo valle era un lugar de olvido y abnegación.

—Estaban buscando un Dios, pero no podían ver a Dios, que estaba en su interior y justo delante de ellos, también. Todo el mundo tiene un poco de Dios dentro —dijo Julius, acabando la historia.

Siempre tenía una expresión seria, justo en ese momento. Ni triste ni preocupada pero profundamente contemplativa. En la cara de su padre también había una bondad constante, y Peter deseó poder dibujarla, para salvarla del olvido de un recuerdo extinguido.

Quería que su padre estuviese aquí con él, para ver estas antiguas tierras cuyas historias les habían fascinado a los dos. Pero Peter sabía —de una forma que no se podía explicar racionalmente— que Julius estaba muerto, residiendo, por decirlo así, en el séptimo valle de los pájaros. Echaba de menos a su padre, especialmente todas las cosas que no había escuchado con más cuidado, como las historias de la infancia de Julius, sus ideas sobre el futuro, y sus opiniones sobre el mundo. Estos remordimientos produjeron un dolor agudo en el vientre de Peter. Deseó que su padre pudiese ser —como mínimo— enterrado en casa. ¿Qué clase de mundo, se preguntó, despoja a un hombre del derecho a la dignidad de tener un entierro apropiado?

Los soldados recibieron uniformes adicionales antes de embarcar en el barco que iba a cruzar el Mar Caspio. Después fueron contados. Debido a que los polacos no podían dejar la URSS con dinero soviético, los oficiales recolectaron sus rublos, que serían usados, así les dijeron, para ayudar a los familiares que habían dejado atrás. A Peter le costó pensar en aquellas personas que no iban a marchar hoy o que serían excluidas de una evacuación futura, si es que la había. Se había enterado, hablando con algunos reclutas, que muchos polacos deportados no habían oído la noticia sobre la amnistía. La cantidad de los que habían sido deportados no se había contado todavía, por lo que no sabía cómo se iba a calcular el número exacto después de la guerra —¿era un millón o 1,5 millones o, según estimaciones más bajas, "solo" unos varios cientos de miles? Algunos de los deportados habían viajado desde las zonas más remotas de Siberia y del círculo polar ártico. Algunos que habían llegado a los centros de reclutamiento del ejército habían sido rechazados. Otros llegaron un día demasiado tarde. O una semana, o un mes. Estos tenían que ser abandonados, estos desafortunados refugiados obligados a adaptarse rápidamente a sus circunstancias, como les habían forzado a hacer desde que las puertas del tren se cerraron, encerrándoles en la oscuridad y llevándolos hacia el este. Más adelante Peter se enteró de que solo tuvieron lugar dos oleadas de evacuaciones, la primera del 24 de marzo al 2 de abril de 1942, y la segunda del 10 de agosto al 1 de septiembre de 1942. Después de la última evacuación los soviéticos cerraron la frontera. Más de 78.000 soldados y 38.000 civiles escaparon de la Unión Soviética en estas evacuaciones. Más tarde, Peter a menudo se recordaría a sí mismo lo afortunados que su madre, su hermana y él habían sido de estar incluidos en el diez por ciento que lograron escapar.

A las cuatro de la tarde sirvieron sopa y té. Los oficiales les dieron instrucciones a los soldados. En la distancia, las montañas parecían enormes cráteres en lo que a Peter le parecía un paisaje lunar. El viento se calmó. La luna, que estaba subiendo en el horizonte, era al principio pálida, como un círculo

imperfecto de metal que había sido pegado en la superficie de un cielo que se
oscurecía. La orquesta del ejército polaco empezó a tocar su música, y Peter
deseó poder preguntarle a Suzi qué estaban tocando. Ella y Mamá habían
subido al barco con las otras mujeres civiles. Ahora los soldados llenaban los
balcones del barco con sus uniformes y cascos verdes y grises. Se habían
envuelto en mantas y estaban temblando, la multitud de reclutas esperando,
apretados y casi sin espacio, con frío, pero cómodos en su humanidad.

—Como mujeres en el mercado —dijo uno de ellos. Otro rio.

Pero Peter se sintió solemne. Se preguntaba si iba a haber más entrenamiento una vez llegaran a Persia. O si, de repente, serían lanzados a la batalla.
Ninguno de ellos podía adivinar lo que Hitler tenía planeado para sus dos
mayores enemigos, los judíos y los polacos. Nadie podía imaginar los años de
agonía que estaban por delante. Las fundaciones para los trabajos forzados y
la exterminación se estaban creando de una forma sangrienta en su devastada
tierra natal y por toda Europa, pero la guerra era su tiempo presente y no
podían ver todavía lo que les aguardaba.

En el presente inmediato, sin embargo, el viaje a través del Mar Caspio
hacia Bandar-e Pahlavi fue relativamente corto y sin incidentes, aparte de la falta
de agua y la escasez de comida en el barco. Un viento frío se levantó durante
la noche. Entraron en el puerto a la 1:30 de la mañana. Con las primeras
luces, Peter —y los otros agotados refugiados que estaban despiertos— vieron las casas blancas como la nieve en la bahía. Habían llegado a Persia. La
descarga del barco se llevó a cabo de forma rápida.

Por la mañana, pusieron pie en esta tierra antigua pero nueva para ellos y
caminaron por una calle ancha y de estilo europeo a una plaza, donde las tiendas estaban abiertas. A los polacos les asombró ver la normalidad del comercio.
No había colas para comprar los artículos a la venta: fruta, pan de jengibre,
halva, pescado ahumado, dulces, galletas. Y había abundancia de todo. La
gente les sonreía. El sol les calentaba la espalda y la cara. Un hombre vendía
cigarrillos, los paquetes blancos brillando en la luz de la mañana. Las golondri-
nas aparecían y desaparecían con su vuelo. Los vendedores persas no querían
aceptar los pocos rublos que la gente había conseguido traer a escondidas, aun-

que lo hicieron de todos modos, al cambiar los billetes soviéticos por su propia moneda, el *tomán* y el *qiran*.

Tomaron un transporte para la costa, donde se sentaron en playas de arena y el mar les lavó. Soldados británicos trajeron agua potable y distribuyeron enormes tazas de bronce llenas de té con leche condensada. Multitudes de señoras persas vinieron con cestas llenas de huevos, dátiles, pescado, grandes naranjas. Había samovares hirviendo. Comieron raciones de carne en lata y de queso australiano que había sido enlatado.

Los soldados recibieron un adelanto de sueldo de treinta *tomanes*. Peter fue a la ciudad con un grupo de otros reclutas y comieron un suculento cordero perfumado con especias y asado en brochetas, llamados kebabs. Bebieron vino que sabía a dátiles. Algunos se quejaron de dolor de estómago después de comer demasiado. Más tarde, Peter oyó hablar de otros que estaban tan famélicos y comieron tanto tan rápidamente que murieron. De entre los civiles el tifus también mató a muchos, la mayoría niños, que fueron enterrados en el cementerio polaco en Bandar-e Pahlavi.

Durmieron al aire caliente de la noche, bajo un cielo despejado. Se bañaron, los desinfectaron y les dieron de comer. Los oficiales anotaron los nombres de los soldados a la luz de la luna. Se hicieron listas. Se distribuyó la comida. Se practicaron ejercicios militares.

—Tenemos una vida nueva por delante —Peter oyó comentar a alguien—, el tipo de vida que teníamos no hace tanto tiempo.

No hace tanto tiempo: a Peter le sorprendió contar treinta y un meses desde el día en que se marcharon de Teschen. Él volvería a Europa, a participar en el escenario de la guerra. Su madre y su hermana irían a Teherán. No tenía ninguna idea de cómo iba a salir todo, solamente que había sido un chico de dieciséis años, casi diecisiete cuando escaparon. Y ahora era un hombre, de casi veinte años.

—No hace tanto tiempo —le dijo en voz alta al hombre que había hablado— que *fue* hace mucho tiempo.

~

PARTE III

En la tierra de los hijos de Ester

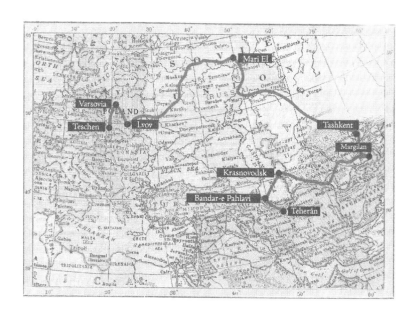

Retrato de un caballero con un cabriolet marrón, Teherán

2 DE ABRIL DE 1942 / PÉSAJ 5702, TEHERÁN

TEMPRANO POR LA MAÑANA EN EL PRIMER día de Pésaj, Soleiman Cohen conducía su cabriolet marrón por las calles todavía tranquilas de Teherán. El caballero al volante era conocido y respetado en la ciudad, y particularmente admirado en la comunidad judía. Cualquiera podría observar que Soleiman, Soli para su familia y amigos cercanos, estaba bien vestido y arreglado, y que era una persona amable y elegante. Pero los que lo conocían bien comprendían que el trabajo de su vida —lo que llevaba a un hombre a dejar un legado— era traer armonía y felicidad a la gente de su alrededor. Aquí estaba un hombre, que, a los treinta y siete años, había ganado el título honorífico de *Kan*, que significaba que sería recordado con profundo respeto. Si era meticuloso, era porque apreciaba profundamente la belleza de toda forma interior y personal. De este modo, Soleiman hizo de su casa un lugar donde familia y amigos podían venir y tomar comida deliciosa y reunirse en las cómodas habitaciones de la casa en la Avenida Pahlavi donde vivía. Era un hombre cuya generosidad se extendía más allá de sus parientes y familiares —daba buenas propinas, pagaba a sus empleados a tiempo y a veces por adelantado, y se aseguraba de que siempre hubiera comida suficiente para compartir con los empleados domésticos y sus vecinos. Soleiman creía que la palabra de uno debería ser verdadera, que era importante tratar a las personas con bondad y honor. Se tomó el tiempo para cultivar amistades con comerciantes, gerentes, y la gente que trabajaba para él. Su consejo era buscado por hombres más jóvenes y por todos los miembros de su familia.

El Ford sedán de cuatro puertas que tenía era algo digno de ver. Sus neumáticos de llantas blancas y brillante resplandor revelaban a un hombre de un gusto impecable. Todo el mundo que veía el vehículo paraba para verlo pasar. Los niños agitaban las manos a modo de saludo y llamaban al igualmente refinado y apuesto conductor. Ir en el coche con él te hacía sentir como un rey. Sin embargo, en esa fresca mañana, Soleiman estaba solo en su coche. El techo del convertible estaba subido, aunque normalmente prefería tenerlo bajado y sentir el aire y el sol en la cara. Pero la luz del amanecer todavía no estaba sobre la ciudad, y a Soleiman también le gustaba estar en un coche caliente en una mañana fría o húmeda. Los vendedores en la Avenida Naderi todavía no habían abierto, pero podía sentir los sonidos del despertar a punto de brotar según se destapaban las persianas y abrían las puertas. Justo ahora, la gente todavía estaba soñando o acababa de abrir los ojos. Este era su momento del día favorito: le gustaba estar presente en estos momentos cuando los pensamientos se organizaban y el mundo se iluminaba de nuevo, emergiendo de la oscuridad a la suave luz de la mañana.

Le encantaban las muchas celebraciones que anunciaban la primavera. Justo un mes antes, los judíos de Irán habían celebrado Purim, recitando la historia de la valentía de Ester cuando salvó a los judíos de Persia. Algunos peregrinaban a su tumba en Hamadan. La generosidad fluía: la gente hacía donaciones de caridad. Los adultos daban monedas a los niños. Las mujeres intercambiaban platos de halva como el *misloach manot*, enviando regalos de comida a amigos. Cada una tenía su propia receta familiar, y Soleiman adoraba los mezclados aromas de azafrán, cardamomo, pistachos, almendras y agua de rosas que llenaban las casas de su familia y amigos.

Solo ocho días antes, persas de todos los credos habían celebrado Nowruz, el año nuevo. En los jardines se encendían hogueras, y se jugaba a saltar sobre las llamas de las fogatas pequeñas. Los niños disfrutaban de los petardos que estallaban, siseaban y silbaban en las calles y jardines privados. Durante estas festividades, Soleiman había visitado, como era habitual, a todos sus familiares. En cada visita alabó los ornamentados platos expuestos de *haft-seen*, se inclinaba para oler los jacintos que florecían en las macetas que estaban en las mesas, y para observar los cajones de hierba que adornaban los alféizares.

También disfrutaba de la comida típica de las fiestas. Las ofrendas incluían muchas variaciones del *aash-e reshteh*, la sopa de fideos del año nuevo; la más preciada receta de *khoresh* de cada familia; pollo y berenjena asados, kebabs y una variedad deslumbrante de platos de arroz. Lo había probado todo en las mesas de sus numerosos hermanos, hermanas y sus esposos. Soleiman alagó a todos los que habían cocinado algo, preguntando cómo habían hecho el cordero o el pollo tan tierno y cómo habían sazonado la berenjena asada para que supiera tan ahumada y dulce, o elogiándoles por el excepcional *faludeh*.

AHORA ERA EL PRIMER DÍA DE PESAJ, el último de las festividades de la primavera. Soleiman se dirigía hacia la Avenida Istanbul para llevar a su madre, la viuda Gohar Khanoum, al séder familiar que iba a tener lugar en la casa de su hermano mayor. Gohar ocupaba una habitación grande en el primer piso, que estaba dividida en diferentes áreas para sentarse, comer y dormir. Un samovar de leña grande dominaba una esquina de la cocina. Las ventanas tenían vistas a un jardín en la parte de atrás de la casa.

—Solo soy yo, ahora —le dijo a su hijo una vez cuando le preguntó si quería utilizar otras partes de la casa—. Tengo todo lo que necesito y quiero, aquí mismo.

Soleiman había aprendido a respetar los deseos de su madre. Siempre tenía razón, lo que le enseñó que la sabiduría reside en decisiones que quizás parezcan humildes. Gohar era una mujer que valoraba las costumbres ancestrales de los persas judíos, pero debido a que se había casado con un hombre que había adoptado la cultura occidental, aprendió a navegar en el mundo moderno con una perspectiva diferente. De este modo, enseñó a sus hijas cómo cuidar a sus maridos, niños y casas y cómo preparar las comidas tradicionales, pero también las animó a aprender —a leer, a hablar lenguas extranjeras— a utilizar cualquier recurso a su alcance para mejorar sus vidas. Era modesta y bien hablada, pero nunca tenía miedo de reír o de expresar su opinión.

Su madre estaría esperando en la ordenada y limpia sala de estar en su casa. Allí el suelo estaba barrido —después de ser ligeramente rociado de agua— las alfombras sacudidas y golpeadas, las superficies sin polvo. Ni una miga de pan ácimo había sobrevivido el escrutinio de la limpieza de su madre antes del Pesaj, que generalmente empezaba justo después de Purim. Sus cinco hijas, todas ya casadas, la ayudaban, claro. Oyó sus voces antes de abrir la puerta, contándose historias sobre niños o comida, vecinos o primos, y estos días, sobre la guerra. Cuando una de ellas se reía, las otras lo hacían también. Cuando Gohar hablaba, sus hijas escuchaban.

Aunque todavía estaba oscuro, la lámpara estaría apagada, Gohar dormitando un poco, sentada y enderezada con los cojines que abarrotaban su silla favorita. Tendría abrochado el abrigo, su blanco y espeso pelo cubierto con un hijab de seda estampado, las manos encima de un paquete pequeño envuelto en papel marrón y atado con una cuerda. Dentro estaban los dulces de Pesaj, cuyas recetas a veces se las decía en secreto a sus nietas. ¿Quién de entre ellas las recordaría? Por un momento Soleiman percibió su soltería como una gran soledad; últimamente había tenido este sentimiento con más frecuencia. Sabía que, si tuviese una hija y su madre le contara secretos, su hija recordaría lo que le habían dicho.

Encima de la mesita antigua al lado del sofá y de la silla de Gohar había un cuenco con fruta y frutos secos. Soleiman siempre probaba uno o dos de las deliciosas ofrendas. En esta época del año encontraría higos pasos y dátiles, manzanas, naranjas y pistachos.

—Soli, no comas todo —le riñó, aunque los dos sabían que estaba bromeando, y que incluso si se comiera toda la fruta y los frutos secos, a ella no le importaría. Eso era exactamente lo que su padre, el difunto Haji Rahim Cohen, siempre hacía, se comía uvas y cerezas, almendras y albaricoques, lo que estuviera de temporada, de la fruta exhibida. Pero ni el padre ni el hijo tomaban demasiada.

Soleiman sonrió. *Tienes suerte de tener una madre como esta*, se dijo a sí mismo. Y la tenía. Las buenas palabras de sabiduría de Gohar, conocida ahora como nana Jan, eran legendarias entre el clan Cohen. Era justa y piadosa, reservada y digna. Sus nueras admiraban su elegante moderación y tomaban a pecho sus excelentes consejos. Siempre la invitaban a sus casas, pero ella era generalmente reticente a ser una imposición. Todos los nietos adoraban sus historias. Nana Jan era el corazón de la familia. Había amado a su padre, Haji Rahim Cohen, con una bondad abundante y esencial. Y él, Soleiman, la adoraba y le tenía total devoción.

Nunca lo criticó por estar, a los treinta y siete años, soltero. Gohar apreciaba la compañía de su hijo, pero nunca se aferró a él de forma innecesaria. Apenas mencionaba las numerosas preguntas que recibía sobre su disponibilidad como posible esposo. Desde que se quedó viuda hacía diez años, Gohar recibía en su casa regularmente a muchos visitantes, incluyendo las madres de chicas atractivas en edad de casarse.

—Simplemente no ha conocido todavía a la pareja que el cielo le ha destinado —Soleiman imaginaba que su madre decía, probablemente agitando la mano para descartar el pensamiento de que su hijo iba a casarse con tal chica cuando le sugerían una. Era durante estos momentos cuando muy probablemente ella pasaba el cuenco con la fruta y le pedía a la visita que probase esa hermosa naranja, o melocotón, o albaricoque.

—Tan dulce y jugosa —decía, sonriendo abiertamente, y con una mirada que sugería que quizás podrían cambiar de tema.

Soleiman asumía que su madre quería que encontrase una esposa. También sospechaba que ella sabía en su corazón que su tercer hijo se debatía entre la tradición y la modernidad, este y oeste, lo europeo y lo oriental. Encontrar a la novia apropiada no era una cuestión de casamenteras sino de algo más similar a la suerte divina.

SOLEIMAN PASÓ EN EL COCHE a dos soldados británicos. El interés nazi en las vastas reservas de petróleo iraní había puesto nerviosos a los aliados. En 1941, los soviéticos y los británicos invadieron y ocuparon Persia, deponiendo a Reza Shah, y nombrando a su hijo, Mohammed, como líder. La política era tan complicada, pensó Soleiman.

A esta hora de la madrugada los soldados seguramente iban a hacer algo relacionado con la guerra. ¿Sería verdad todo lo que había oído y leído cuando salía a los cafés y las tiendas locales sobre los judíos de Europa, reunidos y acorralados como animales, y después enviados a los campos de trabajos forzados? ¿O peor? Una noche, no hacía mucho tiempo, escuchó a un oficial del Ejército Rojo, un señor mayor que hablaba en francés a la gente que estaba a su alrededor. Soleiman, que estaba sentado en la mesa de al lado y hablaba bien el francés, escuchó con atención. A pesar de que llevaba un uniforme soviético, el hombre había conservado manierismos de la antigua Rusia aristocrática. Soleiman observó sus manierismos precisos y deliberados, cómo ponía el vaso en la mesa, o encendía el cigarrillo. Lucía un bigote blanco, bien cortado.

Era el tipo de hombre que uno se espera encontrar en un salón con un samovar de plata encima de una mesa de mármol cubierta con un mantel de terciopelo. Un salón en el que uno bebe té en vasos, con portavasos adornados de filigranas, sentado en asientos de caoba finamente tapizados. A este hombre le escuchaban cuando hablaba, y ahora estaba hablando de un tiroteo masivo del que había oído hablar. Estaba contando una historia horripilante de los nazis, que habían obligado a los judíos a cavar las zanjas en las que cayeron después de que los soldados alemanes los mataran a tiros a corta distancia.

—Miles de judíos —dijo el hombre—. Matados uno después de otro con un balazo en la nuca.

No mencionó cómo sabía esto, pero seguramente como oficial, tenía acceso a más información que la mayoría.

Hacía dos noches, Soleiman estaba sentado en el Café Naderi, esperando, como hacía con frecuencia, a que sus amigos y asociados llegaran. Oyó a dos lugartenientes británicos. Ya que había estudiado inglés y lo había practicado en su propio negocio, fue capaz de seguir la conversación. Su padre había insistido en que todos sus hijos aprendiesen lenguas diferentes.

—No importa lo que pase o donde vayan —le gustaba decir a Haji Rahim— saber cómo hablar a los extranjeros tiene muchas ventajas.

Los oficiales británicos estaban hablando sobre el grupo de soldados y refugiados polacos que habían llegado recientemente a Bandar-e Pahlavi. Miles de hombres, mujeres y niños, todos ellos anteriormente internados en los campos de trabajos forzados soviéticos.

—Estaban todos muertos de hambre —dijo uno de los soldados británicos.

—Yo oí que esos soviéticos hacen que las mujeres trabajen igual de duro que sus hijos y maridos —dijo el otro.

El primer hombre sacudió la cabeza. Su expresión era sombría.

—Y ahora somos amigotes de Joe Stalin —dijo el segundo hombre—, el tipo que les envió a los campos.

El otro hombre tomó un largo trago de su agua y después, revolvió el vaso de té delante de él con el movimiento preciso de alguien dándole cuerda a un reloj pequeño.

—Supongo que tenemos suerte —dijo.

Los dos hombres se quedaron en silencio.

Soleiman aparcó delante del apartamento de su madre y apagó el motor. El relativo silencio del amanecer estaba dando paso a los primeros sonidos del día. El gorjeo y canto de los pájaros y la luz cada vez más brillante le agradaban.

—El hombre que escucha la música del mundo despertándose y que después ve el amanecer —solía decir su padre— es un hombre que realiza grandes empresas.

Haji Rahim Cohen era uno de esos hombres, siempre despierto y vestido, con el desayuno terminado y saliendo de casa antes de que el sol se hubiese alzado totalmente, brillando sobre el concierto matinal de gente, máquinas, animales y materiales. Era una manera ideal de centrarse antes de hacer o decir algo, antes de tomar decisiones.

Sentado en su auto, con una mano enguantada al volante, Soleiman consideró cómo el mundo había cambiado y estaba cambiando todavía. Durante su vida —de menos de cuatro décadas— los judíos en Irán habían sido separados de sus compatriotas por medio de decretos y de muros del gueto. Para cuando tuvo veinte años, estaban libres de las restricciones que les habían forzado a vivir en el *mahalleh*, o barrio judío. Allí había crecido Soleiman con sus nueve hermanos y hermanas en una casa de dos habitaciones sin electricidad ni agua corriente. En el *mahalleh*, el agua era retenida, nunca de una manera fácil (había que dejarla entrar, almacenarla, mantenerla limpia, distribuirla y hervirla). Una vez cambiaron las leyes a mediados de los años veinte, su familia se mudó a una casa grande en la esquina de la Avenida North Saadi y la Calle Hadayat.

Eventualmente Soleiman y sus hermanos se establecieron en sus propias casas en las calles más de moda de la ciudad, en vecindarios que en el pasado habían estado prohibidos para los judíos de Irán. Sus nuevas casas estaban equipadas con fontanería interior y luz eléctrica, y decoradas con alfombras y antigüedades. Con jardines gloriosos. Empleaban a jardineros, cocineros, amas de llaves, conductores, y, a excepción de la casa de Soleiman, niñeras para cuidar a la siguiente generación en constante aumento.

Aunque ahora vivían bien, su familia recordaba los días de hambre. Habían visto directamente cómo el avance de la Gran Guerra había dejado el país: las tierras de cultivo estaban arruinadas debido a la invasión de los ejércitos ruso y turco, los sistemas de irrigación se destruyeron, el ganado se, las reservas de comida se habían dejado pudrir. Todo esto acabó en una hambruna inevitable, que mató a la quinta parte de la población iraní. Y antes de todo eso, habían sido perseguidos —cuando casi estaban muertos de hambre y totalmente arruinados— por gente que les acusó falsamente de causar la muerte de personas y ganado, tormentas. Habían tenido que escapar corriendo por los callejones del *mahalleh* para llegar a la puerta de su casa. Puertas hechas tan bajas que tenías que doblarte para poder entrar. Puertas hechas tan bajas para poder guarnecerse fácilmente cuando estaban siendo atacados.

Después de terminar la guerra en 1918, los británicos y los rusos se quedaron en Persia. Estaba el asunto del petróleo, descubierto en la parte suroeste del país hacía diez años, que los ingleses querían controlar. Y estaba también la cuestión de la frontera en el noreste, la puerta a lo que entonces llamaban la República Socialista Federativa Soviética y ahora era la Unión Soviética. Soleiman era un niño de trece años en aquel entonces, sin ningún título honorífico acompañando a su nombre. Aunque vivía en el *mahalleh*, iba a una de las escuelas establecidas en Teherán por la Alianza Israelita Universal, una organización con la misión de mejorar las vidas de los judíos en países como Irán, donde estos continuaban viviendo de una forma separada y desigual.

Soleiman sobresalió en francés, el idioma de instrucción en las escuelas de la Alianza. El francés era también el idioma de los negocios de su padre, y Francia era el país donde Haji Rahim y su socio y cuñado, Dai Yousef, compraban las telas que vendían en Teherán. Después de que terminara la Gran Guerra en 1918, Haji Rahim se dio cuenta de la aguda perspicacia y las habilidades para los negocios de su hijo. Incluso de pequeño, Soli era observador, obediente y curioso. Hacía preguntas apropiadas y entendía las respuestas. Su inteligencia era rápida como el agua. Con la paz finalmente declarada, Haji Rahim sintió que se acercaba un cambio. La modernización era el primer paso para liberarse tanto de la pobreza como del antisemitismo que persistía, a pesar de los miles de años que los judíos habían vivido en Persia. Sabía que era imperativo que su familia llevara su negocio al nuevo siglo. Necesitarían entender las prácticas occidentales para tener éxito. Soleiman era joven, entusiasta, leal y, sobre todo, extremadamente inteligente. Por tanto, fue el hijo que escogió para que se educara en el extranjero, y Haji Rahim envió a Soli a la Ecole Pigier en París, donde consiguió un certificado en estudios empresariales e inglés comercial.

Tan pronto como Soleiman probó la modernidad europea, estaba determinado no solo a traerla a casa, sino a modelar su vida de acuerdo con ella. Cuando volvió de París, trajo con él imágenes e historias de una metrópolis europea moderna: este era un lugar poblado por gente más interesada en el conocimiento y la cultura que en supersticiones y tradiciones anticuadas. Los hombres llevaban ropa occidental, les habían afeitado barberos, jugaban a las cartas. Las mujeres iban sin velo y llevaban el pelo y vestidos cortos. La gente acogía, al mismo tiempo, la modernidad y la elegancia de los siglos pasados. Bailaban, bebían vino y licores en copas de cristal tallado, cenaban comida sutilmente preparada, fumaban cigarrillos. Debatían sobre política y asuntos internacionales en los espacios abiertos de los cafés y los salones. Cuando salían se vestían de forma extraordinaria. El atuendo de los hombres estaba hecho de las mejores telas, y los vestidos de las mujeres eran de terciopelo o satén. Llevaban largos collares de perlas y pendientes. Si fumaban, las boquillas de los cigarrillos eran accesorios de moda intricadamente diseñados. Las inteligentes conversaciones que tenían eran vivaces pero educadas.

Soleiman también trajo a casa una máquina de escribir, que sería el primer paso hacia una mecanización eficiente del negocio familiar. Las cartas a los proveedores europeos se podían escribir en ella, al igual que preparar inventarios y facturas en otros idiomas. Esos pequeños detalles fueron un modo de hacer para que su negocio sobresaliera. La máquina de escribir, del mismo modo que el Ford sedán convertible, causaba la curiosidad y el respeto de amigos y familiares. Su padre, por supuesto, estaba encantado con la ingenuidad de su hijo. El subsiguiente aprendizaje de Soleiman continuó al lado de Haji Rahim.

El patriarca Cohen había sido testigo de grandes cambios durante su vida. Haji Rahim había empezado su negocio comerciando con otros judíos en el *mahalleh*, cultivando la reputación y los recursos necesarios para conseguir un *hojreh*, o un espacio de oficina, en el histórico Gran Bazar de Teherán. Él y su socio, Dai Yousef, viajaron regularmente a París durante muchos años, en caravana o en tren. A principios de siglo, uno de estos viajes de ida y vuelta a menudo duraban hasta nueve meses. Obtuvieron documentación falsa que les permitía dejar el *mahalleh* y viajar al extranjero. En el viaje, Haji Rahim y Dai Yousef empacaban maletas con alfombras persas, antigüedades, y artesanía. Una vez que vendían estos objetos, compraban tejidos de calidad para vender en Teherán.

En este momento fue cuando Haji Rahim cambió su apellido de Kohan a la versión más asquenazí, Cohen, que utilizaba cuando hacía negocios en Europa. Haji Rahim ahorró su dinero. Insistía en alta calidad, y en poco tiempo, las telas que trajo de Francia —usadas en su mayor parte para hacer chadores de mujeres— se hicieron famosas.

Cuando los judíos fueron liberados de las restricciones del gueto, Haji Rahim fue uno de los primeros en aprovecharse de las oportunidades previamente no disponibles. Compró un local y construyó una tienda grande y moderna en medio de un barrio comercial que se estaba desarrollando. La llamó *Magasin Kohan*, usando la forma de escribir su apellido que era más familiar para los persas y ubicándola en la Calle Lalezar, cuyo estrecho diseño hacía que la gente que iba a comprar allí cruzara de un lado al otro, ofreciendo clientela a los negocios de ambos lados. Aquí, sus hijos y él abastecían de bienes a las familias de la clase alta que vivían en la parte norte de la ciudad bajo las nevadas cumbres de los montes Alborz. Vendían los tejidos de seda franceses de la más alta calidad, al centímetro. Cuando las hijas de una familia necesitaban ropa, todas las chicas venían juntas. Madres y tías, también, cubiertas todas de pies a cabeza en chadores. La *Magasin Kohan* desbordaba de rollos de tela. Cuando llegaban nuevos suministros, las mujeres acudían en masa a la tienda, deseosas de ser las primeras en ver y comprar las nuevas mercancías. Incluso después de 1937, cuando Reza Shah estableció las leyes que permitían que las mujeres no llevasen velo, las matronas y las hijas de Teherán todavía querían, para sus nuevos vestidos más a la moda, las telas lujosas que solo se podían encontrar en la *Magasin Kohan*.

En muchas ocasiones, citaron a Haji Rahim en el palacio de Reza Shah, donde presentó solamente las mejores sedas a las señoras de la corte. Con el tiempo, a Haji Rahim, proveedor de tela para la familia real, le fue otorgado el honor de convertirse en uno de los pocos representantes de la comunidad judía que participaban en el Día de Salaam con el motivo del cumpleaños del Shah, que se celebraba en el palacio. De este modo, fue protegido, le dieron oportunidades y le permitieron prosperar. Pero, al igual que el primo de Ester, Mordecai, que aparece en la Biblia y que también sirvió a un rey persa, Haji Rahim prestó mucha atención y cuidado a todo.

La familia se volvió muy exitosa en esta nueva época de reforma y emancipación judía. Los hijos Cohen mayores se casaron y dejaron la casa familiar.

Compraron parcelas vacías, derrumbaron todo tipo de estructura que había en ellas, y construyeron casas nuevas. Haji Rahim dio su aprobación cuando su tercer hijo, Soleiman, le dijo que iba a construir su propia casa y vivir en ella como hombre soltero. Tal acción era inaudita, y aunque Gohar en privado deseaba que su hijo fuese bendecido con una mujer y niños, Haji Rahim la convenció de que este tipo de visión progresista resultaría en gran prosperidad.

—Va a tener una mujer e hijos —le aseguró— pero Soli debe encontrar su propio camino él solo, antes.

Y ENTONCES OCURRIÓ LA TRAGEDIA. En 1932 Haji Rahim Cohen se enfermó. Gohar se despertó en medio de la noche y encontró a su marido ardiendo de fiebre.

—Tengo frío —le dijo.

Su mujer lo tapó con mantas, pero al instante se destapaba, sudando y con dolor en todo el cuerpo. Después lo tapaba de nuevo, le daba pequeños tragos de agua, le ponía cataplasmas y le cuidaba sin descanso. Cuando le apareció el sarpullido en el torso, ella supo que era tifus. Día tras día, el sarpullido avanzaba, dejando solo sin marcas la cara de Haji Rahim, las plantas de los pies y las palmas de las manos. No había nada que Gohar pudiese hacer. Según la enfermedad avanzaba, se volvió más sensible a la luz y empezó a delirar. Una noche, miró a su mujer una última vez, sonrió y cerró los ojos. Cuando Soleiman llegó a la casa a la mañana siguiente, encontró a su madre acunando la cabeza de su padre en los brazos. Haji Rahim parecía estar en paz, pero Soleiman podía sentir el penoso peso de su muerte.

Mucha gente vino de lugares cercanos y de tierras más lejanas a presentar su respeto al líder de la comunidad judía y a la familia Cohen. Era verdad lo que decían, pensó Soleiman: cuando una persona muere, arde una biblioteca. Con el fallecimiento de Haji Rahim, volúmenes y volúmenes de conocimiento se volvieron polvo: una historia de ser un hombre judío en un país musulmán. Una historia de un hombre con visión. Una historia con largas historias, asuntos que no tienen sentido, como el odio, y asuntos que indican perseverancia, como el amor. Como uno de los cinco hijos de Haji Rahim, Soleiman tenía la responsabilidad de vivir nuevas historias, de crear nuevas páginas, capítulos y libros; de reunir y preservar nuevas colecciones.

Por lo tanto, vivió según un código ético que había aprendido de su padre, de sus hermanos mayores y de algunos ancianos en la comunidad. En su mayor parte, era una manera de ser que había heredado, estar presente sin importar dónde estaba. Al prestar atención, hacía lo que veía que necesitaba hacerse. Si veía sufrimiento, proporcionaba consuelo con discreción y generosidad. Si se encontraba con necesidad, compartía lo que tenía. Si veía que algo estaba roto, se aseguraba de que fuese arreglado. Y cuando encontraba belleza, la protegía y fomentaba.

Hablaba varias lenguas occidentales, se mantenía al día con la cultura moderna, y practicaba una manera refinada de vivir. De su familia había aprendido a valorar la honestidad de las buenas relaciones y la lealtad que estas inspiraban. El haber vivido en París, le permitió a Soleiman forjar alianzas profundas y duraderas con otros judíos persas que habían ido a Francia o que habían sido enviados allí por sus familias para explorar oportunidades económicas. El haber vivido tan lejos de su familia le enseñó a recordar siempre todo lo bueno de ser quien era y de ser de donde era. De sus estancias en Francia había aprendido también el arte de socializar y de tener invitados en casa: desarrolló un encanto personal y con esto, un gusto por jugar a las cartas, por la música, el baile, la buena comida, y los licores. Debido a que era tanto persa como judío, la moderación atemperó el comportamiento de Soleiman. De este modo, le gustaba jugar a las cartas, pero solo con apuestas pequeñas; el objetivo no era ganar o perder sino reunirse con sus amigos para celebrar la buena vida. La combinación de su *joie de vivre* y su sentido del decoro lo distinguían.

Soleiman comprendía la importancia de ser distinguido. Era algo que no podías exagerar por si acaso te volvías deshonesto o abrasivo. Sin serlo, serías ignorado, pero si exagerabas la gente te evitaría. Pero ser distinguido justo en la medida correcta —era la señal de un hombre digno. Sin embargo, ya que había viajado, vivido, y estudiado en el extranjero, Soleiman sabía que el concepto de ser distinguido era diferente en los dos mundos que habitaba. Había comprendido que, para los judíos asquenazí, ser distinguido estaba vinculado a la asimilación, mientras que para los judíos mizrajíes, era una cuestión de preservar la tradición, pero de hacerlo en un entorno de tolerancia. Y aún más, ser distinguido en la cultura iraní tenía que ver más con la personalidad honorable de un hombre, en particular, sus buenas acciones; en Europa, los logros de uno eran, con frecuencia, definidos por la riqueza material.

Para negociar estas dos esferas, Soleiman se educó como un hombre de negocios con una reputación de ser justo, honesto y cordial. Expandió un inmueble en la esquina de la Avenida Pahlavi, que llamó su "pequeño París". Supervisó la construcción de un complejo que diseñó él mismo, influido por la arquitectura que había visto en las ciudades francesas. Un complejo comercial, con tiendas en la parte de delante y apartamentos en la parte superior, fue construido en la parte de la parcela que daba a la avenida. Encima de las tiendas había dos plantas con apartamentos grandes, equipados todos con agua corriente, fontanería, cocinas de madera o carbón y enormes chimeneas. Detrás de estos apartamentos había un jardín.

En la parte de atrás del inmueble en la Avenida Pahlavi estaba la casa de Soleiman; un estanque estaba en el centro de un jardín frondoso. Enormes ventanas y puertas caracterizaban la casa; las escaleras tenían peldaños anchos y de poca altura. El coche estaba guardado en el cuarto del guardián donde vivía el jardinero, Rahman. En inglés, el color marrón rojizo se llamaba *maroon*, de la palabra francesa *marron*, o castaño. A Soleiman le encantaba ese color e, igualmente, las palabras en cualquier idioma, que lo describían. *Marrón* le recordaba el clarete, y, al igual que el vino, sugería el romance sofisticado de las tierras donde se cultivan las uvas. Mantenía el cabriolet pulido y reparado y nunca lo sacaba si no estaba inmaculado en el interior y brillante en el exterior. La gente recordaría el coche, esperó, como un modelo de una nueva era y el símbolo de un hombre que se había destacado en todos los sentidos.

Solo otro residente permanente ocupaba la casa en la Avenida Pahlavi

—Bijou, una perra blanca y marrón de tamaño mediano, que saludaba a Soleiman cuando se despertaba cada mañana y cada tarde cuando volvía del trabajo. Acompañaba a su amo la mayor parte de las veces que salía por Teherán y especialmente adoraba visitar a su madre. Gohar siempre reservaba un platito para el perro con algunas sobras de la comida.

—Nunca me abandona, pero no me sigue cuando salgo —Soleiman le dijo a su madre una vez—. Cuando vuelvo a casa, está contenta de verme. Vamos juntos de paseo, y me deja espacio para pensar. Si deseo compañía, me la da. Así que ¿por qué necesito una esposa, Nana Jan? —preguntó, riendo—. Ya tengo a Bijou.

Soleiman pensó en la perra cuando se sentó en el coche. Bijou estaba hoy en casa, probablemente estirada en el suelo justo a la entrada de la cocina, la cabeza en las patas, moviendo las cejas mientras miraba a la cocinera preparar el desayuno para los demás sirvientes de la casa en la Avenida Pahlavi. Era una perra paciente, que se comportaba muy bien, y comprendía el arte de pedir sin aparentar hacerlo. Eventualmente le darían un trocito de algo sabroso.

El día amaneció sobre la ciudad. El aire le olía a Soleiman como abril debería oler —a verdor, pero con nieve en las cumbres de los montes Alborz. Más allá de esos picos dramáticos estaba el Mar Caspio, y más lejos de esas aguas un mundo entero, un mundo ahora peligroso por la guerra. La primera vez que había cruzado esas montañas —antes de la Gran Guerra— Soleiman tenía siete u ocho años. Fue a París con su padre y su tío. El mundo todavía no estaba en guerra.

Soleiman se bajó del coche. Tan pronto entrase en el apartamento de su madre, le sonreiría. La cálida cara, familiar y acogedora de Gohar la echarían de menos un día. Especialmente él. Sin embargo, se dijo a sí mismo, *todavía está aquí, y todavía no ha venido el día en el que echaremos de menos su sonrisa, y, de todos modos, hoy es un día en el que hay que disfrutar de la vida.*

—Nana Jan —dijo abriendo la puerta de la casa de su madre— estoy aquí.

Ve y dilo en la montaña

2 DE ABRIL DE 1942 / PÉSAJ 5702, TEHERÁN

SOLEIMAN AYUDÓ A SU MADRE A SUBIR al cabriolet marrón que estaba aparcado delante de su apartamento. En ese mismo instante, una chica polaca estiraba las piernas dentro de una tienda en un campo de refugiados. Estas dos pequeñas acciones ocurrieron el primer día de Pésaj, en diferentes partes de Teherán. En una esquina de la tienda del refugio, la chica estaba organizando varios objetos diferentes en un círculo pequeño. Iba a cumplir dieciséis años en una semana, pero ya era tan sabia como una abuela.

En sus breves paseos por la costa de Bandar-e Pahlavi, donde los refugiados habían desembarcado antes de ser enviados a Teherán y a otras ciudades persas, Suzanna Kohn había recolectado una pluma, una concha, un poco de hierba, un hueso de dátil, algas y una hoja de un árbol. Ayer, a lo largo del día, estos objetos estuvieron cliqueando en su bolsillo mientras estaba sentada en el autobús que avanzaba despacio dando tumbos por la peligrosa carretera rumbo a Teherán. Para ella simbolizaban los objetos que se ponían en el plato de séder: un hueso de muslo, un huevo, una hierba amarga, *charoset*, verduras y lechuga. Si alguien mirase dentro de la tienda, no reconocería lo que estaba intentando hacer con ello: Simplemente una serie de objetos diferentes recogidos en la playa por una chica que había sobrevivido a un campo de trabajos forzados soviético y ahora era una refugiada liberada. Pero para Suzanna, que sentía el agudo dolor del exilio, estos pequeños objetos que había organizado en círculo eran parte de la promesa que había hecho, de poner una mesa de séder, estuviera donde estuviera, en su primer Pésaj como persona libre.

SUZANNA HABÍA OBSERVADO A SU MADRE dormir durante la mayor parte del viaje a través de los Montes Alborz. No la despertó porque era mejor que Mamá no viera las empinadas y serpenteantes carreteras desde la ventanilla del autobús. En algunos momentos, Suzanna deseó que la hubiesen llevado en uno de los muchos camiones cubiertos que transportaban refugiados civiles desde el Mar Caspio hasta la capital de Irán. Esos pasajeros no podían ver lo peligrosa que era la ruta en la que viajaban. La caravana de autobuses y camiones avanzaba despacio, en hilera, por las carreteras estrechas a través de las montañas. Pedazos de hielo y nieve hacían el viaje más imprevisible y peligroso.

Deseaba que Peter todavía estuviese con ellas. Suzanna se había acostumbrado a su presencia, a la seguridad y protección de una persona buena y fuerte, de buen carácter, con sentido común y rápido ingenio. Si estuviese aquí, probablemente le diría el nombre del pájaro que Suzanna podía ver desde la ventanilla volando en el cielo. O, quizás recitaría una parte de la historia de Persia. O le contaría la leyenda de Simorgh que salvó a un niño que había sido abandonado aquí en la cima para morir. Si su familia hubiese viajado a este país antes de la guerra y bajo circunstancias diferentes, estas montañas les habrían encantado. Le parecían sobrecogedoras, incluso si sentía un poco de miedo de viajar en un vehículo en estas cuestas resbaladizas y estrechas. Dios habita en lugares dramáticos y empinados como este. Pero, aunque estuviesen en un lugar cerca de lo divino, Suzanna se mantuvo alerta mientras viajaban, que es lo que su hermano hubiera hecho. Lo que Mamá hubiera hecho si no estuviese durmiendo.

Cuando el monte Damavand apareció a la vista, los refugiados fueron invitados a bajar de los vehículos, a estirar las piernas y a ver la legendaria montaña. Suzanna miró el paisaje y sintió la atracción magnética del icónico pico sagrado cubierto de nieve que se elevaba del centro de los montes Albortz, fondo dramático de la ciudad de Teherán. Quería hablarles a estas montañas, contarles sus dolores y triunfos del mismo modo que una vez les había hablado a las Montañas Beskides en Polonia cuando era niña. Solo que ahora, los secretos que quería compartir con esta cordillera de enormes picos nevados eran mucho más pesados. Con el tiempo, llegaría a considerar este instante en particular como el momento que marcó una separación —de los horrores del pasado reciente— y que le brindó la fortaleza que necesitaba para empezar una nueva vida en una tierra extranjera.

Llegaron al campo principal de refugiados en Teherán, al caos ordenado de los lugares donde se responde a la miseria con ofrecimientos de ayuda. Grupos auxiliares del Ejército Polaco, militares británicos y una variedad de organizaciones de socorro judías e internacionales facilitaban la tramitación de los refugiados que llegaban. Mientras esperaba en una y otra cola, Suzanna observó a los otros refugiados mientras buscaban a sus seres queridos. Demasiadas caras decepcionadas cuando un niño o esposo o padre o prometido o cualquier otro familiar o amigo no estaba entre los civiles recién llegados. Se podía ver tanta tristeza. Y ¿para qué? ¿Por qué no podía acabar de una vez esta guerra y todo el sufrimiento que estaba causando? Suzanna sabía que no llegarían las respuestas, pero no sería humana si no hiciese tales preguntas.

Una vez les asignaron una tienda, se asentaron y durmieron. Pero antes de cerrar los ojos, Suzanna hizo un "plato" secreto y simbólico de séder y lo cubrió con la esquina de su manta. Mañana sería el primer día de Pésaj.

Por la mañana, Josefina y Suzanna fueron a la cantina. Delante de ellas en la cola estaban un padre y su hijo. El hombre, supuso Josefina, tenía más o menos la edad de Julius; el niño tendría unos diez u once años. Cuando se dieron la vuelta y vieron a las dos mujeres detrás de ellos, el hombre galantemente les ofreció cambiar de lugar.

—Qué amable de su parte —dijo Josefina.

Se había cansado considerablemente. Ahora era como si todo lo horroroso le estuviese alcanzando, pesándole en los ojos, en la cara y en el corazón con una fatiga profunda. Necesitaba descansar y durante mucho tiempo. La bondad de este pequeño acto de generosidad por parte de un desconocido le hizo prestar atención.

—Madame —dijo el hombre extendiendo la mano—. Dr. Naftali Lekarz a su servicio. Pero, por favor, llámeme, Nick —sonrió. El niño se agarraba a la manga de la chaqueta del hombre—. Este es mi hijo, Alec —dijo. Como todos los niños y niñas que estaban entre los refugiados, este niño había pasado muchísima hambre no hacía mucho tiempo.

A Josefina le agradó cuando Suzanna se adelantó para saludar.

—Es muy generoso de su parte dejarnos su sitio en la cola —dijo. Se arrodilló para hablar con el niño a su altura—. Gracias a ti también. Alec, "mmm"... —dijo—. ¿Crees que aquí tienen dulces?

El niño miró al suelo y sacudió la cabeza diciendo que no con una desilusión cansina, como para decir que últimamente no habían estado en ningún lugar donde hubiese dulces, y que definitivamente nadie le dio ningún caramelo en los lugares en los que había estado.

Josefina miró cómo su hija sacaba un trozo de delicia turca del bolsillo de su abrigo. Hacía un rato una generosa mujer persa les había dado una cajita llena de estos dulces, pero antes de que Josefina o Suzanna le pudiesen dar las gracias, el guardia del campamento había echado a la mujer iraní.

—Tengo algo aquí que creo que te va a gustar —dijo Suzanna, dándole la golosina a Alec.

Los ojos se le abrieron de par en par cuando desenvolvió el papel de cera en el que estaba envuelto la delicia turca. Era blanca por fuera, espolvoreada con azúcar en polvo y harina fina, y blanda, y de sabor a limón por dentro.

—Gracias —dijo el niño en una voz muy baja. Estaba claro que el niño no estaba acostumbrado a tales gestos. Los desconocidos no compartían comida en el campo de trabajos forzados en el que su padre y él habían estado.

—¿De dónde son? —preguntó Josefina al hombre.

—Originalmente de Varsovia —dijo Nick.

Aunque tenía los ojos tristes, estos todavía poseían un brillo interior. Josefina había empezado a darse cuenta de las expresiones de los polacos que habían salido de la Unión Soviética. Había visto a tantas personas con ojos apagados o sin vida, y con enturbiadas miradas fijas en la distancia.

—Nos mandaron a Asino —dijo Nick—. Más allá de los Urales y de Novosibirsk . . . en Siberia.

Asino era legendario, pero no de manera positiva. Un viaje terrible de cuatro semanas en uno de esos vagones, peor que el de ellas (si se podía imaginar), a un lugar más frío donde la gente era consumida más vorazmente por el tiempo, la enfermedad y la falta de humanidad de los que los habían aprisionado, y donde morían más rápidamente. Después de un corto silencio, Josefina habló.

—¿Puede imaginarse lo que la gente va a pensar? —preguntó—. ¿Nos van a creer cuando les hablemos de los lugares donde hemos estado, las cosas que hemos visto, la manera en que la gente se comportaba?

—Probablemente no podrán imaginarse nada de lo que pasó —dijo Nick—. Pero, véalo de este modo ahora: está libre. A no ser que esté muriendo, o muy enfermo y en cuarentena, van rumbo a un lugar mejor. Eventualmente —sonrió.

Josefina esperaba que tuviese razón. De esta corta conversación llegó también a la conclusión de que si alguna vez hablaba de donde habían estado sus niños y ella, o de lo que les había pasado o qué habían visto, lo haría solo con alguien que hubiese tenido la misma experiencia. Con otras personas hablaría de forma breve y concisa, acortando la experiencia para hacer desaparecer las partes más atroces.

El Dr. Lekarz era ginecólogo, de lo que se enteraron mientras desayunaban té y gachas de avena. Aquí, en Teherán, era el oficial médico a cargo del hospital del campo de refugiados polaco. Se había quedado viudo varios años antes de que estallara la guerra. Alec tenía ocho años cuando las primeras bombas alemanas cayeron en Varsovia. Como los Kohn, Nick y su hijo habían huido de los nazis solo para encontrarse en las manos de los despiadados soviéticos. Fueron deportados en febrero de 1940 y, por milagro, como Josefina y sus niños, habían sobrevivido. Y, al igual que Josefina, Nick tenía la intención de ir a Inglaterra.

Mientras hablaban, Nick, de pasada, comentó que no comía carne de cerdo. Josefina le dijo que ella tampoco y continuaron hablando mientras comían sobre su judaísmo, sin admitir el uno al otro que eran judíos.

—Las últimas manzanas y miel que comí en septiembre en Varsovia... —dijo Nick.

—Mi madre hacía frituras deliciosas de patata y cebolla en diciembre... —dijo Josefina.

Aunque hablaban como si estuviesen intercambiando recetas, esta extraña conversación atrajo a Josefina. Esta situación absurda era tan frívola y totalmente tan deliciosa que le hizo sonreír brevemente. Al final, los dos revelaron que eran judíos.

—Curioso ¿verdad? Cómo los judíos siempre nos encontramos unos a otros —dijo Nick.

Les dijo a Josefina y a Suzanna que había tenido noticias sobre Varsovia y el gueto judío allí. Algunos de su familia todavía vivían en la ciudad.

—Si se puede llamar vida —dijo—. Decenas de miles de personas en el gueto de Varsovia están muriendo de hambre.

Más de 400.000 judíos habían sido forzados a vivir en un área de 2 kilómetros cuadrados, donde siete, y a veces más personas, compartían una habitación. Para mantener a la población judía contenida se habían erigido murallas de 3 metros.

—La situación solo puede empeorar —dijo Nick.

Por supuesto, no sabían cuánto iba a empeorar. Sin embargo, justo en ese momento, Josefina estaba muy agradecida de la tienda en la que estaba y de la mesa donde se sentaba, de la comida adecuada y caliente que tenía delante, del bullicio de Teherán más allá del campo de refugiados. Pensó en la hermana de Julius, Greta, y su marido, Ernst, y esperó que estuviesen entre los cientos de miles de judíos que vivían detrás de los altos muros del gueto de Varsovia.

Josefina sintió una afinidad con este desconocido y notó que él sentía lo mismo con ella. Cuando reveló que ella también era una judía de Polonia, lo dijo susurrando muy bajo. Qué alivio no tener que seguir guardando ese secreto. Sintió que admitir su judaísmo era como si exhalara un aliento que había contenido durante demasiado tiempo. Suzanna también parecía aliviada.

—El té es fuerte y está calentito —dijo Nick—. Fue preparado en el samovar que está allí.

Nick señaló una esquina donde estaba un enorme samovar de plata en toda su gloria. Había sido, sospechó Josefina, parte de un ajuar.

—Son los pequeños lujos. Una hora para beber té y comer un tentempié. Una conversación... simples minucias. Y aun así nos mantienen conectados con nuestras vidas, y con el tiempo —dijo Josefina—. *A través de todo el ir y venir*, pensó.

Nick la miró y sonrió.

—Algunos judíos teheranís han ayudado a abrir un campo de refugiados para los judíos —le dijo a Josefina—. Voy a llevar a Alec allí. Creo que la comida quizás sea mejor que las raciones que dan aquí. Probablemente haya también un ambiente más de familia.

La hospitalidad persa era famosa, dijo Nick, aunque Josefina ya había experimentado y apreciado la generosidad de los desconocidos en Irán. Las organizaciones de socorro judías, explicó, estaban dedicando recursos a ayudar a sus hermanos judíos en Teherán.

—Quizás ustedes dos puedan ir allí —dijo.

Josefina asintió mientras él hablaba, agradecida por la información y su sugerencia. Pero estaba pensando en lo extraño que eran a veces las cosas. Su hijo, Peter, iba, justo ahora, rumbo a Palestina con sus compatriotas, enmascarado como católico en su documentación, mientras que Suzanna y ella estaban en Teherán entre iranís, a punto de renunciar al mismo disfraz para beneficiarse de la caridad destinada a los judíos.

—Por supuesto —dijo por fin Josefina—. Por supuesto que iremos allí también.

Después de todo, la esperanza era menos agotadora que la desesperación.

Una pequeña reparación del mundo

13 DE ABRIL DE 1942, TEHERÁN

ONCE DÍAS DESPUÉS DE PÉSAJ, Soleiman estaba tomando su café matutino en Patisserie Park cuando vio acercarse a su amigo Haji Aziz Elghanian. Vestido en traje de solapas cruzadas y corbata, Haji Aziz iba a pie a todas partes y cuando visitaba a amigos y familia, siempre llevaba flores. Hoy tenía en la mano unas flores de jazmín, cuya delicadeza contrastaba con su seria expresión.

—*Kwush-āmadi*, amigo —dijo Soleiman, levantándose para saludar y darle la bienvenida a Haji Aziz. Charlaron de trivialidades, y cuando Haji Aziz dijo que tenía algo importante que discutir, los dos hombres regresaron a la casa de Soleiman. La cocinera puso las fragantes flores a flotar en un cuenco de agua en la mesa del desayuno. Bebieron té y comieron pan de harina blanca, ligera y esponjosa, llamado *nan barberi* con queso feta y mermelada de guinda. Haji Aziz habló de las preocupaciones que tenía sobre los refugiados polacos.

—He oído que van a venir más —dijo—. Primero, a Bandar-e Pahlavi y después a Teherán.

Los problemas de organización eran enormes, explicó Haji Aziz. Si la gente no actuaba para ayudar, estallaría una crisis.

Haji Aziz, que era bien respetado en la comunidad judía persa, había empezado a movilizar a los judíos adinerados de Teherán para ayudar con la provisión de alimentos y alojamiento para los refugiados judíos.

—Los soldados seguirán adelante —le dijo a su amigo—. Pero los ancianos y enfermos, las mujeres y los niños ... se quedarán por ahora.

Estaban malnutridos, Haji Aziz le dijo a Soleiman. Algunos se estaban muriendo. Una gran parte de ellos eran huérfanos. Otros tenían o habían tenido tifus y varicela. Los refugiados necesitaban de todo: comida, ropa, cuidado médico, jabón, mantas, dinero.

—Y, sobre todo, Soli —dijo, mientras le echaba una mirada a la casa grande y cómoda de su amigo—hay muchas mujeres y niños que necesitan casas. No es bueno, especialmente para las señoras y niñas judías vivir en tiendas ... como soldados.

No solo entendió Soleiman inmediatamente lo que su amigo estaba sugiriendo, sabía —como una persona verdaderamente caritativa sabe— que iba a ofrecer ayuda antes de que se lo pidieran. Como soltero adinerado, Soleiman tenía recursos modernos, espacio y comida en abundancia.

—Por supuesto que ayudaré ... puedo incluso acoger a una familia.

Terminaron el desayuno. La mermelada de guindas le dejó un sabor de frescura de principios de verano en la boca. Rahman, el jardinero, había comprado el *nan barberi* en la panadería justo antes de que abrieran; siempre escogía el más caliente y mejor cocido. Tenían suerte de tener tanto en una época en la que otros eran desplazados y tenían hambre.

Sin duda pensó, la familia que iba a acoger en su casa echaría de menos la comida de su propio país. Soleiman sabía que las cerezas —que él también adoraba— eran parte de la cocina polaca. Quizás los refugiados se quedarían durante la temporada de cerezas que iba a llegar pronto. Mientras tanto, pondría delante de sus invitados un tarro de mermelada casera de guindas en el primer desayuno que tomaran en su casa, como una forma de reconfortarles con un poco del sabor de su tierra. La mesa estaría decorada con flores frescas del jardín. Le diría al ama de llaves que arreglara los cuartos de los invitados y que se asegurara de que las toallas fuesen dobladas justo después de recogerlas del tendedero, cuando están más perfumadas por el sol.

Soleiman se encargaría personalmente de poner una pastilla de jabón, el de lavanda especial de Francia, en el baño.

—Ya estoy haciendo una lista en la mente de lo que se necesita hacer —dijo.

Haji Aziz le dio a su amigo una palmada en el hombro y sonrió.

—El *nan barberi* está fresquísimo —dijo. Se limpió los labios y la barbilla con la servilleta de tela, la dobló y la puso al lado de su plato—. *Mersi. Khaylī mamnūn . . . tashakkur. Moteshakeram . . . bisiyār moteshakeram,* Soleiman —dijo, utilizando todas las formas en farsi de decir gracias para expresar su más inmensa gratitud.

El sol brillaba radiantemente. Los dos hombres se levantaron, salieron de la casa y subieron al cabriolet marrón de Soleiman. Aunque era un estupendo día de primavera, dejó la capota del coche subida para este viaje, ya que sospechaba que los pasajeros que iban a volver con él probablemente quisiesen tener privacidad.

Soleiman llevó el coche a la propiedad que pertenecía a Haji Aziz y a su cuñado Haji Mirzagha. Durante el trayecto, Haji Aziz explicó algunos de los asuntos prácticos. Varios trabajadores habían montado tiendas en las tierras de la propiedad. Tanto los ancianos como los jóvenes vivían en refugios provisionales. La ropa que había sido donada por agencias de socorro de América y de Europa se había distribuido. Por supuesto, de lo que tenía no había suficiente. Los que estaban enfermos habían recibido o todavía estaban recibiendo cuidados médicos. Las enfermeras y doctores trabajaban a todas horas. Los hermanos Elghanian querían darles a los refugiados comida fresca y sana —verduras y fruta, platos de arroz y pollo, y toda una variedad de *joresh*. Sin embargo, por mucha comida que preparasen, nunca parecía haber suficiente. A pesar de todo Haji Aziz dijo, en la forma considerada que solía usar, que, a pesar de la incertidumbre de cada día, una cierta normalidad estaba volviendo lentamente al modo en que los refugiados estaban viviendo ahora. Además, se estaban discutiendo planes de mandar a los judíos huérfanos a Palestina.

Estos niños, dijo Haji Aziz, estaban muy perturbados por las experiencias que tuvieron en los campos de trabajos forzados. La mayoría no confiaba en nadie. Muchos se guardaban la comida. Algunos se escapaban y se escondían cuando tenían que subirse a un coche o autobús o tenían que ver a un doctor. Se habían hecho planes de organizar una escuela, incluso como una medida simplemente provisional. Por ahora, a estos niños les impartían clases en un aula improvisada en una tienda. Muchos de ellos tenían problemas para prestar atención.

Soleiman aparcó el coche delante del portón de la propiedad de los Elghanian, y los dos hombres se dirigieron hacia la casa. Algunos de los refugiados salieron de las tiendas para ver al hombre que llamaban Su Salvador. Una anciana que llevaba un chal en la cabeza calva, un vestido y un jersey, demasiado apretado encima, le llamó.

—Pan Aziz —dijo, usando la forma polaca de dirigirse a un caballero—. *Mersi, mersi.*

La planta baja y la cocina de la casa principal habían sido transformadas en un área central donde los refugiados se reunían, bebían té y buscaban ayuda de los representantes de la agencia judía que habían venido a prestarla. Soleiman oyó a las personas hablar en farsi, polaco, francés, inglés, y en ciertos momentos, ruso. Reconoció palabras en Yiddish e incluso alguna en alemán. *La torre de Babel ha venido a Teherán*, pensó. Todas estas lenguas que se hablaban ahora en esta ciudad evidenciaban el vasto alcance de la guerra. Nadie se libraba. El quebranto de los refugiados —sus demacradas figuras, la ropa de segunda mano, sus exiguas posesiones, la incertidumbre y tragedia de su desplazamiento— hizo que Soleiman estuviese aun más dispuesto a ofrecerles no solo alojamiento y comida, mermeladas caseras y jabón aromático, sino también consuelo. Aunque quería ayudarles a todos, sabía que solo podía ayudar a algunos.

Pasaron andando delante de una habitación al lado del área principal. Soleiman vio a una joven alta y serena que estaba leyendo a un grupo de niños pequeños sentados delante de ella. La mayoría de los niños y niñas jugueteaban o se reían muy alto, como si ya no supieran cómo escuchar historias. Uno o dos dormían. Estaban limpios y vestidos con ropa nueva, pero sus cabezas calvas y piel pálida contaban otra historia. Y sus ojos —abiertos de par en par, cabizbajos, moviéndose constantemente, algunos apagados—contaban otra.

—Estos niños son demasiado pequeños todavía para ir a la escuela —dijo Haji Aziz—. Y esa extraordinaria chica que les está leyendo es la hija de la señora que quiero que conozcas.

JOSEFINA KOHN ESTABA SENTADA EN un sofá pequeño en una habitación que servía de salón. En una silla a su lado estaba sentada Heshmat Khanoum, la esposa de Haji Aziz. Las dos mujeres estaban bebiendo té, intercambiando de vez en cuando cumplidos y cortesías en francés, pero durante la mayoría del tiempo estaban en silencio ya que ninguna de ellas hablaba el idioma de la otra. De todos modos, era muy civilizado encontrarse en una sala de estar, con alfombras bajo sus pies, bebiendo té de verdad en una vajilla de porcelana de verdad. Josefina admiró la forma del azucarero y utilizó las pequeñas pinzas de plata para escoger uno de los terroncitos. Sin embargo, en lugar de ponerlo en la taza, Josefina, de una manera discreta, se metió el terrón en la boca. Después bebió un trago del fuerte té negro.

Sabía que su anfitriona persa la había visto, pero estaba fingiendo amablemente que no.

—*C'est plus doux comme ça* —dijo Josefina— es más dulce de este modo.

Suzanna y ella habían estado practicando francés desde que habían llegado a Teherán.

—*Oui, on fait pareil ici* —dijo Heshmat Khanoum.

En Irán, esta era la manera en que la gente endulzaba su té. Josefina sonrió, encantada de encontrarse en compañía de una mujer que la hacía sentir tan bienvenida. Por primera vez desde que comenzó la guerra, sintió cómo se le relajaban los hombros.

La puerta se abrió.

Haji Aziz presentó al caballero que había venido con él.

—Madame Kohn, *je vous présente* Monsieur Cohen —dijo. Su acento, de haber trabajado durante años con la Alliance Israelite Universelle, era excelente.

La coincidencia de sus apellidos, dos maneras diferentes de decir *kohen*, no escapó a la atención de ninguno de los presentes. Que tuviesen el mismo apellido era simplemente una de esas pequeñas coincidencias, del tipo al que uno debería prestar atención.

—*Mesdames, bonjour* —dijo Soleiman.

Tomó la mano de cada una de las mujeres, la de Heshmat Khanoum primero, y las besó. *Como si todos fuéramos parte de la familia real*, pensó Josefina, sonriendo.

El instante estaba cargado de transcendencia. Pero Josefina no podía decir si se había vuelto una experta en reconocer los momentos cruciales de una vida durante la guerra o si su reciente liberación de los campos de concentración arrojaba un resplandor de respetabilidad y encanto a todo lo que estaba pasando. Podía ver claramente que estaba en una habitación con gente de alto calibre. Por un instante casi lloró, pero, por supuesto, su decoro se lo dejó hacer.

—*Messieurs* —contestó. Una vez Soleiman le soltó la mano, se sentó—. *Enchantée* —le dijo. Y *estaba* encantada.

Josefina presintió que este hombre iba a jugar un papel importante en el futuro inmediato de Suzanna y de ella. Por primera vez en mucho tiempo, no necesitaba adivinar qué iba a pasar a continuación. Había aprendido de estos años intentando calcular las consecuencias de todas las pequeñas decisiones, que, antes de la guerra eran los pequeños misterios los que hacían la vida interesante. Así que se relajó y dejó que las cosas se desarrollaran por sí solas.

Los dos hombres se sentaron, y hablaron en francés por cortesía hacia Josefina. Heshmat Khanoum sirvió el té. Llamó a una sirviente y le habló en farsi, en una voz poco más alta que un suspiro. La chica dejó la sala y, cuando volvió, trajo una bandeja con fruta, pasteles, chocolates y frutos secos.

—Por favor, Madame —dijo Haji Aziz, señalando la bandeja con los dulces, elegantemente adornada con pétalos de flores en el borde—. Sírvase.

Josefina seleccionó uno de los pasteles pequeños y una naranja. *Le monde est rond, comme une orange*, pensó. *El mundo es redondo, como una naranja*, una tonta rima que sus amigas y ella solían recitar cuando practicaban francés. Esta agradable memoria de su niñez la complació, y su absurda intrusión en su vida presente la hizo sonreír por dentro. Miró la naranja en su plato, con la corteza llena de hoyuelos, su pulpa prometía ser jugosa y fragante. No era la primera fruta que había tomado últimamente, pero de algún modo, sabía que sería la más sabrosa.

Suzanna y ella habían estado en Persia dos semanas completas. A cada paso, Josefina había estado agradecida por algo. Al igual que la mayoría de los refugiados polacos, su hija y ella habían aprendido a utilizar la palabra *mersi*, para darle las gracias a los iraníes que habían conocido. Del campamento en Bandar-e Pahlavi al primer campamento en Teherán, y ahora en este lugar, no había parado de expresar su gratitud en una variedad de idiomas —inglés a los mediadores británicos, polaco a las mujeres de las Damas Auxiliares, francés y a veces inglés a los representantes de las agencias de socorro judías. Pero eran los anfitriones persas los que eran más generosos, ya que prestaban ayuda porque querían o podían, no porque les hubiesen asignado la tarea como parte de un ejército, un cuerpo diplomático, o una organización. Las mujeres iraníes —judías y musulmanas— salían de sus casas por voluntad propia. Donaban cestas de fruta y otra comida. Los hombres ofrecían ayudas con todo tipo de tareas, desde montar tiendas a mover camiones atascados en baches y a transportar a gente.

Había muchas maneras de dar las gracias en farsi, Josefina pensaba mientras sostenía la naranja en la mano y olía su fresco aroma. *Moteshakeram* quería decir "estoy agradecida". *Bisiyār moteshakeram* era "estoy muy agradecida". *Khaylī mamnūn* quería decir "se lo agradezco". Y *tashakkur* era "gracias", simple y llanamente.

—*Moteshakeram* —dijo, pronunciando la palabra lo mejor que pudo.

Soleiman Cohen miró a Haji Aziz sorber su té y poner la taza en el platillo.

—Madame —dijo— el señor Cohen ha ofrecido proporcionar alojamiento a una familia desplazada.

Nadie estaba seguro de cuándo alguno de ellos iba a ser capaz de emigrar a otros destinos, explicó, pero, debido a que iban a venir muchos más refugiados a Teherán, estaban intentando distribuir un número mayor de refugiados posibles en casas privadas, durante el tiempo que fuese necesario.

—Esperaba que su hija y usted fuesen esa familia —dijo.

—Serían mis invitadas, Madame —dijo Soleiman—. Les asistiría en todas las formas que fuesen necesarias.

Miró a la mujer polaca. Al igual que todos los otros refugiados que había visto en la propiedad de los Elghanian, la cabeza de Josefina Kohn había sido afeitada recientemente. No llevaba la cabeza cubierta, y su pelo había empezado a crecer de nuevo como una fina pelusilla oscura. Podía ver que su cara había sido una vez señorial y refinada, pero lo que había pasado desde que la guerra comenzara hacía dos años y medio, le había transformado el rostro. Ahora parecía exhausta, como si ninguna de las arrugas marcadas alrededor de los ojos y de la boca pudieran ser suavizadas no importase cuánto descansara, cada una de ellas causada por una tristeza y fatiga que él nunca había visto. Por contraste, su postura era absolutamente perfecta, una señal de su rechazo a ser rota por circunstancias trágicas. A Soleiman le conmovió su perseverancia.

—Será un honor, señor Cohen, aceptar su amable invitación —dijo Josefina Kohn, mostrando una sonrisa sincera.

Haji Aziz se levantó, alisó su chaqueta.

—Voy a buscar a Mademoiselle Suzanna para poder presentársela, también —dijo. Miró su reloj—. Creo que ya habrá acabado de leer a los niños.

Después de que Haji Aziz salió de la sala, la señora extranjera habló.

—Casualmente, hoy es el cumpleaños de mi hija —dijo—. No se me ocurre otra cosa que ella podría apreciar más que su generoso regalo de hospitalidad.

Soleiman sonrió.

—¿Cuántos años tiene? —preguntó.

—Dieciséis.

Haji Aziz regresó con la hija de Madame Kohn. Tenía el pelo muy corto, pero era brillante y oscuro. Como su madre, Suzanna Kohn mantuvo una postura perfecta. Se movía con una gracia fluida y autocontrol.

—Mademoiselle Suzanna, nos ha robado a todos el corazón —dijo Haji Aziz.

No era difícil comprender por qué. La chica era alta y muy guapa. Cuando se sentó al lado de su madre, Soleiman reconoció vestigios de la mujer más joven que Josefina Kohn había sido en el pasado. ¿Qué horrores había visto? ¿Qué condiciones habían sufrido? Sintió desprecio por quien hubiese causado algún daño a cualquiera de ellas. Deben de ser inteligentes por haber llegado hasta aquí. Y muy ingeniosas.

—He sido un forastero en una tierra extraña —dijo Soleiman—. Aunque realmente, Madame, nunca tuve que ser tan valiente e inteligente como usted o su hija.

Los cinco bebieron té, comieron fruta y dulces y charlaron —el francés de Suzanna estaba un poco fuera de práctica, pero Soleiman vio la rapidez con la que comprendía lo esencial de la discusión. Aun así, su madre le explicó, en una mezcla de polaco y alemán, que iban a dejar el campo de refugiados. Al oír esto, la cara de Suzanna se iluminó, y cuando la señora Kohn mencionó el nombre de Soleiman haciendo un gesto en su dirección, su hija le miró brevemente.

—Los niños van a echar de menos a Mademoiselle Suzanna —dijo Haji Azid.

—Estoy segura de que ella les echara de menos también —dijo Josefina Kohn.

Siguió un breve silencio del tipo lleno de esos pensamientos que uno observa, pero no expresa. De repente una cuestión le vino a la mente a Soleiman, del tipo que casi nunca le venían. No había consultado a su madre, Gohar, antes de, espontáneamente, aceptar acoger en su casa a estas dos mujeres europeas. ¿Estaba haciendo lo correcto? ¿Qué pensaría o diría la gente? Parecía que Haji Aziz no pensaba que aquí hubiese nada fuera de lo ordinario, y, por supuesto, él personalmente había aceptado esta idea. Su viejo amigo comprendía lo mucho que a él le gustaba abrir las puertas de su casa a invitados. Para un hijo de Rahim Cohen era algo natural acoger a refugiados en su casa en la Avenida Pahlavi.

Cuanto más imaginaba Soleiman hablar con su madre, más la oía instándole a actuar de manera amable y caritativa. En su mente, oyó la voz suave pero firme de Gohar diciéndole que no solamente era lo que debería hacer, sino que era la medida más importante que podía adoptar para ayudar en reparar un mundo fracturado por la guerra y el odio. Entonces pensó en la historia que Gohar había inventado para sus niños y nietos. La llamó "El cuento de todas las hermosas piezas," y cada vez que lo contaba de nuevo añadía más detalles, de tal forma que cuando sus nietos escucharon el cuento épico, se había vuelto muy largo y complejo.

—Había una vez un niño que vivía en el *mahalleh*, que coleccionaba fragmentos de vidrio y de cerámica rota que encontraba en todos los lugares a los que iba —así empezaba la historia. Gohar entretenía a su audiencia con relatos de viajes fantásticos que había hecho el niño —o la niña, dependiendo quién estaba escuchando— del aroma a azafrán y agua de rosas, las alfombras y las telas en el Gran Bazar en Teherán y los canales y estanques del Jardín de Eram en Shiraz, a las rodajas de melón y té fuerte que se ofrecían en las tiendas del mercado de la gran plaza de Naghsh-i Jahan en Isfahán y las ruinas dramáticamente austeras en Persépolis. En cada lugar, el joven héroe o heroína recolectaba fragmentos —de vasijas de cerámica que habían sido rotas hacía mucho tiempo, pedazos sueltos de azulejos, ventanas y espejos— cada uno de ellos cargados de la historia de una vida cuya memoria se había vuelto responsabilidad suya salvaguardar. Con el paso de los años, se dio cuenta de que había coleccionado tantas piezas que tenía que hacer algo con ellas. Y, por tanto, construyó un mosaico magistral. La gente vino de más allá de las montañas y del mar a contemplar este monumento magnífico que construyó en honor a los relatos de la gente cuyos nombres se perdieron.

—Mantener un nombre vivo —Gohar siempre decía al final de la historia— es hacer una pequeña reparación del mundo.

UNA VEZ ACABARON DE TOMAR EL TÉ, la madre y la hija fueron a recoger sus pertenencias. Josefina primero se despidió de Nick Lekarz. Sabía que Suzanna quería darle a Alec un trozo del chocolate que, después de pedir permiso, había tomado de las generosas bandejas que sirvieron sus anfitriones. Consideró la proposición del señor Cohen: una habitación para ellas, en una casa con electricidad y agua corriente, bueno *eso* es tener suerte. Le sorprendió esperar algo con ganas. Y, de repente, Josefina sintió un vaivén entre su mente y su corazón, primero la idea de ser objeto de una acción caritativa, después la carga de las despedidas, una vez más. No importaba cuántas veces practicaba tales separaciones, las encontraba perturbadoras. Especialmente porque cada adiós había sido bajo las peores circunstancias y probablemente para siempre, rodeado de peligro y potencialmente mortal. Ansiaba asentarse, forjar su pertenencia a un lugar. Que le dieran un sillón cómodo, una cama, un baño, una cocina y se las arreglaría. Un perro. Suficiente ropa para las diferentes estaciones del año. Un lugar donde poder encender un fuego. Algunos libros para leer y una radio. De pronto, quería reír, no solo porque se sentiría sublime al hacerlo, sino porque estaba evaluando sus necesidades y descubrió que se había vuelto mucho menos exigente. ¿Quería decir esto que su personalidad había sido socavada? ¿Necesitaba aceptar la caridad de forma pasiva, o podría, como en el caso de las mujeres modernas que admiraba, ganarse su propia vida? ¿Y Suzanna? ¿No debería Suzanna aprender también a ser autosuficiente?

Por el momento Josefina puso estos pensamientos a un lado. Hacía demasiado tiempo desde que alguien en su familia había recibido algo que se pudiese considerar buenas noticias. Continuó andando hacia uno de los edificios anexos que funcionaba como una enfermería, donde probablemente encontraría a Nick Lekarz. Suzanna fue a recoger sus mochilas a la tienda. Era extraño pensar que cuando empacaron primero esas dos bolsas de lona había sido en Lvov, cuando Julius todavía estaba vivo. Ahora estaban menos llenas, solo con ropa que les habían donado recientemente. Sin libros. Ni peines, ni cepillos. Ni cartas. Ni diarios. Ni fotografías. Ni nada valioso.

Nick estaba fuera cuando vio acercarse a Josefina.

—Es nuestro día de suerte —dijo Josefina— un generoso hombre nos va a llevar a su casa como invitadas.

—Mazel Tov —dijo Nick— espero que no nos olvide.

Josefina sonrió. Le iba a echar de menos. Habían empezado a tomar juntos el desayuno, té, a charlar y a conocerse mutuamente. *Practicar la convivialidad,* Josefina pensó en sus encuentros, breves pero estabilizantes. Ahora se dio cuenta que habían estado forjando una amistad, algo que ninguno había podido hacer de ninguna manera duradera en los campos de trabajos forzados.

—No se ponga tan sombría, Finka —dijo Nick.

Era reconfortante oír su apodo. Sabía que estaba bromeando con ella, o quizás bromeando solo a medias. Pero su comentario hizo que Josefina se diese cuenta de que no era una buena idea esconder sus emociones nunca más.

—Mándeme su nueva dirección —dijo alegremente— y nos mantendremos en contacto. No es *tan* difícil.

—¿Dónde está Alec? —preguntó Josefina— Creo que Suzanna tiene algo para él.

—Lo encontrará en su clase. Tal y como es.

—Hasta luego, Nick —dijo Josefina. Habló con una ternura que no había sentido en mucho tiempo.

EL CORTO VIAJE DEL CAMPO JUDÍO de refugiados en la propiedad de los Elghanian a la casa de Soleiman Cohen en la Avenida Pahlavi les enseñó a las dos refugiadas polacas una muestra de uno de los barrios residenciales de Teherán más prominentes. Detrás de los altos muros, explicó el señor Cohen, hay casas privadas con estanques y jardines frondosos. Pasaron carretas tiradas por burros. La mayoría llevaban barriles llenos de agua para llevarlos a los residentes de estas calles. Los lecheros iban en bicicleta, con cucharones sujetos a los grandes contenedores de metal que estaban a horcajadas en los dos lados de la rueda de atrás, rechinando.

Para Suzanna, ir de nuevo en un automóvil privado, y en un vehículo tan hermoso también, era un poco como viajar hacia atrás en el tiempo. Recordó el viaje de Varsovia a la casa de los Kosinski en el carro de su padre. Cuánto miedo había tenido entonces, incluso aunque Papá estaba al volante. Qué tonto parecía ahora tener miedo de aquel viaje, que había sido uno de los últimos momentos que había pasado con su familia inmediata intacta. Echaba de menos terriblemente a su padre, y sabía que él hubiera querido que ella estuviese en este carro, rumbo hacia un mejor lugar. El último viaje en carro la había llevado lejos de casa; este la estaba llevando *a* una casa.

Justo entonces pensó en Alec. Al igual que Kasia, era cinco años más joven que Suzanna. Como todos los niños que sobrevivieron al encarcelamiento soviético, ya era mucho mayor, con una dureza en los ojos que solamente el amor incondicional podía deshacer. Antes de irse del campo de refugiados, Suzanna fue a la tienda donde estaba la clase y le preguntó al profesor si podía hablar brevemente con Alec. La cara se le decayó cuando le dijo que iban a irse, especialmente cuando le dijo que se iban a marchar muy pronto.

—Mira lo que te traje, tontorrón —dijo en una voz suave. De su bolsillo sacó el chocolate. Alec sonrió.

—Lo voy a tener que comer despacio —dijo el niño—. Porque nadie más me da caramelos.

Suzanna le abrazó. Ninguno de los dos podía adivinar el futuro. En ese día, no podían prever que sus padres viudos se casarían de nuevo, ni se podían imaginar que iban a establecerse, ni mucho menos en una acogedora casa en un país diferente a Polonia, donde los dos habían tenido hijos. Habría muchos giros hasta tal futuro. Suzanna no había pensado mucho en dónde iba a terminar, pero a medida que iba en el hermoso carro de su anfitrión por las calles de Teherán, sentía la total certeza de que un modo de vida estaba terminando y otro empezaba.

Consideró lo que significaba esto. El señor Cohen era, supuso, lo suficientemente rico como para acoger a una familia de refugiados. Su madre le dijo que iban a quedarse en la casa del caballero, aunque nadie sabía cuánto tiempo ese alojamiento iba a durar. Para Suzanna este fue un cumpleaños que nunca olvidaría. Iba a lavarse en un baño de verdad. Dormir en una cama de verdad. Tomar comida en una mesa de verdad. Despertarse al día siguiente y hacerlo todo de nuevo. No se podía imaginar justo lo agradable que sería, o qué seguiría más tarde y se permitió a sí misma disfrutar del presente sin tener que pensar en el futuro.

CUANDO LLEGARON A LA CASA DE Soleiman Cohen en la Avenida Pahlavi, un perro bajó a saltos por la escalera, lo que encantó a Mamá, que inmediatamente se echó a llorar. Suzanna nunca había visto a su madre mostrar sus emociones en público. Por todo lo que Mamá se forzó en olvidar desde los últimos días de agosto de 1939, incluyendo el *desrecordar* deliberadamente a su amado perro, Helmut.

Bijou —dijo Soleiman Cohen. El perro, sin embargo, comprendió que la madre de Suzanne necesitaba verle meneando la cola y sentir el hocico mojado contra su piel.

—Que perrito más dulce —dijo Mamá, acariciándole su suave cabeza. Y aunque las lágrimas le habían mojado la cara, estaba sonriendo sin el mínimo esfuerzo.

Parecía que al señor Cohen le agradaba ver que una de sus invitadas ya estaba a gusto. Llamó al ama de llaves y le dio instrucciones en farsi. Esta llevó a Suzanna y Josefina a sus habitaciones contiguas y, después, se fue corriendo. Volvió con dos uniformes de sirvientas, el único vestido de mujer que había en la casa de un soltero. El ama de llaves no hablaba francés, y las dos mujeres no hablaban farsi. Por tanto, Suzanna y su madre no entendieron la explicación que la mujer les dio de que estos trajes eran provisionales.

Suzanna estaba desconcertada. Mamá no había dicho nada sobre trabajar como empleada doméstica para el señor. Pero quizás había entendido mal. Esta no sería la primera vez que estuviera a punto de entender las expectativas, las reglas o la geografía de sus alrededores, simplemente para darse cuenta de que, de algún modo, se había equivocado. Todo el tiempo durante sus viajes al este, al lejano este, al oeste, y al sur, el significado de las cosas había sido borroso. Por ejemplo, en su exilio en tiempos de guerra, los perros, uno de los lujos de su casa tan amados que tuvo que abandonar, se convirtieron en animales callejeros que competían con uno por comida. En los campamentos eran crueles con dientes largos. Y ahora en Teherán, los perros se transformaron de nuevo en compañeros.

De todos modos ¿qué importaba si no entendía completamente la situación? Su habitación era preciosa y estaba limpia y no tenía que compartirla con nadie. En esta casa, no necesitaba inquietarse de que robaran sus pertenencias, y no era que tuviese mucho. Suzanna no tendría que preocuparse de los niños refugiados, asustados y solos, que arañaban, mordían o se escapaban. No había soldados que eludir. Ni órdenes que obedecer. Ni imposibilidades que superar. Lo mejor de todo, aquí podía decir que era judía *y* polaca, lo que quería decir que podía ser ella misma, una chica judía de dieciséis años que había sido desplazada de su casa en la Polonia occidental.

Su madre y ella se lavaron, se vistieron y se fueron a la cocina. Más tarde, Suzanna se reiría al pensar en su primer día en la casa de la Avenida Pahlavi. Mamá y ella, vestidas en los simples uniformes almidonados de las sirvientas, fueron a la cocina y sorprendieron a la cocinera y sus ayudantes. Nadie sabía lo que decirles a las dos mujeres extranjeras, y mucho menos cómo decirlo. Mamá se dirigió directamente a la encimera, tomó un cuchillo, que estaba al lado de una cesta de cebollas y empezó a cortarlas. Suzanna fue al fregadero y se puso a lavar las tarteras y sartenes. Eventualmente, toda la gente en la cocina se acopló al ritmo del trabajo.

Hasta que, por supuesto, el señor Cohen descubrió dónde estaban. Más tarde Suzanna se enteró de lo que había pasado al otro lado de la pared de la cocina. Su anfitrión, vestido de chaqueta y corbata, había estado sentado solo a la mesa grande del comedor, desconcertándose más y más cuando sus invitadas no llegaban para la cena. Después de esperar media hora, mandó al ama de llaves a buscarlas. Ella miró primero todos los dormitorios en el primer piso, lo que la llevó finalmente a la cocina. Allí, claro, localizó a las dos mujeres refugiadas, trabajando para preparar lo que se suponía que era su propio banquete de bienvenida. Soleiman Cohen había venido inmediatamente una vez le informaron de la situación.

—*Non, mesdames* —dijo suavemente—. Mientras estén en mi casa, mientras estén en Teherán, durante todo el tiempo que estén en Irán, son mis invitadas. *Les invitées ne travaillent pas.* Las invitadas no necesitan trabajar.

Suzanna oyó hablar a su madre, primero dándole las gracias al caballero, después diciendo algo sobre no poder aceptar su caritativa acción sin perder su dignidad. *Nous avons besoin de travailler. Nous voulons être independentes. Surtout pour ma fille.* Suzanna no entendió en ese momento, de hecho, estaba bastante confusa dado el episodio con los uniformes, pero unos días más tarde, Mamá se lo explicó. Era importante no depender de otros, especialmente de hombres solteros. Además, tanto Suzanna como ella necesitaban trabajar para ganarse la vida.

—Un día dejaremos Teherán para ir a Londres, Suzi —le recordó su madre—. Y vamos a necesitar dinero para ir allí.

La pobre ama de llaves, pensó Suzanna, una vez la cena se hubo terminado y se hubo retirado a la habitación que le habían asignado. Espero que la mujer no hubiese sufrido demasiada vergüenza. Abrió la ventana. Abajo estaba el jardín, un estanque redondo, y la pequeña casa de una habitación del portero. El aire de la noche era fresco y olía como la primavera en las montañas, un aroma familiar que reconfortaba a Suzanna y la hizo pensar en lo que una vez había sido su casa. Pero cuando se levantó la brisa y trajo el olor a jazmín, la chica alta polaca se dio cuenta de lo lejos que estaba de Teschen. ¿Volvería alguna vez? Se preguntó. No podía imaginarse tal cosa porque en su mente, su Teschen se había vuelto una ciudad nazi donde *todo había cambiado*. Estas fueron las palabras de Milly en una carta que sobrevivió a la tinta negra de los censores. El final de la guerra le parecía todavía algo imposible, y lo único que podía hacer era creer que había sido salvada de la maldad de la que había sido testigo con sus propios ojos.

Aun así, aquí estaba en el presente, capaz de prestar atención a la belleza: la cama hecha con sábanas recientemente planchadas, una manta suave, una almohada de verdad. Un ramo de flores —rosas, ramilletes de jazmín, azucenas— resaltaba contra el resto de la habitación y los muebles. Alguien había escogido el jarrón y las flores; quizás el mismo señor Cohen, pensó Suzanna, entendiendo que el arreglo floral era un mensaje de ternura y promesa, un mensaje para salvaguardar. El jabón de lavanda era fragante en su piel. Bañarse en un baño de verdad, con agua caliente y toallas —superaba toda expectativa. Estaba segura de que su Mamá también lo apreciaba. Alguien, probablemente la pobre ama de llaves, había puesto en el tocador una latita azul de crema nivea, un cepillo y un peine, y una botellita de perfume. Todo tan simple y especial, que, al igual que el aromático aire de primavera, parecía normal y extraño al mismo tiempo. Suzanna tocó cada uno de estos objetos ligeramente, para asegurarse de que eran reales. El metal suave azul oscuro de la lata de nivea, el mango de plata y las púas del cepillo. Los suaves dientes del peine de concha. El atomizador de la botella de perfume.

Suzanna se tumbó en la cómoda cama con un camisón limpio y suave. Pensó en esa tarde. La cena, una vez que Mamá y ella se habían por fin sentado a la mesa del comedor, había sido algo que nunca antes había experimentado. La luz de la vela refractada por las copas de cristal había creado sombras líquidas en los cubiertos y vajilla, los arreglos de flores, y los cuencos con fruta. Las sillas eran blandas y acogedoras y, en el suelo, había las alfombras tejidas a mano más exquisitas que Suzanna había visto nunca. Quería quitarse los zapatos y sentir en los pies descalzos la lana azul y beige de esas alfombras.

Su anfitrión, este generoso señor Cohen, era un hombre poseído por lo que sus padres llamaban todo un *carácter*, una cualidad visible en su postura, gracia del movimiento, en el ángulo de la cabeza cuando escuchaba con atención, una manera considerada de hablar. El señor Cohen era un caballero, y en el sentido de la palabra que Suzanna había aprendido de su familia —era tan refinado en sus modales como robusto— de opinión, de mente, de cuerpo. Suzanna se había sentido a gusto instantáneamente durante la comida.

Mientras cenaban, salían de la radio sonidos de música clásica persa, presentando a un solo vocalista, un tambor, y melodías cuyas notas eran creadas punteando y martilleando cuerdas. Suzanna distinguió los simples patrones rítmicos de la música, el tempo rápido y la densa ornamentación. El énfasis estaba en la cadencia, la simetría y la repetición de tonos diferentes. Se imaginó el piano en su casa —¿Volvería otra vez a tocar uno? Aunque añoraba estar sentada en su casa en Teschen, que todo volviese de repente a lo que era antes, justo entonces se sintió contenta de escuchar las ricas melodías de otra cultura, las nítidas y luminosas canciones imbuidas de una estructura formal y poética.

En sus amables modales, el señor Cohen había explicado cuáles eran los instrumentos: se llamaban *dombak*, *tar*, y santur. El *dombak* era el tambor. El *tar*, dijo, era como un laúd. Y el santur era un dulcémele que se martillaba hecho de madera de nogal con setenta y dos cuerdas de metal.

—Es el instrumento nacional de Irán —dijo.

La casa en la Avenida Pahlavi tenía un corazón que radiaba felicidad a través del hombre que había recibido a Suzanna y a su madre en su casa y en su mesa. Su amplitud de conocimientos y su genuina cortesía la intrigaban. Absorbió el ambiente acogedor y recordó su vida anterior en Polonia. Aunque Suzanna estaba agradecida por la comida, la hospitalidad y su educado anfitrión, le entristeció que su hermano no estuviese sentado en esta acogedora y adorable mesa. Peter debería estar aquí, pensó, para compartir su primera comida de verdad con Mamá y ella para conmemorar su libertad. A Papá le habría encantado la casa también, la manera en que el señor Cohen vestía, el reluciente automóvil que tenía. Y su padre hubiera apreciado el modo en que el señor Cohen se aseguraba que tanto ella como su madre se sintiesen en casa. Suzanna sabía que Papá ya no estaba vivo, aunque nunca se atrevería a hablar de eso. No tenía ninguna idea, ni nadie le enseñó a sobrellevar tal conocimiento. No podía poner una lápida en su tumba porque no sabía dónde estaba enterrado . . . o *si* estaba enterrado. Ninguno de ellos hablaba de su muerte. Pero tanto ella, como Mamá y como Peter habían hecho conjeturas, de manera privada, sobre el sufrimiento de Papá y su eventual fallecimiento.

Cuando sirvieron el primer plato, el aroma a tierra de cúrcuma acompañado por un soleado olor cítrico sacó a Suzanna de su ensueño. El señor Cohen había llamado el plato *chelow abgusht*. Ni estofado ni sopa, empezaba con *tah-dig*, el codiciado arroz crujiente en ghee del fondo de la olla, sobre el cual se servía un caldo humeante lleno de trozos de pollo tierno. Guarnecido con limón seco en polvo, el plato era delicioso y nutritivo. Suzanna entendió inmediatamente, quizás por el modo en que el señor Cohen describía lo que estaban comiendo que esta era la comida restauradora favorita de su anfitrión. Más adelante, una vez casada y con niños, Suzanna haría su propia sopa sabrosa y singular de pollo relleno con arroz, sazonado con cúrcuma y semillas de comino. Pero ahora era una invitada, a la que le estaban sirviendo como si fuese una importante dignataria visitando la corte de un príncipe actual. Estaba intoxicada con el aroma del humeante arroz basmati —como el olor a pan recién hecho— y la fragancia inconfundible del azafrán con el que estaba sazonado. Y estaba cautivada por los diferentes sabores de los estofados persas llamados *khoresh*, todos servidos en grandes fuentes. Suzanna y su madre los probaron todos, y el señor Cohen explicó pacientemente cada plato.

Para postre había petits fours y tartas de hojaldre rellenas de crema de Patisserie Park, servidas con té. Durante un momento, Suzanna se olvidó de que no estaba en casa. Dejó de pensar en quién no estaba allí o, incluso, dónde había estado, o cómo había llegado aquí. En ese instante, estaba contenta.

—*Joyeux anniversaire*, Mademoiselle Suzanna —dijo su anfitrión. Le estaba deseando un feliz cumpleaños. Sonrió.

Ahora, tumbada en una cama en su propia habitación, satisfecha de haber tenido un cumpleaños tan esplendido, tocó las sábanas. El gusto que le daban los suaves bordes era algo que no sabía que había echado tanto de menos. Suzanna no estaba segura de si iba a poder dormir. Si se quedaba despierta, podría descansar por la mañana, todo el tiempo que quisiera. No tenía ningún lugar donde estar o ningún tren que tomar; nadie la estaba esperando; no iba a sonar ningún toque de diana, ni la iban a agrupar para un recuento en un espacio llamado la *zona*. De repente se preguntó si dormir hasta tarde —cuando sea que *tarde* fuese— sería una falta de respeto. ¿Qué esperaba su anfitrión de ellas? ¿De ella? Una maraña de pensamientos oscuros le vino a la mente. Estaba, una vez más, confusa. Porque no sabía cómo actuar, tenía miedo. Los latidos del corazón se le aceleraron y le fue difícil recuperar el aliento. Se sintió con frío y calor al mismo tiempo. Un dolor agudo en el pecho.

—¡Mamá! —llamó.

A su madre no le llevó mucho tiempo ponerse un chal y venir a su lado. Se sentó en la cama y la abrazó.

—¿Suzi? —le dijo suavemente. La chica había aprendido a llorar en silencio.

El llanto siempre empezaba de esta manera —un golpe de pánico causado por no entender cómo comportarse ni cómo actuar, por ponerse quizás en peligro o avergonzarse a sí misma, a Mamá o a Peter. La angustia seguía la punzada de ansiedad, empujando hacia arriba y saliendo de su pecho en forma de sollozos grandes y profundos sin sonido. A veces, Suzanna pedía ayuda o gritaba, despertándose a sí misma de las pesadillas.

Ahora estaba tiritando. El susto había pasado. Mamá le tocó la frente para asegurarse. Pero Suzanna sabía que no tenía fiebre.

—Quizás comiste demasiado —dijo suavemente su madre—. Intenta descansar Suzi.

Dos vidas se unen

Josefina estaba agradecida de que Soleiman Cohen quisiese acogerlas a Suzanna y a ella incondicionalmente y durante el tiempo que fuese necesario para que volvieran a una existencia similar a las vidas que llevaban antes de la guerra. Sin embargo, se sintió obligada a dejar claro que su independencia y dignidad estaban en juego. Cuando el señor Cohen le ofreció una posición como administradora del personal doméstico, a Josefina le complació su gentileza. De este modo demostró su habilidad de dirigir los asuntos domésticos de la casa en la Avenida Pahlavi, aunque los sirvientes ya habían recibido instrucciones meticulosas de cómo llevar a cabo tales tareas por parte del señor Cohen.

Se levantó temprano y acompañó a Rahman, el jardinero, a la panadería, aunque le dejó a él escoger el pan. Simplemente estar en un lugar donde hacen y venden pan reconfortaba a Josefina, que de niña había pasado el mayor tiempo posible en la panadería de su padre. La última carta de su cuñada, Milly, solo contenía malas noticias. La panadería y el molino Eisner habían sido arianizados, y a Milly y a su hijita las habían desahuciado del apartamento en el piso de arriba del negocio. Aun peor, su padre había muerto en diciembre de 1941. Los detalles de la muerte de Papá habían sido tachados por el bolígrafo del censor, y Josefina no se enteró de la verdad hasta después de que la guerra terminara. Su padre, Hermann Eisner, había caído en el hielo a finales de diciembre, en la calle Głęboka, donde Josefina había vivido con Julius de recién casados, y donde Peter y Suzi dieron sus primeros pasos. Debido a que era judío, Hermann Eisner tuvo que esperar a que viniera una ambulancia del hospital judío en Orlau. Pasó seis horas tirado en la cuneta a temperaturas bajo cero. Josefina no podía hacer caso omiso a la terrible coincidencia de que Orlau no solo fue donde sus padres se casaron y vivieron primero, sino también donde sus tres primeros niños, ella incluida, habían nacido. Justo después de llegar al hospital en Orlau, Hermann murió.

Josefina empezó también a acompañar a la cocinera al mercado, donde seleccionaban la mejor fruta y verduras y, de vez en cuando, el corte de cordero más tierno. Qué placer, pensó, inhalar los fragantes melones y admirar las brillantes berenjenas. Se aseguraba de que el arreglo de flores fuese perfecto e introdujo recetas de platos europeos, encantándole cuando el señor Cohen probó su escalope, strudel y *palachinki*.

Según se aclimató a la vida cotidiana en Teherán, Josefina reanudó la educación de su hija de manera parecida a la vida que tenía antes de la guerra. La educación formal de Suzanna se había suspendido, lo que era preocupante. Además, Josefina se había vuelto extremadamente sensible a vivir en una casa con un hombre soltero. Suzanna era una joven atractiva y, en este país, en edad de casarse.

—Vale la pena recordar —le dijo Josefina a su hija— que es muy probable que un hombre soltero y adinerado esté buscando esposa.

Dejó claro que quería dos cosas para Suzanna: primero, que no contase con el matrimonio como una forma de independizarse. Aunque un marido debía de ser un buen proveedor, era mejor que fuese similar a una —en edad, costumbres, comunidad y lengua. Josefina creía firmemente que una mujer debería casarse solo después de llegar a ser adulta, no antes. El amor, le dijo a su hija, no la necesidad ni la conveniencia, es lo que debería guiar a dos personas a tomar esos votos tan importantes. En segundo lugar, era importante para cualquier mujer desarrollar una habilidad, y, preferentemente, una que pudiese practicar en cualquier lugar. Para Josefina, Inglaterra seguía siendo el destino que tenía en mente para ella y sus hijos una vez acabase la guerra. ¿No se acordaba Suzanna de que Peter había sugerido que se reunieran allí? Teherán era solo una parada temporal para ellas dos, repetía continuamente.

—La costura sería ideal para ti, Suzi —dijo—. Eres muy habilidosa con la aguja. Y aquí, por fin, tenemos tejidos e hilos de calidad.

Suzanna asintió.

—El señor Cohen ha encontrado a una mujer que te tomará como aprendiz —dijo Josefina—. Se llama Madame Lya, y es una costurera muy solicitada.

Josefina vio entusiasmo en la cara de su hija.

—¿Habla francés? —preguntó Suzanna.

Había estado practicando su francés a diario con la hermana menor del señor Cohen, Talat, que también estaba educando a Suzanna en cocina persa. Le encantaba visitar a Talat, que le llevaba diez años y ya era sabia, paciente y amable. Era una mujer a la que le gustaba reír mucho y su compañía como de hermana trajo, no solo alegría, sino una normalidad a la vida interrumpida de Suzanna.

Madame Lya es una judía rumana, explicó Josefina, y sí, como la mayoría de las mujeres de la Europa del este en Teherán, habla francés.

UNA VEZ JOSEFINA Y SUZANNA establecieron una cómoda rutina, se planeó su presentación a los miembros de la familia Cohen. Soleiman no quería abrumar a sus dos invitadas con sus nueve hermanos y sus respectivos cónyuges y niños; de este modo, sugirió que se reunieran para una comida informal con su madre, sus dos hermanos mayores y sus esposas, y Talat y su marido. Insistió en que Josefina y Suzanna asistieran a esta pequeña reunión como *les invitées*; quería que disfrutasen, como invitadas de honor, uno de los almuerzos que a menudo organizaba para su familia.

Para estas comidas del mediodía, Soleiman solía servir *poulet rôti* y *frites*, seguidos de una ensalada de rodajas de tomates y pepinos y cebollas en aros aliñadas con aceite de oliva, limón, sal y pimienta. Después ofrecía a sus invitados una variedad de fruta y postres al estilo europeo servidos con su mezcla especial de té hecho con Earl Grey, Darjeeling y Assam, condimentado con cardamomo y un chorrito de agua de rosas.

Gohar llegó temprano con Talat y su marido, Rouhollah, a quien Soleiman llevó al salón, donde bebieron whisky, charlaron y esperaron a que llegaran los dos hermanos mayores Cohen. Josefina, Suzanna y las mujeres fueron a la sala de estar. Talat ayudó a su madre a sentarse en un sillón grande.

—Por fin nos conocemos —dijo Gohar en farsi a las refugiadas, mirándolas de forma penetrante pero acogedora. Talat tradujo.

Josefina sonrió. Suzanna inclinó la cabeza hacia abajo y no vio la expresión de ternura en la cara de la anciana.

—Mi niña —dijo Gohar dulcemente— no necesitas ser tan cortés conmigo.

Talat rio suavemente y le dio un codazo a Suzanna para que levantara la cabeza.

La niña de Polonia ya no era una niña, Gohar lo vio cuando los ojos oscuros de Suzanna se cruzaron con los suyos. De hecho, era una joven adorable, respetuosa y agradable, a pesar de todas las cosas terribles que había sufrido. Vio en ella una cualidad que no se podía considerar como frágil: la conducta firme y al mismo tiempo inocente y callada de Suzanna era como un tipo de talismán que uno deseaba tocar, no para tener suerte sino sustento. *Algunas de las chicas persas podrían aprender una o dos cosas de esta joven,* pensó Gohar. Le gustó Suzanna inmediatamente, y podía verle en la cara un agradecimiento por haber sido aceptada incondicionalmente en una casa y cultura tan enormemente diferente a las de ella. Por primera vez Gohar comprendió algo sobre su hijo Soli: debido a la dedicación que sentía por su familia y cultura y debido a haber sido educado en Francia —que había tenido lugar más o menos a la misma edad que tenía Suzanna ahora —estaba en medio de dos culturas. Probablemente había reconocido algo de sí mismo en la chica polaca que una vez él mismo había necesitado proteger cuando fue un forastero en una tierra extraña hacía muchos años.

Gohar pensó que era algo providencial: Suzanna había aparecido en la vida de su hijo de manera perfecta; todo en ella parecía ajustarse a las circunstancias presentes. Talat no hacía más que alabarla, y Gohar podía ver por qué. *¿Consideraría mi Soli ahora casarse?* se preguntó. Esta chica polaca —*una mujer, en realidad*, se corrigió Gohar— sería una novia perfecta. Suzanna y Soli traerían a tal unión sensibilidades que habían sido formadas de una manera excepcional y al mismo tiempo similar. Se complementarían sus puntos fuertes y débiles, al igual que ella, una mujer judía tradicional de Kashan, había complementado las costumbres modernas de su marido teheraní, nacido en el *mahalleh*, y con experiencia del mundo. Y, además, pensó Gohar, el mundo necesitaba el tipo de tolerancia que permitía casarse a los judíos mizraji y ashquenazí; esta era una condición para la reparación del mundo, de eso estaba segura.

Talat estaba hablando en francés con Suzanna. Las dos estaban riendo, como si fueran hermanas, pensó. Sabía que su hija menor disfrutaba representando el papel de hermana mayor, enseñando a la chica cómo cocinar platos persas y escuchando sus historias sobre el lejano país del que había escapado. Gohar consideró a Josefina. Esta señora había perdido tanto; ¿Querría que su hija se quedase en un lugar tan diferente? Incluso aunque Soli le diese a Suzanna todo ¿le daría su madre su consentimiento?

Gohar le tocó la mano a Josefina suavemente y le pidió a Talat que tradujera cuando hablase.

—Debe estar orgullosa de su hija —dijo.

Y fue agradablemente sorprendida cuando la mujer polaca dijo *moteshakeram*.

Un día poco después de la visita de gohar, Soleiman pudo hablar con Suzanna a solas. ¿Consideraría pasar una tarde de merienda-cena y baile el domingo próximo en el Café Naderi? preguntó.

Ella le miró directamente a los ojos antes de hablar, y cuando Soleiman contempló su rostro —lleno de una luz que eclipsaba las tristezas que había conocido, la tímida sonrisa, el rubor natural de su piel— sintió una inesperada oleada de calor en el pecho.

—*Tashakkur* —dijo, sonriendo más ampliamente—. Estaría encantada, Monsieur Cohen —dijo—. Por supuesto, mi madre nos acompañará.

Su pronunciación del farsi había mejorado; probablemente Talat le estaba enseñando. Pero también sonaba como si se hubiese pensado bien la respuesta, lo que le dio a Soleiman una cierta seguridad. ¿Qué *pensaba* de él esta chica de Polonia? se preguntó. Él tenía solo varios años menos que su madre. ¿Era su sofisticación lo que encontraba atractivo? Lo que sabía sobre sufrir palidecía en comparación con lo que ella sabía, pero quizás sentía la profunda empatía que tenía por ella, lo que le permitía evocar el frío, el miedo, el hambre, y la angustia que había experimentado. Se imaginó que, sin mucha enseñanza, Suzanna pronto sería capaz de entrar en una habitación y hacer que todas las cabezas se girasen. Y debido a su verdadera modestia, su belleza —y estaba pensando especialmente en esa belleza, escondida en lo más profundo de su ser, una belleza que quería ayudar a brotar, cuidar y proteger a toda costa —cautivaría a todos.

EL DOMINGO DEL *THÉ DANSANT,* Soleiman Cohen estaba sentado enfrente de Suzanna y al lado de Josefina en el Café Naderi. Cualquiera que fuese alguien importante en Teherán iba al Café Naderi. Una vez entrabas, te sentías como si ya no estuvieses en Irán. El humo de cigarrillos extranjeros llenaba las habitaciones con un olor más suave y más refinado que el del tabaco de liar iraní negro que se fuma en papel grueso. El aroma a bollería horneada y a café turco empapaba el aire. Escritores, intelectuales y periodistas tenían siempre mesa reservada. A los oficiales de los ejércitos de los Aliados, a los militares y al personal del gobierno les gustaba como un lugar que proporcionaba un refugio de normalidad en medio de un mundo en guerra. Los clientes del Café Naderi hablaban de política, del tiempo, de literatura, de música, entre otros temas. A los iranís curiosos les encantaba ver quién estaba allí y enterarse de noticias y cotilleos, de los que habían oído hablar a clientes en otras mesas. El Café Naderi era donde se iba, no solo a saber las últimas noticias sobre la guerra, sino también para establecer contacto con los europeos. Asimismo, era el lugar perfecto para llevar a alguien en una cita.

Por supuesto Soleiman no le dijo a Josefina que, en su mente, ella era la chaperona, y que estaba llevando a su hija a una cita. Había elevado a arte su habilidad de calcular la temperatura emocional de otros. Por eso, sentía que Josefina no estaba de acuerdo con ciertas costumbres mizraji, y, en particular, con las costumbres sobre la edad en la que las mujeres pueden contraer matrimonio.

—En Europa —dijo, sin pretensión de ser obtusa— una joven casi nunca se casa antes de los veinte años.

Tendría que convencer a Josefina de las cualidades que admiraba en su hija —la integridad llena de paciencia de Suzanna, y la *promesa* que mostraba —no solo para sobrevivir sino para tener un alcance a lo largo de generaciones y lugares geográficos, a tener un impacto en las vidas que resultarían de su unión. Sabía que poder expresar tal intención, especialmente a esta futura suegra en particular, requería tiempo. Y tiempo, realmente, no tenían porque era vital intervenir inmediatamente en la trayectoria de Suzanna hacia su madurez como mujer. El remedio para curar la ruptura atroz de su familia podría venir al formar la suya propia.

Necesitaba oportunidades para recibir una educación, y Soleiman estaba en una posición para dárselas. No una educación universitaria —tales libertades todavía no formaban parte del mundo en que vivían, aunque prestaba atención a cómo la guerra estaba cambiando todo, por ejemplo, con las mujeres siendo parte de la mano de obra en aquellos países donde los hombres habían ido al frente. No, en lugar de eso preveía que Suzanna cultivaría un tipo diferente de aprendizaje, uno que consideró más profundo en aras de un legado duradero, uno que podía afectar a cientos, quizás incluso a miles de personas, la mayoría de sus descendientes. Primero tendría que haber una restauración de confiar en los demás, de fe, y de los rituales que se requerían para un entorno y una vida consistentes. Soleiman se imaginó que unirían el refinamiento y estabilidad inherentes en cada una de sus respectivas culturas. Esta joven, se dio cuenta, estaba poseída de un temperamento que era asombroso por su delicado sentido de justicia, intuición y modestia. Del tipo que, esperó, si se le diera la oportunidad, la formaría, volviéndose en una mujer cuyas opiniones y consejos serían solicitados y valorados por otros en años futuros, incluso después de que ya no estuviese viva. Y ella, a su vez, le ofrecería atención y compañía; la bendición de los hijos; y, esperó, una devoción nacida del amor y del respeto.

DESPUÉS DE SERVIR LA MERIENDA-CENA en el Café Naderi, empezó la música. La banda tocó un vals, y el señor Cohen invitó a Josefina a bailar. Ella se levantó, consciente de que la gente les estaba mirando, y se acercó a la pista de baile. De repente, comprendió que, para los clientes del café, estaba bailando el vals con un soltero disponible.

—Hace tanto tiempo que no bailo —dijo ella.

—Evidentemente no ha olvidado cómo hacerlo —dijo el señor Cohen.

La manera en que la sujetó —al mismo tiempo firme y delicada— sorprendió a Josefina, recordándole lo mucho que echaba de menos a Julius, sus caricias, el consuelo de sus consejos. Estaba callada. La música la transportó en el adorable vaivén del vals. Se preguntó si este baile era un preludio —aunque dudó en articular, incluso a sí misma, lo que quizás le podría seguir. ¿Quería el señor Soleiman Cohen tener una relación romántica con ella, una refugiada empleada como administradora del personal doméstico en la casa de un soltero? La idea era ridícula.

—Madame Kohn —dijo trayendo a Josefina de vuelta al presente—. ¿Me permitiría después de este, bailar un vals con su hija?

Estaba encantada con su pregunta, aunque no se dio cuenta en ese instante que los dos estaban contemplando finales diferentes. En aquel momento, una visión del futuro se desplegó en la mente de Josefina: en ella, se casaría con este caballero, que claramente era capaz de cuidar de ella y de actuar como un padre para su hija.

—Por supuesto —dijo—. Suzanna aprendió a bailar cuando era pequeña y como es una pianista muy talentosa, también es una bailarina excelente.

Salieron de la pista de baile y volvieron a la mesa. Después de que Josefina se sentara, el señor Cohen extendió la mano hacia Suzanna.

—Mademoiselle ¿le gustaría bailar conmigo?

Josefina se había puesto a servir otra taza de té, por lo que no vio las mejillas de su hija sonrojándose. Pero cuando levantó la cabeza y miró hacia la pista de baile, comprendió inmediatamente que el futuro que había concebido con el señor Cohen era completamente incorrecto.

Había puesto la mano en la espalda de Suzanna, y Josefina encontró extraordinario la confianza que este gesto parecía tener. Tenía la mano derecha abierta, y recibió la palma de Suzanna como si estuviese sujetando una flor. Su hija era más alta que él, quien, sin embargo, tenía una postura tan perfecta que se miraban directamente a los ojos. Las otras parejas les dejaron espacio, y Soleiman Cohen bailó un vals con Suzanna por toda la pista, como si estuviesen suspendidos en el tiempo y hubiesen estado bailando toda la vida.

Al principio, la expresión de Josefina se amargó. *¡Cómo se atreve!* Tal unión no tendría en absoluto su bendición. *¿En qué pensaba?* Pero justo entonces vio la expresión en la cara de su hija, su rostro ni sonriendo ni en un ensueño, sino con la efusión de un cariño satisfecho. Aunque Josefina se sentía sorprendida y un poco decepcionada de no ser el objeto de atención de Soleiman Cohen, no podía evitar sentir el repentino placer de ver a Suzi disfrutando de la satisfacción duradera en la que estaba ahora inmersa. Estos dos sentimientos contradictorios eran nuevos para Josefina, y no estaba muy segura de cómo reconciliarlos. Por ahora, quizás, era mejor no decir mucho.

La guerra, se dio cuenta mucho, mucho más tarde, alteró su psique, aunque nunca quiso pensar mucho en las particularidades de esa transformación, descartando la moderna corriente aceptada por todos del poder curativo de hablar, teoría proclamada por Sigmund Freud, hombre cuya carrera le había importado, al igual que la ópera, esquiar, y que pintasen tu retrato habían sido una vez importantes para ella. *¿Qué sabía Freud sobre ella?* pensó. En lugar de hablar, cultivó una vida ordenada, pero llena y rebosante, como le gustaba decir.

Llegaría a comprender su reacción mixta al noviazgo del señor Cohen con su hija como resultado de un malentendido, del tipo causado por años de una existencia cargada de ansiedad, y de la tendencia paralela de sobreproteger a sus dos hijos durante los años de huida y encarcelamiento. Además, como si esas dos reacciones a circunstancias fuera de su control no fuesen suficientes, la sensibilidad adulta de Suzanna estaba empezando a formarse, ya moldeada

por los tres años en las tierras orientales de la taiga y ahora en la tierra del
oriente medio de Persia. Josefina aun no podía concebir el impacto total de
perder un padre a la edad en la que Suzi lo perdió. En su mente, la mayor
parte del tiempo, su hija era todavía una adolescente, aunque sabía que era
imposible tener todavía los pensamientos típicos de una adolescente después
de la desesperación de su deportación y esclavitud, y todas las pérdidas que
ocurrieron entre tanto.

Suzanna, en trance con la música y el baile, se aferró fuertemente al
sentimiento de felicidad que le había evadido durante tanto tiempo.

—Su cara está iluminada desde dentro —dijo el señor Cohen, su tono
sincero y delicado—. Creo que quizás se esté sintiendo feliz.

Ella sonrió, con un poco de timidez, y asintió. En todas sus fantasías
infantiles de un pretendiente, nunca se imaginó a un hombre como Soleiman
Cohen. Mientras bailaban tan cerca, vio el borde limpio de los puños de su
camisa. Admiró la raya de sus pantalones, recta como el filo de un cuchillo.
Su corbata de seda negra y blanca anudada expertamente. El *pochette* nítida-
mente doblado y metido en el bolsillo de la chaqueta de su traje de solapas
cruzadas sutilmente perfumado con una colonia olor a tierra. Estaba afeitado.
Sus manos estaban listas para tomar otra mano o abrir una puerta. En todo
esto, se parecía a su padre. Pero, al mismo tiempo, lo que sentía hacia él eran
sentimientos de mujer, lo que, curiosamente, le ayudó a intuir la tristeza de su
propia madre; perder un esposo como su padre debió de haber devastado a
Mamá, pensó Suzanna mientras bailaba en los brazos de este caballero.

Era un excelente bailarín, lo que no sorprendió a Suzanna sino que lo
volvió aún más cautivador para ella. Había bailado solo con chicos, la mayoría desgarbados e inseguros, y nunca había bailado con un hombre que no
fuese parte de su familia. Se sentía segura en su presencia, capaz de ser ella
misma, aunque sabía que todavía estaba creciendo, lo que significaba que
ser ella misma implicaba no estar segura todo el tiempo. Sabía que, en cierto
modo, estaba nerviosa, aunque lo escondía bien. Con el señor Cohen y su
hermana Talat, no tenía que esconder nada. Al igual que muchos refugiados,

Suzanna se resistía a pesar demasiado lejos en el futuro y era reticente a hacer planes. Los recuerdos constantes de su madre sobre asentarse en Inglaterra después de la guerra habían empezado a irritarle, aunque nunca diría nada. ¿Qué pasaría si la guerra *nunca* acababa? ¿Qué pasaría si duraba años y años? ¿Se suponía que todos pondrían sus vidas a un lado esperando la paz? ¿No podía Mamá ver que estaban viviendo en el paraíso justo aquí en Persia? El énfasis en la belleza de la cultura iraní —de los jardines y fruta a las alfombras y seda, poesía y música— reconfortaba y le daba energía a Suzanna, que había empezado a esperar con ganas despertarse cada mañana en Teherán.

—Soy bastante feliz —dijo, atreviéndose a mirar profundamente a los ojos del señor Cohen—. Había olvidado cómo se sentía serlo.

Bailaron un vals más antes de regresar a la mesa. Suzanna se sintió acalorada por el moderado esfuerzo de bailar. Cuando fue a sentarse, se dio cuenta de la expresión decepcionada de su madre, aunque Suzanna no podía pensar en las razones por la conducta tristona de Josefina. En ese momento, uno de los amigos del señor Cohen se paró al lado de la mesa con su esposa, y los ánimos de Mamá se levantaron un poco. Después de hacer las presentaciones, la pareja se sentó con ellos y pasaron el resto de la tarde discutiendo todo tipo de asuntos, de la guerra al coste de ciertos bienes y materiales; y de los trajes de los miembros de la banda a la calidad del *café glacé*, una de las confituras más famosas de Naderi.

La guerra, la guerra, pensó Suzanna, contenta cuando el tema de conversación cambió a algo más mundano. Podía hablar del café expreso vertido sobre helado de vainilla y tenía mucho que decir sobre ropa. Y aunque sabía mucho más que la mayoría de la gente sobre el dolor causado por la guerra y las luchas en las vidas de gente ordinaria como ella, se sintió incapaz de articular sus opiniones. ¿A quién le interesaba lo que una chica de dieciséis años tenía que decir?

Por ahora, sin embargo, estaba sentada a una mesa en el Café Naderi, mirando a las parejas bailar en la pista. Su madre y la mujer persa hablaban en francés, charlando sobre flores y fruta y el talento que Suzanna tenía como costurera. ¿Había oído Madame Kohn, preguntó la señora, que la tienda de ropa de Madame Lya estaba haciendo más negocios que nunca? El encantador Soleiman Cohen escuchaba a su amigo contar una historia en farsi. Suzanna comprendió lo suficiente para saber que el hombre estaba contando un relato gracioso. De repente, Soleiman Cohen empezó a reír.

De todos los rasgos de su personalidad, la risa de Soleiman Cohen era el más singular. A Suzanna le encantaba el sonido de puro júbilo que producía cuando reía, lo que obligaba a todos los que lo oían a parar y escuchar su único propósito, una proclamación de cómo la vida era copiosa y magnífica. Incluso si uno no hubiese escuchado —o en el caso de Suzanna, comprendido del todo— la historia o el chiste, el tono de la risa del señor Cohen hacía que la gente empezase a reír también. En esa tarde de finales de verano, una risa como esa hizo que Suzanna se sintiese cómoda, encendió en su corazón una chispa de magia, que era al mismo tiempo extraña e irresistible.

En las semanas siguientes al domingo del *thé dansant* en el Café Naderi, estaba claro que a Josefina no le agradaba la atención que Soleiman le prestaba a su hija. Una vez que las tareas diarias de la casa se habían completado, se retiraba a su habitación. Frecuentemente salía a socializarse con otros refugiados polacos. Suzanna a menudo estaba muy callada durante estas tardes con Soleiman, dejándole iniciar la conversación, que él limitaba, a propósito, a temas como la comida, el tiempo, o su educación como costurera.

Aunque Soleiman apreciaba los momentos privados que tenía con Suzanna, era consciente del humor de desaprobación de Josefina. Necesitaba encontrar una forma de arreglar lo que amenazaba con desestabilizar la harmonía de su casa. No podía pedir permiso a Josefina para casarse con Suzanna, ya que sabía que diría que no, y entonces estarían todos en un callejón sin salida. La única solución, tal y como lo veía Soleiman, era una propuesta de matrimonio, hecha directamente a la joven. Además, Josefina, que era europea y moderna, probablemente era partidaria —aunque no de manera pública, por lo menos en su corazón— de tal moderna manera europea de proponer matrimonio. Una tarde al principio de septiembre, Josefina había salido, y Soleiman invitó a Suzanna a dar un paseo en el jardín.

—¿Le gusta vivir aquí en Teherán? —preguntó.

—Sí —dijo—, es muy diferente de Polonia, pero me gusta mucho. —Señaló los picos cubiertos de nieve de la cordillera central de los montes Alborz levantándose en la distancia—. Me gusta especialmente ver las montañas. Me recuerdan un poco a casa. —Suzanna se sentó en el borde de un pequeño estanque en el jardín y tocó la superficie del agua con la punta de los dedos—. Adoro esta agua también —dijo—. En casa siempre me encantaba encontrarme con mis amigos en el Pozo de los Tres Hermanos o en la fuente de la Plaza Rynek. También estaba el río Olza, cruzar el puente para ver a mis abuelos . . . —en este momento se volvió un poco nostálgica—. Me encanta el agua —dijo, con una sonrisa brillándole en la cara, y Soleiman admiró la gracia con la que regresó al momento presente.

Intentó imaginársela saliendo con sus amigos en una ciudad que apenas podía esbozar en la mente. Solo hacía tres años era una niña, navegando por lo que él imaginaba eran calles adoquinadas en una tranquila y pequeña ciudad polaca, todo lo que ahora estaba perdido para ella. Estaba asombrado, una vez más, de lo rápido que Suzanna se había convertido en una mujer.

—¿Cree que se puede imaginar estableciendo su casa aquí? preguntó Soleiman. No se dio cuenta hasta que había acabado de hacer la pregunta que estaba aguantando la respiración. Una ligera inquietud le agitaba el pecho. Por un lado, se sentía responsable por esta joven; por otro, quería que ella se sintiera igual hacia él, que amara y apreciara al hombre que estaba delante de ella. ¿Qué haría si decía que no? Durante un momento a Soleiman Cohen le arrebató un extraño sentimiento de inquietud.

Suzanna lo miró de una manera modesta pero directa, y respiró profundamente antes de hablar.

—Ya estoy en casa aquí —dijo con un afecto que Soleiman no se esperaba—. Pero me temo que mi madre no se quiere quedar, y no me puedo imaginar estar separadas . . . tampoco puedo imaginarme no estar aquí . . . sin usted. —Comenzó a llorar suavemente.

Durante las ocasiones graves, Soleiman normalmente respondía intentando distraer la atención de la tristeza del momento. A menudo lo hacía diciendo algo gracioso en el momento más oportuno y respetuoso, intentando hacer reír, usando el humor para suavizar cualquier tensión. En lugar de eso, tomó la mano de Suzanna en las suyas y la acarició. Los dos se sentaron en silencio hasta que sus lágrimas cesaron.

Mientras anochecía, escucharon los sonidos animados de los pájaros asentándose en los nidos para la noche. Soleiman le ofreció su pañuelo de bolsillo a Suzanna, que lo usó para secarse las mejillas. Le tomó la mano izquierda y sacó del bolsillo el anillo que había puesto allí. Suzanna puso el pañuelo en su regazo y se giró hacia él; era consciente de que se había dado cuenta del cambio en su comportamiento y le gustó la sensibilidad que tenía de la gente a su alrededor. Cuando levantó los ojos para mirarle, habló.

—Mademoiselle Kohn ¿quiere casarse conmigo?

Cuando dijo que sí, le puso el anillo de compromiso en el dedo y tomó su mano en la de él.

Todavía tenían las manos unidas cuando Josefina regresó. Al ver el anillo en el dedo de su hija, suspiró, aunque Soleiman se dio cuenta de que no era un fuerte sonido de exasperación sino más una señal de decepción.

—El mundo no se va a acabar, Madame Josefina, porque amo a su hija. De hecho, su nueva vida está realmente solo empezando. Por favor denos su bendición y deje que nos unamos como una familia.

Josefina se quedó en silencio.

Soleiman habló de nuevo.

—Tenemos dos vidas aquí, uniéndose, como debería ser —dijo—. Prometo que cuidaré de su hija y la haré feliz.

Josefina se volvió a Suzanna.

—Suzi, *quiero* solo lo que es mejor para ti. —Hizo una pausa y miró más allá del muro del patio a las estrellas que ahora brillaban en el cielo de la noche—. Me quedaré hasta que termine la guerra —dijo Josefina— y ayudaré de todas las maneras que pueda. Señor Cohen, amo a mi hija. —Con esto se volvió y subió al piso de arriba.

Dos mundos, un amor

EL COMPROMISO ENTRE SOLEIMAN COHEN y la joven polaca llamada Suzanna Kohn había sido anunciado justo antes de Rosh Hashaná en el año 1942 de la Era Común, para decepción de todas las familias judías persas de Teherán que esperaban que una de sus hijas se casara con el encantador y próspero tercer hijo de Haji Rahim y Gohar Khanoum. La fábrica de rumores local estaba equivocada —no era la mujer mayor Kohn la que había sido bendecida con el afecto del soltero empedernido, sino su hija.

Josefina no prestaba atención a los cotilleos, y, aunque no daba su total aprobación al plan de Suzanna de casarse, sintió un cierto orgullo por la terquedad de su hija. *Quizás es más como yo de lo que le doy crédito*, pensó. Al fin y al cabo, Suzi había decidido embarcarse en esta nueva vida —¿quién era Josefina para pararla? Pero no podía imaginarse a su hija floreciendo en Teherán, primero como esposa y madre, después como un modelo a seguir para las numerosas jóvenes que vendrían a pedirle consejo. Todo lo que Josefina veía era el casamiento de dos personas de mundos completamente diferentes: Suzanna era una joven, a veces ingenua, ashkenazí asimilada, que había sido criada con sirvientes en la casa y que venía de un enclave en el territorio de los Habsburgos llamado Teschen, un lugar que, en este momento específico de la Historia, ya no existía. Soleiman era un judío mizraji más tradicionalista y mucho mayor que ella, de Teherán, un hombre próspero y moderno, sí, pero que había crecido en la pobreza en el *mahalleh*. Josefina no estaba orgullosa de por qué era tan crítica de su unión, pero se aferró a su desaprobación, que representaba, se dio cuenta cuando era mucho mayor y capaz de dejarlo pasar, el último vestigio de su vida antes de la guerra.

Suzanna continuamente le pedía su bendición.

—Mamá, por favor . . . —dijo cuando se estaba vistiendo para su boda, y Josefina sabía que seguiría una súplica. —Por favor, dime que te sientes feliz por nosotros dos.

—Quiero verte contenta y, por supuesto, quiero que conozcas la alegría —dijo Josefina—, pero no puedo ver cómo serás feliz en este país con un hombre que te lleva tantos años.

—Todos menos tú —la madre de Soli, su familia entera— están de acuerdo con que nos casemos —dijo Suzanna.

No solo sonaba Suzi más como un adulto que nunca, pensó Josefina, pero las dos estaban manteniendo una conversación muy franca y madura.

Claro que están de acuerdo, pensó Josefina, *mi hija es la novia perfecta*. Logró sonreír brevemente.

—Deja que te ayude a abrochar el vestido —dijo, con una ternura que no había mostrado hasta este momento. —Deberías estar orgullosa de haber hecho este adorable vestido de novia —añadió.

Suzanna y Soleiman intercambiaron votos matrimoniales bajo una jupá que se había erigido en el patio de la casa de la Avenida Pahlavi. A pesar de la guerra y de todas sus interminables escaseces y tristezas, la boda fue algo espléndido, fragante de flores, rebosante de comida y jubilosa esperanza. La celebración de su matrimonio era solo el principio del regalo supremo de amor que Soleiman planeaba darle a su novia. Para todos los que asistieron, la boda les proporcionó un alivio momentáneo, muy bien recibido, de las siempre desastrosas y trágicas noticias causadas por la guerra, que estaba causando estragos en Europa, África y Asia. Muchos de los familiares, amigos y vecinos de Suzanna murieron o estaban internados en campos, pero no sabría ni quién, ni cómo, ni cuándo, ni dónde durante mucho tiempo.

Su hermano, Peter, escribía cartas desde el frente. Suzanna deseó que hubiese podido asistir a la boda. Su último permiso había sido en noviembre, y había venido a Teherán a ver a su madre y a su hermana, y, de una manera menos obvia delante de su madre, a celebrar el compromiso de Suzanna. Con Peter allí, su madre había sido un poco menos rígida, con la mente distraída en algo diferente que dar vueltas a la elección que había hecho su hija. A Peter le gustaba Soleiman Cohen y estaba visiblemente a favor del matrimonio.

—Por lo menos no va a poner ninguna objeción cuando estés delante de un rabino —le había dicho a su hermana mientras estaban sentados en el jardín una tarde.

Él y Suzanna se habían reído juntos, el tipo de risa entre hermanos que te libera de la dramática preocupación engendrada por los padres. En aquel instante Suzanna amó a su hermano más que nunca. Aunque la había protegido a lo largo de la oscuridad de la que los dos habían sido víctimas, su humor ahora atenuaba la brecha entre Mamá y ella, un abismo emocional que a Suzanna le parecía casi más inclemente que la coerción de la deportación o el encarcelamiento. La despreocupación de Peter le dio a Suzanna una forma de ver que el conflicto entre madre e hija quizás pudiera terminar. Todos iban a tener vidas más allá del momento presente, pero lo que importaba más era disfrutar esta vida, esta época, este momento.

Después de la cermonia, los recién casados se sentaron para que les sacaran el retrato de boda, y Suzanna pensó en las fotos que habían dejado atrás cuando escaparon de Teschen. Probablemente sus dos tías habían sido capaces de salvar algunas de las fotos familiares, pero Suzanna no podía imaginar el día en que las vería de nuevo. Pensó en las imágenes que se le estaban desvaneciendo en la mente, la mayoría de ellas sacadas en ocasiones familiares —visitas a la granja de sus abuelos, cuando su tía Elsa y su tío Hans visitaban Teschen, esquiando o haciendo senderismo en las montañas con sus primos, e incluso una excursión de caza con el tío Arnold y la tía Milly.

Esos lugares en las fotos eran ahora parte del Tercer Reich. Aunque Suzanna no lo sabía cuando estaba ajustando su pose en el estudio fotográfico en Teherán, la gente estaba siendo asesinada a tiros, o enterrada, o se estaban escondiendo en los bosques y montañas donde ella, de niña, había recogido flores silvestres, donde había ido a nadar y donde había mirado a los conejos.

Suzanna no había aparecido en ninguna foto desde que tenía trece años. Como tantos que escaparon durante la guerra y sobrevivieron después, no había traído a su lugar de refugio ninguna foto que atestiguara su infancia, ninguna prueba de que hubiese vivido antes de *ahora*. ¿Si uno no capturaba una experiencia con palabras, cómo se mantenía un recuerdo sin fotos? Se preguntó sobre lo importante que realmente era tener tales artefactos. ¿Qué hacía la gente en tiempos pasados, cuando no tenían los medios de guardar la apariencia de alguien o de preservar el informe escrito de un evento? Por supuesto sabía que registraban solo las historias colectivas —historia y mitología, leyendas, la mayoría relatos orales, algunas memorables por haber sido escritas, como la Torá de su gente o la piedra grabada con escritura cuneiforme del Código de Hammurabi. Pero ¿cómo se acordaban de todo?

Para el retrato de boda que le sacaron ese día, Suzanna se sentó con un ramo de lirios de agua en los brazos encima de su regazo. Llevaba un simple vestido blanco con los hombros engalanados, el cuello adornado elegantemente de joyas y una cola larga. Su pelo oscuro y espeso enmarcaba rasgos de una proporción perfecta. Perlas le embellecían el cuello. El velo estaba decorado de flores de seda blanca. Soleiman, estaba de pie a su izquierda, la mano derecha escondida, la izquierda sujetando un par de guantes blancos. Vestido en un esmoquin y pajarita blanca, había puesto en la solapa una flor recién cortada del jardín.

El fotógrafo les dijo a los recién casados que le mirasen, pero a uno le gustaría pensar que la pareja estaba mirando hacia el futuro. Ninguno de ellos sabía lo que iba a pasar a continuación, pero los dos tenían una visión de lo que significaba amar, honrar y proteger, y lo importante que era crear una filosofía compartida, una filosofía rebosante de esperanza.

Mientras Suzanna se sentaba en la silla del fotógrafo, no podía saber que la imagen de la foto que sacaron el día de su boda sería expuesta en un lugar prominente —un recuerdo ampliado y siempre presente— en la pared de su última casa, en una época que acogería con los brazos abiertos pero que todavía no podía concebir. No se podía imaginar cuántos nietos y biznietos mirarían la imagen, cada uno apreciándola especialmente por algo que había cocinado, o la manera en que pronunciaba cierta palabra, o cómo le gustaba abrazarles cuando lloraban o dormían. Toda esta progenie recordaría el retrato de boda a su madera, algunos suspirando, algunos susurrando, algunos cautivados en silencio, todos en admiración de la pareja ante ellos, representados en tamaño natural, sus antepasados que nacieron en dos países diferentes, dos culturas, pero que conocieron un amor.

El día de su boda, fue, hasta ese instante, el momento más feliz de la vida de Suzanna. Pero muchos más momentos de alegría como este ocurrirían, le prometió su marido, tantos, de hecho, le dijo una tarde riendo, que tendría que escoger cuáles recordar para siempre.

La Vie en Rose

1968, VEINTICINCO AÑOS MÁS TARDE,
EN LOS MONTES ALBORZ

SUZANNA ERA UNA ABUELA CUANDO REGRESÓ a una parte de los Montes Alborz donde no había estado desde que fue en autobús de Bandar-e Pahlavi cuando era una adolescente. El año era 1942, tres años desde el comienzo de la guerra y tres años antes de su fin. En aquel entonces había sido una refugiada polaca que había escapado de un campo de trabajos forzados en la Unión Soviética. Ahora era una ciudadana iraní con tres hijos y tres pequeños nietos. Los campos de trabajos forzados soviéticos, finalmente, ya no existían, pero la Guerra Fría estaba en pleno vigor. La turbulencia recorría el mundo entero, causando gran sufrimiento, y, a veces, incluso provocando indignación, pero nada se comparaba a lo que Hitler y Stalin habían causado en Europa durante los seis años entre 1939 y 1945. "El siglo veinte arruinó Europa", dijo un poeta americano, pero Suzanna siempre pensó que fue Europa la que arruinó el siglo veinte. De todos modos, no importaba, vivía en el oriente medio ahora. Disfrutaba de su vida. Su familia, la que había creado con un caballero de Teherán, se había vuelto sólida, como las mismas montañas. Tenía dos hijos —uno que había completado un programa de posgrado en Inglaterra, el otro estaba a punto de empezar la universidad— y una hija que le había dado tres nietos.

De esta visita a los Montes Alborz, Suzanna recordaría, más tarde, un momento en particular. Cuando estaba mirando a lo lejos los valles y picos en la cordillera, se levantó un viento; el olor de este en el pelo la remontó al primer cruce de estas montañas. Si entrecerraba los ojos, casi podía ver a la chica que había sido, estirando las piernas en un lado de la carretera con los otros refugiados, mirando el monte Damavand, la euforia y el miedo entrelazados en sus entrañas casi inseparables. Casi podía sentirse como la chica que había sido se había sentido, experimentando un fuerte impulso de moverse hacia un nuevo presente, uno que incluyese algo completamente diferente de lo que había conocido antes. Casi podía escuchar lo que aquella chica había escuchado cuando las conchas y trozos de roca en su bolsillo cliqueaban de forma apagada. Casi podía recordar lo que aquella chica había estado recordando: estaban viajando en autobús a través de las montañas, aquellos fragmentos que había recogido de la playa acomodados en un bolsillo; su madre estaba durmiendo; su hermano viajaba con su regimiento. Y ella, Suzanna, aunque no lo sabía, estaba viniendo a casa.

≈

QUÉ FUE DE ELLOS:
UN EPÍLOGO

DESPUÉS DE LA GUERRA Josefina [Eisner] Kohn se volvió a casar y se estableció en Londres. Nadie sabe cómo o si fue informada sobre la muerte de su marido, Julius. Murió en 1977 a los setenta y siete años. Los tres hermanos de Josefina —Elsa [Eisner] Uberti, Arnold Eisner, and Hans Eisner— sobrevivieron la guerra. Elsa quedó viuda, y residió en Argentina cerca de sus hijos y nietos, que se casaron y tuvieron sus propias familias, estableciéndose en Buenos Aires y en Uruguay. Murió en 1975 a los ochenta años. Arnold, que había pasado la mayor parte de la guerra como refugiado civil en Hungría, fue deportado en 1944 a un campo de concentración nazi. Al final de la guerra en 1945, fue liberado por el Ejército Rojo y volvió con su mujer e hija a Teschen (que se había vuelto Cieszyn), y vivió en el lado checo del río. Murió en 1973 a los setenta y cinco años. Hans se casó en 1940 y emigró con su mujer primero a Canadá y después a California del sur, donde nacieron sus dos hijos. A finales de los cuarenta, cambió su nombre a John Emerson. Murió en 1969 a los sesenta y tres años.

En 2018, hay más de cien descendientes vivos de los cuatro hermanos Eisner. Peter y Suzanna fueron los únicos descendientes del lado Kohn de la familia que, no solo sobrevivieron la guerra, pero que tuvieron hijos, nietos y bisnietos.

Peter Kohn permaneció en el ejército polaco durante la guerra, sirviendo primero como zapador y después como parte del cuerpo de ingenieros. Luchó en la famosa batalla de Monte Cassino en Italia y fue decorado por su servicio. Antes de que le dieran de baja en el ejército, fue ascendido a subteniente. Después de la guerra se desmovilizó en Inglaterra, pero más tarde se estableció en Jujuy, en el noroeste de Argentina. Se casó dos veces y tuvo tres hijos, ocho nietos, y, en 2018, dos bisnietos.

Suzanna y Soleiman Cohen tuvieron dos hijos y una hija. Vivieron felices en Teherán y después en Shemirán durante treinta y seis años. Con el advenimiento de la revolución iraní, fueron forzados a dejar Irán en 1978, y por segunda vez en su vida, Suzanna fue exiliada de su país. Se establecieron en Santa Monica, California. Soleiman murió en 1986 a los ochenta y un años; Suzanna murió en 2016 a los noventa. Tuvieron ocho nietos y, en 2018, quince bisnietos. El lema de Suzanna que repetía a todos sus visitantes, familiares y amigos, era "disfruta de la vida".

Post Scriptum

del Rabino Zvi Dershowitz

M I ÚLTIMO VIAJE A TESCHEN, donde empieza esta narración, fue en 1939, pero recuerdo claramente que solo llevaba veinte minutos caminar de la estación de ferrocarril al apartamento de mis abuelos en la calle principal de la ciudad Saska Kupa número 19. A los diez años, era consciente en cierto modo de que las cosas no eran cómo habían sido en los muchos otros viajes que habíamos hecho a Teschen de la ciudad donde nací, Brno, Checoslovaquia, para visitar a los padres de mi madre, Rosa e Isaac Schleuderer. Sin embargo, nada impidió que mi abuelo me llevase a la tienda local a comprar mi arenque favorito apilado en un enorme barril de madera.

¡Pero yo tenía miedo! Habíamos cruzado la frontera checo-polaca en un lugar totalmente diferente. El cambio fue debido no solo a que era casi la media noche del 31 de diciembre de 1938, justo momentos antes del año nuevo, sino porque mis padres habían decidido dejar atrás, no solo el año viejo, sino todo lo demás también.

Ahora, echando la vista atrás, no puedo imaginar cómo mis padres, Aaron y Aurelia, abandonaron una vida tan cómoda en Brno: sirvientas en la casa, salidas a la ópera, una involucración profunda en la vida de la sinagoga. Eran sionistas fervientes que pertenecían a una organización deportiva macabea y disfrutaban de los domingos en el club de campo judío. Pero cerraron las puertas detrás de ellos, con solo unas maletas y buscaron un mundo nuevo.

Techen era el pueblo natal de mi madre. Mis padres vivían en el oeste, el lado checo del río. Su hermana, Regina —junto con su marido, Jakob y sus hijos, Danek, Nelly y Moniu— vivían en el este, en la mitad polaca de la ciudad. Crucé el puente sobre el río Olza en la frontera tan a menudo que los guardias me conocían. No se necesitaban ni pasaportes ni visas. Simplement una sonrisa y un saludo. Pero en ese último viaje en 1939, las dos mitades Teschen pertenecían a Polonia.

Me dijeron que tuviese cuidado cuando fuese de paseo. El ver un

—*Judíos a Palestina*— garabateado en los edificios, dejó el antisemitismo muy claro para mí. No puedo contar cuántas veces me llamaron asesino de Cristo. A veces, cuando estaba paseando con mi padre, cuando nos acercábamos a una iglesia, era más seguro cruzar la calle. Pero yo, en aquellos tiempos, estaba más afectado por las historias que mi madre contaba de su vida en Teschen: que había, de adolescente, jugado al voleibol en el equipo macabeo de la ciudad; lo profundamente que se observaban las tradiciones judías en su casa; y que, aunque el idioma en los colegios era el alemán, en casa se hablaba yiddish, checo y polaco.

No importaba qué idioma utilizaban, solían hablar sobre todo alrededor de la acogedora y agradable mesa. Las comidas —comidas judías, buenas y kosher— eran el centro alrededor del cual la familia de Teschen de mi madre se congregaba. Y, por supuesto, el pan era parte de la comida servida en todas ellas. Apenas pensé en el pan en la mesa de mis abuelos hasta que tuve que recopilar información para oficiar el funeral de Suzanna Cohen el 13 de abril de 2016. Cuando entrevisté a su querida familia descubrí no solo que Suzanna era de Teschen, sino que su abuelo materno era propietario y operaba el molino y la panadería, y que ponía sus iniciales —*HE*, de Hermann Eisner— en todas las barras de pan que él y Arnold, su hijo y socio, vendían.

Ese detalle casi insignificante se convirtió en el vínculo mágico que, en un instante, hizo que me diese cuenta de que mis abuelos de Teschen compraban el pan de los familiares de Suzanna. De repente la conexión entre las dos familias era real, y, por lo tanto, profundamente significativa. En una pequeña comunidad como Teschen, uno conocía personalmente, y probablemente, de una forma íntima, a la gente a la que, casi a diario, uno compraba un artículo que se bendecía diciendo *ha-motzi*. Probablemente las dos familias se conocían. Probablemente aplaudieron en actuaciones teatrales, bodas y funerales, y rezaron en la sinagoga al mismo tiempo.

De Teschen a Brno, después, de Brooklyn a Jerusalén. De Teschen a Lvov, a un campo de trabajos forzados en Siberia, y, finalmente, a Santa Monica. Teschen era el punto de partida de las dos familias. Optimismo, fe, amor al prójimo y a la comunidad, y la búsqueda por una vida feliz fue el destino que cada una consiguió.

—Rabbi Zvi Dershowitz
Los Ángeles, California

NOTA DE LA AUTORA

La tragedia de su vida fue causada por su identidad,
pero fue su identidad lo que resultó ser su salvación.

—Richard Cohen, hablando de su abuela
Suzanna (née Kohn) Cohen

ESTE LIBRO CUENTA UNA HISTORIA real en la forma de una obra de ficción histórica. He intentado representar a personas reales, la mayoría perdidas ahora, imaginándolas en entornos históricos y sociales específicos. Me he enfocado en particular en *cómo* las mujeres y los hombres en esta historia habrían pensado y respondido a las crisis que se desenvolvieron en tiempo real durante sus vidas. Por su puesto, es imposible reflejar con exactitud las emociones y las reacciones de los demás, especialmente cuando solo existen unos pocos recuerdos registrados de una historia en particular que ocurrió durante un periodo histórico específico. El argumento de este libro —es decir, lo que pasa en la historia— es una reconstrucción, y una que he intentado hacer con la mayor precisión histórica posible. De este modo, me he basado en hechos recopilados en registros y análisis históricos, en narraciones personales, autobiográficas y ficticias (en medios impresos, gráficos y cinematográficos), en los registros genealógicos relacionados con las familias Kohn, Eisner y Cohen, y en las grabaciones y entrevistas de familiares.

El impacto total del Shoá no se puede saber completamente porque las historias de muchísimas personas se han perdido. Muchas de ellas nunca serán contadas, pero algunas, aunque se están desvaneciendo, todavía son accesibles y esperando a ser inscritas. Ha sido una bendición singular el haber estado involucrada en registrar esta historia.

—Kim Dana Kupperman
Clarksville, Maryland

Una nota sobre la ortografía de nombres y palabras

Topónimos

Polonia / República Checa

El topónimo alemán *Teschen* se utiliza para una ciudad que ahora incluye dos ciudades, una polaca (Cieszyn), la otra checa (Český-těšín, también llamada, coloquialmente, Teschen Checo).

Los topónimos y los nombres de las calles polacos o checos se utilizan, respectivamente, para Cieszyn y Český-těšín. Esto permite que los lectores que visiten la zona puedan navegar fácilmente por las calles que se mencionan en la narración. Sin embargo, he omitido la abreviación *ul.* (de *ulica*, la palabra polaca para 'calle'), que precede a la mayoría de los nombres polacos de las calles.

Para el río Olza, se utilizó el nombre polaco porque la gente local lo llaman/llamaban Olza, independientemente de la nacionalidad del hablante.

Unión Soviética/ Asia Central / Irán

Los topónimos en la Antigua Unión Soviética, Asia Central e Irán, están escritos según el español utilizado en recursos en línea (a saber, Google maps).

Los nombres de las calles en Teherán y Shemirán son los utilizados antes de la revolución iraní de 1979.

Transliteración de palabras del Farsi

Si una palabra utilizada en farsi, persa, o árabe aparece en el *Webster's Collegiate Dictionary* (por ejemplo, *kebab*), se utiliza esa ortografía. De otro modo, las transliteraciones de palabras farsi utilizan la ortografía según las fuentes siguientes:

- *Food of Life: Ancient Persian and Modern Iranian Cooking and Ceremonies*, de Najmieh Batmanglij: para los nombres de la mayoría de los platos persa que se mencionan en la narración.

- *Light and Shadows: The Story of Iranian Jews*, editado por David Yeroushalmi: para las palabras y nombres específicos para los judíos persa.
- *Esther's Children: A Portrait of Iranian Jews*, editado por Houman Sarshar: para las palabras y nombres específicos para los judíos persa.
- *Encyclopedia Iranica* (en línea): palabras y nombres generales no encontrados en las fuentes anteriores.

NOTAS SOBRE TESCHEN

La ciudad de Teschen, conocida hoy por su nombre polaco, Cieszyn, está localizada en los dos lados del río Olza y ubicada al pie de las estribaciones silesianas del oeste, en la región de las Montañas Beskides. Teschen es el corazón de la región histórica llamada Silesia de Teschen, en la parte sureste de la Alta Silesia. De 1653 al final de la primera guerra mundial en 1918, Teschen era la capital del Ducado de Teschen, un territorio del Imperio Habsburgo. Antes de 1653, la ciudad se conocía por su nombre polaco, Cieszyn, y era gobernada por la dinastía polaca de los Piastas. En 1920 la Silesia de Cieszyn fue dividida en las dos repúblicas recientemente formadas de Polonia y Checoslovaquia. Los suburbios más pequeños del oeste de Teschen se volvieron parte de Checoslovaquia como la nueva ciudad llamada Český-těšín. La parte más grande de la ciudad se unió a Polonia como Cieszyn. Tres puentes conectaban las dos ciudades.

El inserto en el mapa arriba muestra la Silesia de Cieszyn del periodo de entreguerras.

Agradecimientos

Mucha gente ayudó con la creación de este libro. Las contribuciones más importantes son de los familiares descendientes de las familias Eisner y Kohn de Teschen y de la familia Cohen de Irán.

Por leer los borradores y hacer inteligentes sugerencias editoriales y/o por contribuir con fotos, recuerdos, conversaciones, expresiones de buena voluntad, y por la generosa e incomparable hospitalidad y amabilidad, expreso mi agradecimiento a: Joan y Edward Cohen, Denise y Houshang Soufer, Doritte y Alfred Cohen, Tricia y Jason Pantzer, Lisa y Richard Cohen, Virginie y Mark Cohen, Negar y David Soufer, Lina y Farshid Pournazarian, Sima y Ramin Azadegan, Oriana y David Fink, Diandra Cohen, Amanda Pantzer, Lauren Pantzer, Caroline Pantzer, Aria Pournazarian, Tina Pournazarian, Kayla Pournazarian, Daniel Azadegan, Dana Azadegan, Matthew Soufer, Yasmin Soufer, Susan y Iraj Cohen, Farideh y Dr. Massoud Cohen-Shohet, Farhad Kohanim, Philippe Cohanim, Simin Nemen, David Foruzanfar, Ebrahim Victory, David Eshagian, Rhonda Soufer, Karen y Roger Kohn, Pedro Kohn, Janie y George Emerson, Rita y Steven Emerson, Silvia y Efraim Halfon, Claudio Uberti, Livia y Rodolfo Cassini, Marina Uberti, Eva Szuscik, Silvie Szuscik, Beata Szuscik, Margaretha Talerman, Dokhi Monasebian, Beatrice Simkhai y Benny Simkhai.

Aquellos que no forman parte de la familia que han contribuido con su tiempo y experiencia a este proyecto incluyen: Ronnie Ross y Nayelis Guzman; Philip Warner y su equipo en *Family Archive Services*, con particular gratitud a la persistente y adorable Ewa Pękalska; la familia de Eric Better (con mención especial a Erica [Better] Heim); Coronel Kris Mamczur; Sean Carp; Igor Derevyaniy en el Museo Nacional y Memorial a las Víctimas de la Ocupación en Lviv; *Professor* Janusz Spyra y el Museo Śląska Cieszyńskiego en Cieszyn; Rabino Zvi Dershowitz; Rabino Yoni Greenwald; Daniel Tsadik; Richard Pipes; Carol Leadenham, Irena Czernichowska, y Maciej Siekierski de la *Hoover Institution* en la Universidad de Stanford; el personal de los Archivos Nacionales en Praga; mis amigos y colegas Penelope Anne Schwartz, Mary Lide, Eugenia Kim, Rachel Basch, Howard Norman, Baron Wormser. Mi marido, Sami Saydjari, me dio amor incondicional y apoyo mientras terminaba esta novela.

Finalmente, este libro no hubiera sido posible sin el trabajo de otros escritores, cronistas de la guerra, y los historiadores especializados en el Shoá, el Gulag, los aspectos militares de las dos guerras mundiales, Polonia e Irán. Me siento particularmente humilde ante los sobrevivientes del Gulag y del terror nazi cuyas memorias y testimonios han asegurado que las generaciones futuras nunca olviden lo que ocurrió.

~

Para materiales educativos conectados a este libro,
incluyendo una guía de enseñanza con bibliografía
y también presentaciones de la autora, visite
www.legacyeditionbooks.org

La misión de la SUZANNA COHEN LEGACY FOUNDATIOn
es rendir homenaje al precioso legado de valentía
y resiliencia demostrado por los supervivientes de la Shoah,
mediante la preservación, publicación y enseñanza
de sus extraordinarias historias. Las ganancias de las ventas
de este libro benefician el trabajo de la fundación.